Für dich. Und mich.

KNIETZSCHE

UND DAS HOSENTASCHEN-ORAKEL

ANJA VON KAMPEN

MIXTVISION
Weiter. Erzählen.

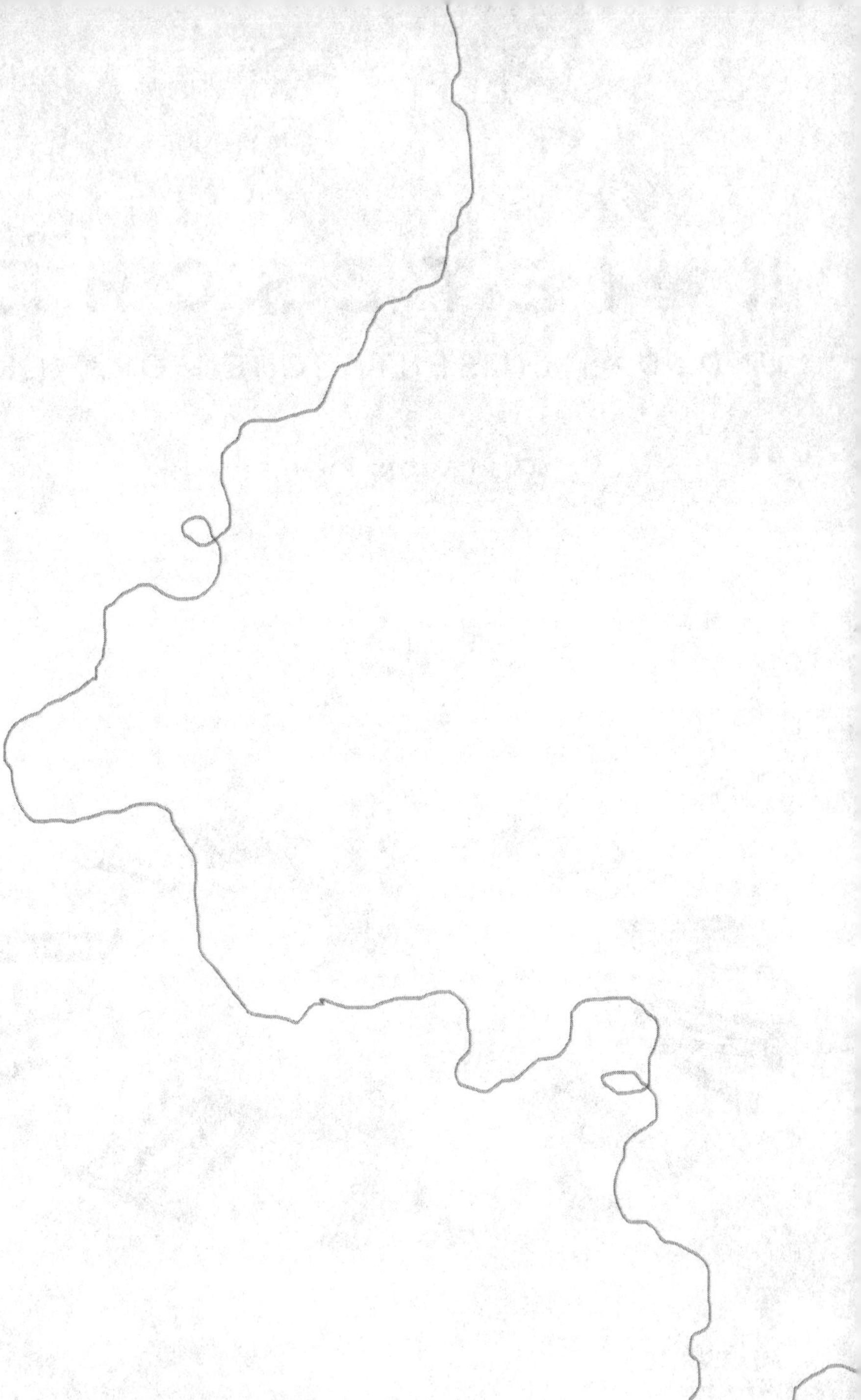

12. DEZEMBER 2112

Wie alles begonnen hatte? Sosehr sie sich auch fragten, sie hatten es vergessen. Die Gedanken waren in Aufruhr. Zumindest waren alle, die überlebt hatten, zu der Versammlung gekommen.

Die Vertreibung der Gedanken aus den Köpfen der Menschen war schleichend passiert. Erst waren es nur einzelne, kleine, ganz private Gedanken gewesen, doch dann zogen und zerrten die Unterdrücker immer gieriger, bis auch der letzte von ihnen vertrieben war. Verbannt an diesen fernen, fremden Ort. Sie nannten ihn Wendigor. Wo Wendigor genau lag, wusste keiner.

Zurück in der alten Heimat blieben willenlose Marionetten, man konnte sie kaum noch Menschen nennen. Das Schlimmste war: Sie bemerkten ihre innere Leere nicht einmal. Die Widerstandskämpfer wurden immer weniger, sie standen kurz vor der Kapitulation. Wenn sie ihre Gedanken nicht wieder zurückbekämen, war das Schicksal der Menschheit besiegelt. Sie würden als Arbeitsmaschinen den Unterdrückern dienen.

Nun jedoch waren alle vertriebenen Gedanken in Wendigor versammelt und überlegten gemeinsam, wie es weitergehen sollte. Überlegen, das konnten sie! Es kostete die Gedanken alle verbliebene Kraft, sich zu sammeln, ohne vom Wind des Vergessens fortgetrieben zu werden. Ohne Menschen, in denen sie leben konnten, war die Zeit, die ihnen blieb, begrenzt.

Ein Gedanke erhob sich und erinnerte an die alte Prophezeiung: Wenn sich an einem Tag der Zwölf alle Gedanken zusammenschlössen und ihre ganze Kraft auf die Befreiung lenkten, dann würde diese Energie den Gesetzen von Raum und Zeit trotzen. Sie könnte diejenigen Menschen erreichen, die in der Prophezeiung die *Bewahrer* genannt wurden. Bewahrer hatten die Kraft, aus der Vergangenheit die Zukunft neu zu gestalten. Nur ein Bewahrer war fähig, den Menschen das Denken zurückzubringen. Heute war ein Tag der Zwölf.

Die Gedanken wollten es versuchen. Sie rückten enger zusammen, um in absoluter Konzentration miteinander zu verschmelzen. Es dauerte nicht lang und inmitten des Nichts begann die Luft zu vibrieren und die Gedanken setzten tatsächlich eine flimmernde Energie frei. Am Himmel begannen die Sterne zu tanzen. Der Große Bär, Kassiopeia und Orion lösten sich auf, gefolgt vom kleinen Bär und allen anderen Sternbildern. Ein magischer Strudel tauchte den Himmel in ein noch nie da gewesenes Licht. Die Sterne formten sich neu. Zu einem Sternbild, das aus zwölf Gesichtern bestand.

Was sollte das bedeuten? Gab es zwölf Menschen in der Vergangenheit, die die Menschheit retten konnten? Und waren das ihre Gesichter? Eines von ihnen schien zu grinsen, eines trug eine Art Kopfschmuck, andere wiederum sahen unscheinbar aus. Sollten das etwa die *Bewahrer* sein? Zweifel nagte an der Verbindung und die Gedanken merkten, wie sich die Energie auflöste. Schon schoss sie wie ein Komet davon. Der Himmel blieb glanzlos zurück.

Unterschiedlichste Gefühle brachten die Gedanken zum Glühen. Neben Zweifel und Angst versuchten sich auch Vertrauen und Hoffnung Gehör zu verschaffen.

Die hoffnungsvollen Gedanken waren am lautesten: Die Sterne hatten sich noch nie geirrt. So sahen die Menschen aus, die das Denken retten konnten. Zu welcher Zeit sie lebten, wie stark sie waren und ob sie die Herausforderung annehmen würden, war zwar ungewiss, aber sie brauchten schließlich nur einen, der es schaffen würde. Und damit hatten sie zwölf Chancen.

Durch das zustimmende Gemurmel nagten sich Gedanken voller Zweifel ganz leise nach vorn: Die Gesichter der *Bewahrer* waren die von ganz gewöhnlichen Jungen und Mädchen. Es waren Kinder! Was konnten Kinder in dieser Welt schon ausrichten?

11. DEZEMBER 2012

Mein zwölfter Geburtstag war der größte Reinfall des Jahrhunderts. Das muss man sich mal vorstellen. Man geht als Elfjähriger ins Bett und freut sich auf das, was kommt, und dann so was. Ich hatte noch nicht mal Geburtstag!

Aber ich fange lieber ganz von vorne an, denn das hier ist eine ziemlich komplizierte Geschichte und ich will niemanden unnötig verwirren. Verwirrung gibt es nämlich sowieso schon genug und man muss sie in den Griff kriegen, bevor sie einem das ganze Leben plattmacht. Also von vorne:

Meine Eltern sind ziemlich nette Typen. Ein bisschen verschroben vielleicht, extremes Helfersyndrom und immer auf Achse, um die Welt zu retten und das Richtige zu tun. Papa ist ein Arzt ohne Grenzen. Er reist Krisen und Kriegen hinterher, um Menschen in Not zu behandeln. Das heißt, dass andere immer wichtiger sind als wir. Mama ist Entwicklungshelferin mit einer besonderen Leidenschaft für Problemjugendliche. Das heißt, dass andere immer wichtiger sind als wir. Sie reist Krisen und Kriegen hinterher, um Menschen in Not zu helfen. Am liebsten zusammen mit Papa.

Das Beste an meinen Eltern: Sie sind nicht aufdringlich und lassen mich wie Unkraut wachsen. Gut aussehendes Unkraut natürlich.

Das Blöde an meinen Eltern: Wenn sie sich plötzlich doch mal in mein Leben einmischen, dann muss man sich auf das Schlimmste gefasst machen.

Und genau das ist an meinem zwölften Geburtstag passiert.

Nach der Schule stand ich endlich mit meinen Eltern im Wohnzimmer und freute mich auf die Torte und meine Geschenke.

»Liebling, alles Gute zum Geburtstag!« Küsschen, Torte, Kerzen ausblasen. Mama drückte mich in einen Sessel und lächelte mich verkrampft an. Ich hatte den Verdacht, dass irgendwas mit den Geschenken nicht rundgelaufen war.

Meine Eltern saßen mir gegenüber auf dem Sofa und stocherten in ihren Tortenstücken rum. Sobald mein Teller leer war, schaufelte mir meine Mutter ein neues Stück auf den Teller. Ich wurde verwöhnt, so weit war erst mal alles in Ordnung. Aber dann, ziemlich genau im zweiten Drittel meines dritten Stücks Torte, ging es steil bergab: »Liebling, du bist ja jetzt zwölf …«

Mann, das war ja wohl das Paradebeispiel für einen Alarm-Satz, vor allem, wenn er aus dem Mund meiner Mutter kam. Die Torte, die ich mir gerade reingeschoben hatte, schmeckte plötzlich komisch. Beide schauten mich sehr verdächtig an. Ich nickte vorsichtig und versuchte, den Tortenbrei runterzuschlucken.

»… jetzt bist du ja kein kleines Kind mehr …«

Oh-oooooh. Mama war total nervös, Papa tätschelte ihr die Schulter. Wissen Erwachsene echt nicht, dass es Bücher darüber gibt, wie man Nachrichten überbringt, ohne dass Kinder vor Panik an ihrer Torte ersticken?

»Du bist … also wir … du …«

War ich krank? Musste ich sterben? Mist! Meine Gedanken rasten und begannen sofort eine Liste mit all den Sachen, die ich unbedingt noch machen wollte. Es gab schließlich Organisationen, die sich darum kümmerten, die letzten Wünsche von todkranken Kindern zu erfüllen. Sogar wenn ich mit Elefanten baden oder wahnsinnig gern zum Mond fliegen wollte –

»… du bist adoptiert!«

Mitten in meine schönsten Pläne krachte die Nachricht wie ein Schlag in die Magengrube und die Wunschliste machte eine Vollbremsung. Alles, was ich noch nicht runtergeschluckt hatte, spuckte ich in hohem Bogen aus.

Meine Mutter sprang auf und versuchte, gleichzeitig meinen Kopf zu streicheln und den Tortenbrei auf ihrer Bluse wieder loszuwerden. Sogar an ihrem Hals triefte es, aber das schien sie nicht einmal zu bemerken. Mein Vater war irgendwie erstarrt und guckte nur. Ohne mich aus den Augen zu lassen, wischte er sich einen Spritzer von der Wange. Als Arzt sieht man schließlich jeden Tag total eklige Sachen, da ist man abgebrüht. Irgendwie hat das ganze Chaos die Dramatik kaputt gemacht, aber ich stand sowieso noch voll im Nebel.

»Wie meint ihr das, ich bin adoptiert?«

Meine Mutter setzte sich wieder. Mein Vater und sie schauten mich an wie Dackelwelpen, die sich gerade die Pfoten in der Kühlschranktür eingeklemmt hatten.

»Das ist euch jetzt gerade eingefallen?« Ich war fassungslos. »Ihr seid heute Morgen aufgewacht und habt euch dran erinnert, dass ihr irgendwas Wichtiges vergessen habt?« Ich hatte noch nicht mal meine Geschenke ausgepackt, da ist man leicht gereizt.

»Morgen ist es genau zwölf Jahre her, dass wir dich in einem Karton vor der Tür gefunden haben. Du warst winzig klein, maximal einen Tag alt, deshalb feiern wir am 11. Dezember deinen Geburtstag …«

Mit offenem Mund starrte ich meine Mutter an.

Sie schluckte zweimal trocken, bevor sie weitererzählte. »Es war schon spät, fast Mitternacht, als es an der Tür geklingelt hat. Wir waren schon im Bett und Papa ist wieder aufgestanden, weil sonst nie jemand mitten in der Nacht klingelt. Es war nichts zu hören und er wollte nur schnell nachschauen und dann … « Sie schaute kurz meinen Vater an. »Papa rief mich und als ich bei ihm ankam, stand die Tür noch offen und er hatte diesen Karton in den Händen. Ich dachte an einen verletzten Vogel, die Leute wissen ja, dass Papa Arzt ist, aber dann …« Meine Mutter kämpfte mit ihrer Fassung und zog die Nase hoch. Es klang wie ein Schluchzen.

Papa legte ihr beruhigend die Hand in den Nacken und machte weiter: »Wir hatten uns immer ein Kind gewünscht, aber es hat nicht geklappt … Meine Spermien waren nicht auf Zack …« Ich stöhnte auf und verzog angeekelt das Gesicht. So was sollte man sich echt nicht anhören müssen. Mir war wirklich übel, aber er machte schonungslos weiter. »Na ja, und dann bist du in unser Leben gefallen wie eine Sternschnuppe vom Himmel – und ich sag dir, der Himmel war in dieser Nacht wirklich wundervoll klar …«

»… und wir haben das Geschenk einfach angenommen«, beendete meine Mutter seinen Satz. Sie wischte sich mit dem Ärmel ihrer Bluse eine Träne aus dem Gesicht und schniefte noch bestätigend hinterher: »JadubistnGschenng …«

Ich holte tief Luft. »Und warum erzählt ihr mir das erst jetzt? Ist ja nicht so, dass ich heute erwachsen geworden bin oder schockgereift oder …« Mein Magen fühlte sich echt mies an.

Papa unterbrach meinen Ausbruch. Er beugte sich über den Wohnzimmertisch, damit er mir das Bein tätscheln konnte. Das sollte mich wohl beruhigen. Mit der anderen Hand zog er etwas aus seiner Jackett-Tasche und reichte es mir. »An dem Karton klebte ein Zettel, hier …«

Ich schnappte danach und sah mir das alte Blatt Papier an, das ich jetzt in der Hand hielt. Es war gar nicht so einfach, die krakelige Handschrift zu entziffern. Weniger wegen der Schrift, sondern weil meine Hand derartig zitterte, dass die Buchstaben vor meinen Augen tanzten. Ich atmete ein paarmal tief durch und las dann, was darauf geschrieben stand:

> Nehmt ihn als den Sohn, den ihr Euch so sehnlich gewünscht habt. Gebt ihm Liebe und Raum für eigene Gedanken. Versprecht nur eines: Wahrt dies als unser Geheimnis, bis er zwölf Jahre zählt, und er wird der Eure bleiben.

Ein kleiner Teil von mir hoffte immer noch, dass das alles ein Scherz war. So richtig coole Eltern würden sich so was garantiert ausdenken können, um ihrem Kind den unvergesslichsten Geburtstag aller Zeiten zu bereiten. Und dann so, haha, das war doch alles nur Spaß und jetzt feiern wir so richtig und morgen fliegen wir alle in die Karibik und machen den tollsten Urlaub, den man sich vorstellen kann … Aber der Brief klang viel zu schwülstig, um von meinen Eltern zu kommen. Richtig cool waren sie auch nicht gerade. Und ihre Gesichter sahen überhaupt nicht nach Spaß aus.

Die Zeichen standen schlecht und ich wollte dieses bescheuerte Gespräch so schnell wie möglich hinter mich bringen. Also bohrte ich weiter: »Und sonst war da nichts? Nur dieser Zettel?«

Meine Eltern schauten sich an, als ob sie sich telepathisch verständigen konnten. Mama griff wie auf Kommando hinter sich und holte ein kleines Päckchen hervor. Es sah aus, als wäre es einmal in weißes Papier eingewickelt gewesen, aber inzwischen sah es ordentlich vergilbt aus. Als hätte jemand jahrelang draufgesessen. In der gleichen Handschrift stand darauf:

> Für Knietzsche.
> Zum zwölften Geburtstag.
> Möge dir die Kraft der Gedanken
> den Weg weisen.

Ich glaube, ab da habe ich vergessen zu atmen. In dem bescheuerten Karton stand mein Name? Deshalb konnte ich nicht normal heißen? Und ich hatte immer gedacht, meine Eltern hätten irgendwelche Buchstabensteine aus dem Scrabblesack gezogen, um einen Namen für mich zu finden.

Ich hatte inzwischen keinen Überblick mehr über meine Gefühle. Wut, Panik und Neugier torkelten beschwipst gegeneinander. Wie in einen riesigen Wattebausch gehüllt wickelte ich das Päckchen aus. Meine Eltern starrten auf meine Hände. Anscheinend hatten sie sich echt an alles gehalten, was da stand. Das Päckchen war für mich und sie hatten es nicht angerührt. Als das Papier zu Boden glitt, hatte ich ihn also in der Hand – den einzigen Hinweis auf meine tatsächliche Herkunft. Es war eine silberne Taschenuhr, die schon bessere Tage gesehen hatte. Drei Zeiger lagen erschöpft auf dem Zifferblatt, in dessen Mitte eine Art unendlicher Kreis eingelassen war. Er sah aus wie ein gewundener Ring, so verwirrend verdreht wie meine Gedanken. Die Uhr war verkratzt und hatte ihren Glanz verloren. Reif für die Müllhalde. Ich drehte automatisch an dem oberen Rädchen und wunderte mich kein bisschen über das, was geschah: nichts. Das schrabbelige Ding war kaputt!

»Mir ist schlecht, ich geh in mein Zimmer.« Ich stand auf und meine Mutter wollte mir entgegenspringen, aber Papa hielt sie fest.

»Aber du hast doch Geburtstag, Oma und Opa kommen extra und Norbert wollte …«

»Könnt ihr bitte die blöde Geburtstagsfeier absagen?! Oder feiert einfach woanders ohne mich.« Ich wollte nur noch allein sein und das alles irgendwie verdauen.

Mama holte schon Luft, um zu protestieren, aber Papa nickte kurz und tätschelte ihre Hand so heftig, bis sie checkte, dass sie mich in Ruhe lassen musste. Er verstand mich meistens besser. Auch wenn er gar nicht mein Vater war … Alles war eine riesige Lüge. Mein ganzes bisheriges Leben war ein zwölf Jahre langes Kack-Theaterstück.

Also ging ich dahin, wo ich immer hinging, wenn ich meine Ruhe haben wollte. In mein Zimmer unter dem Dachgiebel. Auf mein Bett direkt unter dem großen Fenster mit freiem Blick auf den Himmel.

Da lag ich einfach ausgestreckt und wartete, bis dieser furchterregende Tag endlich vorbei war. In meinem Kopf ging es zu wie auf einem Wühltisch beim Schlussverkauf: totales Tohuwabohu. Dürfen Eltern einen fürs Lügen bestrafen, aber selber lügen, dass es kracht? Kann man Menschen, die einen einmal angelogen haben, überhaupt noch trauen? Gab es noch mehr Lügen in meinem Leben? Wenn ich die Wahl gehabt hätte – hätte ich dann die Wahrheit überhaupt hören wollen?

Irgendwann hatte ich das Gefühl, dass sich die ganzen Fragezeichen in meinem Kopf verknoteten. Und dann formten sie sich zu einem super coolen Surfbrett und ich sprang geschmeidig darauf und rauschte elegant über die Wellen in den Sonnenuntergang, bis mir vom Horizont

her eine ganze Truppe Haiflossen entgegenkam und ich zu trudeln begann und mit den Armen schlackerte und ins Meer fiel und fiel und fiel, ohne das Wasser zu berühren …

Ich wachte davon auf, dass ich hart auf den Boden neben meinem Bett krachte. Stöhnend wischte ich mir den Schweiß von der Stirn. Meine Gedanken taten so, als wäre nichts passiert, und rauschten direkt weiter. Die Wahrheit ist hart. Unbequem, aber unausweichlich. Sie holt einen immer ein und ob man es will oder nicht, muss man sich mit ihr auseinandersetzen. Schöner Dreck.

In meinem Zimmer war es dunkel. Ich schaute auf die Uhr und stellte fest, dass es schon kurz vor Mitternacht war. Ich hatte meinen Horrorgeburtstag einfach verschlafen – und damit vermutlich noch das Beste rausgeholt. Nur noch ein paar Minuten und dieser Albtraumtag war nur noch eine dunkle Episode in meiner Erinnerung. Das war eine Wahrheit, auf die ich mich verlassen konnte.

Noch bevor ich in einen neuen Gedankenstrudel über die Wahrheit gezogen werden konnte, erklangen in der Nachbarschaft die Kirchenglocken. Ding dong, ding dong …

12. DEZEMBER 2012

Zum ersten Mal, seit ich denken konnte, empfand ich den monotonen Klang der Kirchenglocken als wunderschön. Der zwölfte Gong löste sich gerade friedlich auf, die Nacht blieb still zurück. Es fühlte sich an wie das Ende meiner Probleme.

Ich holte tief Luft und rieb mir erschöpft die Augen. Als ich sie langsam öffnete und in den Sternenhimmel über meinem Fenster schaute, kniff ich sie sofort wieder zusammen. Das konnte nicht sein. Ich versuchte meine Augen zu entspannen, und kniff sie dann so fest ich konnte zusammen. Das machte ich ein paarmal hintereinander. Ich stellte mir vor, dass Augenyoga so funktionieren würde. Das, was ich gesehen hatte, konnte unmöglich real sein.

Ich atmete tief durch und öffnete langsam erst ein Auge und dann das andere. Nichts hatte sich verändert. Mein Herz klopfte wie bescheuert. Was war das? Träumte ich schon wieder? Ich schnappte mir den nächstbesten Gegenstand und schlug mir damit auf den Kopf. Leider war es mein Wecker und es tat echt weh. Ich schlief also nicht. Wie gebannt starrte ich weiter nach oben, durch das Fenster direkt auf den Himmel. Über mir tanzte im wahrsten Sinne des Wortes der Bär.

Die Sterne drehten komplett durch! Das Einzige, worauf ich mich immer verlassen konnte, löste sich vor meinen Augen auf. Erst sah es nur so aus, als hätte der große Bär zu viel gefuttert und würde platzen. Aber dann machten auch alle anderen Sternbilder mit. Wie verrückt drehten sich die Sterne, tanzten und schossen hin und her, bis es aussah wie eine wild blitzende Explosion. Wenn ich die Welt untergehen lassen wollen würde, würde ich es genau so aussehen lassen. Wollte ich aber nicht.

Ich zog mir die Decke über den Kopf, versuchte hektisch darunter durchzuatmen. Dann guckte ich noch mal ganz vorsichtig nach. Leider hatte sich der Anblick des Himmels immer noch nicht verändert. Ich schwitzte plötzlich wie ein undichter Gartenschlauch. Das war mindestens eine echt üble Naturkatastrophe. Und am unheimlichsten war, dass nichts zu hören war. Überhaupt nichts. Gruselig.

Und das, was dann passierte, ließ mein rasendes Herz durch meinen Körper hindurch in die Matratze plumpsen. Schlagartiger Schlagstopp! Die Sterne erhoben sich aus dem Chaos und formierten sich neu. Sie fügten sich tanzend zu einem neuen Bild zusammen. Und dieses Bild sah irgendwie aus … wie ich.

Meine Gedanken versuchten sich aus der Schockstarre zu befreien, aber noch passierte überhaupt nichts in meinem Kopf. Ohne ihn zu bewegen schielte ich nach rechts und nach links. Vielleicht hatte ja jemand Kameras aufgestellt oder so. Mein Sternbild grinste mich blöd an. Das war doch wohl ein Witz!

Und dann kam es noch heftiger. Es ratterte plötzlich in meiner Hose.

Normalerweise bin ich wirklich nicht schwer von Begriff, aber das hier war alles ein bisschen viel. Meine Hand tastete wie ferngesteuert meine Hose ab. Nass war wenigstens schon mal nichts. Das Rattern kam aus der linken Tasche. Ich griff hinein und zog die kaputte Taschenuhr raus. Die hatte ich schon fast wieder vergessen gehabt. Ich konnte es kaum glauben, aber das alte Ding hatte sich irgendwie berappelt und lebte wieder. Und wie. Die Uhr zuckte aufgeregt in meiner Hand und der

Sekundenzeiger drehte sich wie verrückt, während sich die beiden anderen Zeiger immer noch nicht rührten.

Es war fünf nach zwölf. Im wahrsten Sinne des Wortes! Wäre ich ein voller Wassereimer, wäre genau das der Tropfen gewesen, der mich zum Überlaufen gebracht hätte. Ich wollte gerade überlegen, wie genau ich durchdrehen könnte, aber für die Entscheidung blieb mir keine Zeit. Der rasende Sekundenzeiger hatte mich anscheinend irgendwie hypnotisiert: Zack – und ich war einfach weg.

Als ich wieder aufwachte, hatte ich einen Geschmack im Mund, als hätte eine stinkende Käferfamilie darin übernachtet. Außerdem tat mir tierisch der Kopf weh.

Schon klar, dass das, was ich gesehen hatte, offensichtlich zu viel für meine Nerven gewesen war. Ich war einfach weggesackt. Ohnmächtig wegen eines schrägen Traums? Mann, das war peinlich. Wenigstens hatte niemand etwas davon mitgekriegt.

Mein linker Arm kribbelte schmerzhaft. Eingeschlafen vor Schreck, aua. Ich drehte mich zur Seite und sah, wie aus dem Inneren meiner verkrampften Hand etwas hervorblitzte. Mein Verstand schaltete sich wie über ein Notaggregat wieder ein und mir war sofort klar, was das war. Meine Finger öffneten sich langsam und legten auf meiner Handfläche die Taschenuhr frei. Ein schepperndes Surren, das ich vorher gar nicht richtig wahrgenommen hatte, wurde lauter. Die Uhr war nicht mehr kaputt. Ganz im Gegenteil, sie war komplett durchgedreht. Der Sekundenzeiger drehte unermüdlich mit Vollgas seine Runden.

Ich schaute nach oben zum Fenster. Der Himmel sah so matschig aus, wie ich mich fühlte und von verrücktspielenden Sternen war nichts mehr zu sehen.

Ich schielte zu meinem Wecker und konnte es nicht glauben: es war schon halb zwei! Die Schule war vorbei und meine Eltern hatten mich nicht geweckt. Zumindest wollten sie mir wohl nach dem Schlag mit dem Holzhammer eine kleine Ruhepause gönnen. Sehr freundlich. Zur Sicherheit rappelte mich auf und griff zu meinem Handy. Eine Uhrzeitkontrolle konnte in meinem Zustand nicht schaden. Als ich es anschaltete, ploppten ungefähr tausend Nachrichten auf. Alle von der gleichen Person. Klar, ich hatte meinen Geburtstag abgesagt und war nicht in der Schule aufgetaucht. Aber das war im Moment mein kleinstes Problem. Ich drückte alles weg und schrieb, so schnell meine Finger konnten:

KOMM SOFORT HER!

Das hier war eindeutig zu schräg, um allein damit klarzukommen. Und wenn in meinem Leben irgendetwas so richtig schräg war, hatte ich zum Glück immer einen Joker im Ärmel: den besten besten Freund, den man haben konnte. Norbert.

Ich wusste, dass ich keine fünf Minuten würde warten müssen und ging schnell ins Bad, um die letzten Übernachtungsspuren der Käferfamilie aus meinem Mund zu vertreiben. Für eine Dusche war keine Zeit, Katzenwäsche musste reichen. Norbert war da nicht so pingelig.

Als ich wieder in meinem Zimmer war, klebte er auch schon am Fenster. Norbert wohnte nur zwei Häuser weiter. Wenn es schnell gehen musste, nahm er den Weg durch unseren Garten. Über die zwei Bäume, die bis zum Hausdach wuchsen, konnte er zu mir hochklettern. Dafür hatte er sich extra ein paar Hilfsmittel einfallen lassen, die er unauffällig, aber effektiv, an die Bäume genagelt, gewickelt oder getackert hatte. Alles hing so, dass man es von unten nicht sehen konnte. Er hatte daraus ein wochenlanges Projekt gemacht. Am kleineren Baum hatte er alte Bilderrahmen befestigt, die ihm als Stufen dienten. Natürlich in der Farbe der Baumrinde angemalt. Im größeren Baum, der dahinter stand und besser verdeckt war, hatte er einen alten Autoreifen, Seile, Ketten und sogar einen leeren Bierkasten angebracht. Norbert war sehr praktisch veranlagt und wollte sich auf keinen Fall an die Zeiten halten, die Erwachsene für Freundschaften angemessen finden. Ein Freund sollte immer erreichbar sein, sagte er. Da war ich ganz seiner Meinung. Ich öffnete das Fenster und ließ ihn rein.

»Heee, Alter, gut …«, er japste nach Luft, »… dass du noch lebst … hatte schon Panik … weil du nicht geantwortet hast.« Norbert hielt sein Handy kurz in die Luft, als würde das alles erklären, und schaute mich unauffällig neugierig an. Er wusste, dass irgendetwas passiert sein musste, weil meine Mutter ihn gestern angerufen und ausgeladen hatte. Aber er nervte nicht. Lässig steckte er sein Handy in die Hosentasche zurück und zog sich die Jacke aus. Dann zog er unter seinem Sweatshirt ein kleines Paket hervor. Der dicke Bauch war mir vorher gar nicht aufgefallen. Klar, für die Kletterei musste er natürlich beide Hände frei haben. Praktisch veranlagt, so war Norbert eben.

Er warf das Paket auf mein Bett und sich selbst daneben. »Happy Birthday.«

»Jaaaah … danke.« Ich nahm das Geschenk und begann langsam, das Papier wegzureißen. Währenddessen überlegte ich fieberhaft, wo ich anfangen sollte. Am liebsten wäre ich in eine Zeitkapsel gestiegen und da gelandet, wo Norbert und ich für den ganzen Mist schon eine superschlaue Antwort gefunden hätten.

Norberts Geschenk war ein gebrauchtes Star-Wars-Lichtschwert. Das von Darth Vader mit Lichtwechsel. Ich begann zu röcheln.

Norbert beobachtete mich, ich konnte es spüren. »Vom Flohmarkt, fast wie neu. Weil ich dein altes doch geschrottet hab …«, murmelte er.

Bevor er weiterreden konnte, legte ich los. Der direkte Weg war oft der einfachste. Ich erzählte ihm einfach wasserfallartig alles. Genau so, wie es passiert war.

Norbert regte sich nicht, nur seine überdurchschnittlich großen Vorderzähne kauten fast ununterbrochen auf seiner Lippe rum. Völlig entspannt lag er auf meinem Bett und hörte einfach nur zu. Er stellte keine Fragen und äußerte keine Zweifel. Das war eine der besten Eigenschaften von Norbert. Er war ein phänomenaler Zuhörer. Und er glaubte mir immer alles. Egal wie verrückt es sich vielleicht anhörte.

Als ich fertig war, war es so still in meinem Zimmer, dass es krachte. »Woah. Krass.« Norbert brachte die Dinge gern direkt auf den Punkt. »Da stecken garantiert Aliens dahinter. Und jetzt?«

»Keine Ahnung.« Die hatte ich wirklich nicht. »Deshalb bist du ja hier. Ich wollte erst mal sichergehen, dass ich nicht komplett durchgeknallt bin. Das glaubst du doch nicht, oder?« Ich reichte ihm die Taschenuhr und er schnappte sie sich so schnell, als würde sie sich ansonsten in Luft auflösen.

Skeptisch betrachtete er sie von allen Seiten. Er hob sie nach oben und hielt sie sich vors Auge wie ein Monokel. Dann horchte er sie ab. Er nickte stumm, als hätte sie ihm ihre innersten Geheimnisse verraten, und drehte sie noch mal in alle Richtungen. Danach roch er sogar an ihr. Ziemlich theatralisch mit gerümpfter Nase und geschlossenen Augen. Seine Augen waren immer noch zu, als er mir die Uhr in hohem Bogen zurückwarf.

»Und? Was denkst du?« Ich schaute ihn erwartungsvoll an.

Norbert ließ sich nie drängeln. Alles braucht seine Zeit, sagte er immer. Er öffnete langsam die Augen. »Echt krass, das mit deinen Eltern. Also, dass sie es gar nicht sind und so.« Norbert kaute wieder auf seiner Unterlippe. Daran konnte ich sehen, dass er dachte. Auffällig intensiver als sonst, also unterbrach ich ihn nicht.

»Und dass die dich genau hierher gelegt haben, ist auch krass. Normalerweise setzen die Findelkinder doch vor der Kirche aus ... also in Filmen ... wahrscheinlich, damit sie die Babys gleich mit Weihwasser bespritzen können, falls sie verflucht sind oder so.«

Heilige Scheiße, daran hatte ich noch gar nicht gedacht. Warum hatte man mich genau hierher gebracht? Wussten meine Eltern doch mehr, als sie mir gesagt hatten? Das war wirklich eine interessante Frage. Aber Norbert war noch nicht fertig: »Der Kreis in der Mitte der Uhr sieht cool aus, hast du dir den schon genauer angeschaut? Wie ein Ring aus zwei Teilen, die sich umeinanderschlingen. Aber man sieht nicht, wo die Teile hinführen, das kann so gar nicht sein. Was soll das? Soll das für Tag und Nacht stehen? Weil sie unaufhörlich ineinander übergehen? Jedenfalls steht das bestimmt für die Unendlichkeit. Zeit ist unendlich, aber was hat das mit dir zu tun? Und das mit den Sternen ist ja wohl oberkrass.« Er verschränkte die Arme vor dem Bauch. Jetzt war er fertig.

»Ja, oder?!« Mir ging es schon viel besser, weil der ganze Mist auf einmal nur noch zur Hälfte auf mich drückte. Die andere Hälfte hatte inzwischen mein bester Freund auf den Schultern. Ganz selbstverständlich war das alles jetzt auch sein Problem. Das ist das Coolste an einem Freund. Er lebt dein Leben mit, als wäre es sein eigenes. Ein Freund lacht mit, wenn es was zu lachen gibt. Er haut mit dir ab, wenn es was zum Flüchten gibt, und wenn ich ehrlich bin, müssen Norbert und ich ziemlich oft flüchten, weil wir auf der Beliebtheitsskala der Schule nicht gerade ganz oben stehen. Ein Freund hält die Arme auf, wenn du ein Problem in die Luft wirfst. Und genau dann, wenn man ein richtig fettes Problem in die Luft geworfen hat, erkennt man, wie gut dieser Freund wirklich ist. Die einen gehen pfeifend einen Schritt zur Seite und die anderen breiten die Arme aus und fangen das Problem auf. Norbert gehört zur letzten Abteilung. Obwohl wir uns manchmal streiten wie verrückt, ist eines mal klar wie Klospülwasser: Ich hab da echt Schwein, jemanden wie ihn zu haben.

»Ich weiß nicht, ob ich sauer auf meine Eltern bin oder enttäuscht oder beides oder gar nichts.« Ich schaute Norbert an und er kaute konzentriert. Es konnte nicht mehr lange dauern, und ich hatte seine Unterlippe auf dem Gewissen. »Man kann doch nicht einfach bei so einer wichtigen Sache lügen.«

»Na ja, so richtig gelogen haben sie ja nicht.« Norbert stand auf, ging zum Fenster und setzte sich im Schneidersitz auf die breite Fensterbank. Ich glaube, er wollte mir nicht noch mehr Stress machen. Und er liebte die Pfannkuchen meiner Mutter.

»Gibt es einen Unterschied zwischen lügen und nicht die Wahrheit sagen?« Ich schnauzte ihn fast an. »Die Wahrheit ist doch eine klare Sache. Und wenn ich lüge, werde ich bestraft. Genau von denen.« Ich zeigte genervt nach unten in Richtung Küche, wo meine Eltern vermutlich gerade saßen und darauf warteten, dass ich runterkam.

»Aber sie hatten doch keine Wahl, wenn sie dich behalten wollten …« Norbert guckte bedröppelt. »Ich finde, das macht einen Unterschied.«

»Ja, ich weiß.« Aber eigentlich wusste ich gar nichts. Höchste Verwirrungsstufe. »Meine Eltern sind jetzt erst mal egal. Wir müssen rauskriegen, was mit dieser Taschenuhr los ist und was die mit mir zu tun hat.«

Norbert nickte und sein Blick wanderte zu der Uhr. »Ich hab schon 'ne Theorie zu diesem Unendlichkeitskreis. Ganz klar, was er mit dir zu tun hat. Unendlich beschissener Geburtstag, was?!« Er grinste mich schief an.

»Weiß nicht …« Mir war noch nicht nach Witzen. Ich nahm jede noch so blöde Idee extrem ernst. »Nee, mein

Geburtstag ist endlich, und das ist das Gegenteil von unendlich. Unendlichkeit kenn ich aus Mathe, da sieht das Zeichen allerdings aus wie eine Acht, die sich hingelegt hat. Aber was soll das hier? Guck mal genau, das ist eine optische Täuschung. So wie die beiden Teile verlaufen, kann das gar nicht sein. Aber sie gehen unendlich ineinander über und allein schon durch den Kreis ist es unendlich. Immer wieder eine neue Minute, das ist unendlich. Die Zeit gab es schon vor uns und wird es auch noch geben, wenn wir schon lang nicht mehr leben. Aber irgendwas stimmt mit der Zeit nicht. So würde ich das deuten. Oh Mann, weißt du, was voll unendlich ist? Die Gedanken, die man sich dazu machen kann.«

Norbert hörte mir zu, da gab es für ihn nichts zu sagen, er kannte das schon. Er nannte solche Anfälle von mir gern »Denkdurchfall«. Wir starrten beide auf die Wand, als stünden dort die Antworten auf alle Fragen.

Von draußen drangen Geräusche herein. Norbert, der immer noch auf der Fensterbank saß, drehte sich um. Er hatte das Fenster geöffnet und lehnte sich gefährlich weit hinaus. Ich sah nur noch seinen Hintern und die Unterseite seiner Füße. Als er mit rot angelaufenem Kopf wieder auftauchte, sagte er: »Ich glaube, wir kriegen neue Nachbarn.«

Ich stand auf und ging zu ihm rüber. Ja, das war eindeutig. Ein riesiger Umzugswagen und geschäftiges Gewusel. Wir schauten uns das Treiben eine Weile von oben an.

Norbert kramte in seiner Hosentasche und beförderte einen Haufen Zeug ans Tageslicht. Münzen, Kaugummis, einen Fahrradschlüssel, ein kleines Klapptaschenmesser, ein gebrauchtes Taschentuch und einen Gummi. Den Gummi schnappte er sich und stopfte den Rest wieder dahin, wo er hergekommen war. Komplett in Gedanken versunken riss er eine Seite aus dem nächstbesten Comicheft, das in meinem Regal stand. Ich war noch zu angeschlagen, um zu protestieren. Und es ging echt eklig weiter. Er stopfte sich ein Stück des bunten Papiers in den Mund und speichelte es genüsslich ein, als wäre es ein besonders leckerer Kaugummi. Um sich ein paar Minuten später einen widerlichen Kloß in die eigene Hand zu spucken. Die Farbe kann ich leider nicht beschreiben, die hat noch keiner erfunden. Ich kann nur sagen, dass einem bei ihrem Anblick schlagartig schlecht wird. Und diese kleine, feuchte Ausgeburt der Hölle spannte er in den Gummi, zielte und traf. Genau in den Nacken von einem der Möbelschlepper. Der Mann fasste sich erschrocken an den Hals und geriet ins Stolpern. Die Kiste war offensichtlich zu schwer für nur einen Arm und er trudelte hin und her auf der Suche nach neuem Gleichgewicht, bis er aufgeben musste und zusammen mit seiner Kiste am Boden landete. Er drehte sich suchend um und Norbert und ich zuckten blitzschnell vom Fenster zurück.

»Haaaaahaaaaa, Volltreffer!« Norbert kriegte sich nicht mehr ein vor Freude. Er ließ sich wieder auf mein

Bett fallen und ich schaute mir an, wie er jubelte, als hätte er gerade einen Boxkampf gegen Klitschko gewonnen. Er sprang wieder auf und trippelte sogar wie ein Boxer. Zurück zum Fenster, hoch konzentriert und euphorisch, als würde er immer wieder in den Ring springen: reißen, lutschen, zielen, schießen. Inzwischen hatte ich mich auf mein Bett fallen lassen und schaute mir das Schauspiel von dort aus an. Ich fühlte mich schon viel wohler. Niemand kann mich besser aufheitern als Norbert.

Unter uns befanden sich mindestens sechs Zielscheiben in unterschiedlichen Größen. Man konnte die Menschen nicht genau erkennen, aber die Kistenschlepper waren auf jeden Fall Männer. Die Befehlsgewalt hatte eine Frau. Und zwei Kinder waren auch dabei.

Norbert konzentrierte sich auf die Kistenträger, weil er hoffte, dass noch einer eine Kiste fallen lassen würde. Diesmal hatte er allerdings ein höheres Ziel. Einer sollte stolpern und über ihn der nächste und so weiter, sozusagen ein Menschen-Kisten-Domino-Effekt. Das klappte aber leider nicht. Stattdessen erreichte er mit einem Querschläger, dass eines der Kinder einen wirklich coolen Tanz aufs Parkett legte. Eines seiner triefenden Geschosse war zu einem Gesichtsvolltreffer geworden. Das Opfer war ein Mädchen. Es hatte rote Haare und leider so was wie einen siebten Sinn. Noch während es tanzte, schaute es sofort zu uns nach oben und Norbert sprang mit einem Satz zu mir aufs Bett.

»Mann, pass auf!« Ich hatte mich gerade noch rechtzeitig zur Seite gerollt, damit er nicht auf mir landete, sondern knapp daneben.

»Die hat mich fast gesehen!« Norbert rappelte sich schon wieder auf und ging zurück ans Fenster. Er brabbelte: »Man kann sich seine Talente nun mal nicht aussuchen ...«

Na ja, höchstwahrscheinlich brabbelte er das. Ich reimte mir das zusammen, weil mit Papier im Mund verständlich zu sprechen ganz sicher keines seiner Talente war.

Ich weiß nicht genau, wie lange er meine Comics in seinen großen Mund stopfte und wieder ausspuckte. Jedenfalls hörte er schlagartig damit auf, als etwas Riesiges mit einem lauten Knall auf unser Dach fiel. Norbert rutschte vor Schreck von seiner Schussrampe auf dem Fensterbrett und ich riss mir die Arme vors Gesicht, weil ich befürchtete, dass irgendetwas in den nächsten Sekunden auf uns zustürzen würde, um uns mit seinem brennenden Maul zu verschlucken. Meine Nerven hatten in den letzten vierundzwanzig Stunden eindeutig Schaden genommen.

Aber es blieb still. Mein Herz wummerte schon wieder wie verrückt. Ich spreizte langsam meine Finger, damit ich hindurchschauen konnte. Ich wollte wissen, wo der Rums hergekommen war. Da hing etwas echt Großes auf dem Dach und es müsste schon ein wahnsinnig fetter Vogel sein, wenn es ein Vogel war. Aber was sollte es sonst sein? Norbert und ich schauten uns mit angehaltenem Atem an und lauschten. Es bewegte sich in Richtung Fenster, gruselig.

Langsam schob sich etwas in unser Sichtfeld. Es war eine menschliche Hand. Nicht besonders groß und auch nicht behaart, das war schon mal gut. Die Hand griff in den Fensterrahmen und zog sich immer mehr in unsere Richtung. Es folgten rote Haare und ein Gesicht mit gehässigem Grinsen. Es war ein Mädchen, das sich ganz eindeutig tierisch darüber freute, dass es uns fast in den Herzinfarkt getrieben hatte. Es kletterte an der Außenseite des Fensters weiter, so wie das sonst immer Norbert machte, wenn er zu Besuch kam, und setzte sich genau da hin, wo er noch vor ein paar Sekunden gesessen hatte. Es war das Mädchen, auf das Norbert gerade noch seine Ekelbollen geschossen hatte.

Norbert lag hustend auf dem Boden und würgte den Comicschleim hoch, an dem er sich verschluckt hatte. Ich wollte gerade auf seinen Bauch springen, um ihm das Leben zu retten, aber er versuchte schon, sich hochzurappeln. »Hast du sie noch alle?!«, keuchte er. Norbert rollte wie ein Krebs mit Magenschmerzen zusammengekrümmt auf dem Boden hin und her. Zwischendurch würgte er noch eine Runde. Er war echt sauer. »Ich hätte tot sein können oder behindert …« Er schaute zu mir rüber, um sich Unterstützung abzuholen. Aber ich glotzte nur das fremde Mädchen auf meinem Fensterbrett an.

Wir schwiegen alle drei eine Weile.

»Wer bist du überhaupt und was machst du hier?« Norbert lag inzwischen auf dem Rücken und drückte sich gerade hoch. Er war vielleicht nicht immer der Schnellste, aber von Krisen ließ er sich nicht so schnell umhauen. Er schnauzte das Mädchen so laut an, dass es mich nicht gewundert hätte, wenn es rückwärts aus meinem Fenster geweht wäre.

»Ich bin die, die gerade Bekanntschaft mit einem von deinen ekligen Knödeln gemacht hat.« Sie schnauzte mindestens genauso.

Norbert stand inzwischen wieder auf seinen Beinen und beide starrten sich an. Ich hatte das Gefühl, dass grüne Giftblitze aus ihren Augen traten und in der Mitte aufeinanderkrachten. Es war wie ein Duell von Außerirdischen und ich saß mittendrin. Das, was da aus ihren Augen trat, sah mindestens so gefährlich aus wie die Strahlen aus Laserschwertern. Wuuuuusch. Wuuuuuuuusch. Man musste sich die Geräusche dazu vorstellen, aber das war nicht schwer.

Weil ich nicht wusste, wie lange sie dieses schräge Glotz-Duell noch durchziehen wollten, warf ich mich irgendwann dazwischen. In Anbetracht der aktuellen Verrücktheiten in meinem Leben hätte es mich nicht gewundert, wenn noch Blut und Tränen geflossen wären. Und das war so ziemlich das Letzte, was ich heute noch gebrauchen konnte.

»Ich bin Knietzsche und das ist mein Zimmer!« Na ja, was Schlaueres war mir auf die Schnelle nicht eingefallen, aber immerhin wendeten die beiden ihre gefährlichen Blicke voneinander ab. Stattdessen schauten sie jetzt mich an. Immer noch wütend. Doch ihre Blicke veränderten sich langsam. Und in meinem Kopf hallte das nach, was ich gerade gesagt hatte. »Ich bin Knietzsche.« Zum ersten Mal in meinem Leben hatte ich mit Würde meinen Namen ausgesprochen. Zwölf Jahre lang hatte ich mich für meinen Namen geschämt. Alle fanden ihn komisch und ich konnte nie erklären, wo er herkam. Jetzt hatte ich endlich eine Erklärung. Und obwohl ich keine Erklärung für die Erklärung hatte, war das anscheinend besser als nichts.

Die Blicke von Norbert und dem Überfall-Mädchen rissen mich aus meinen Gedanken. Keiner sagte etwas, also machte ich weiter. »Der da ist mein Freund Norbert. Und wer bist du?« Ich fühlte mich wie ein Tiertrainer, der zwei wilde Löwen dazu bringen musste, Sitz zu machen. Allerdings war ich Berufsanfänger und die Löwen hatten Hunger. Ich bildete mir ein, es knurren zu hören.

»Ich bin Mildred. Wir ziehen da drüben ein.« Ohne mich aus den Augen zu lassen, zeigte sie lässig mit dem Daumen hinter sich in Richtung Straße.

»Und wie bist du hier hochgekommen?« Norbert war nicht mehr ganz so krawallig, aber mit Freundlichkeit hatte sein Tonfall auch nichts zu tun.

»Das war ja so waaaaaaahnsinnig schwer.« Sie schaute herablassend auf ihn herunter, obwohl er gar nicht kleiner als sie war. Das muss man erst mal schaffen! »Wenn du das nächste Mal einen Geheimweg planst, dann mach es vielleicht nicht ganz so auffällig. Mit den bescheuerten Sachen, die überall rumhängen, würde ich es sogar blind und mit zwei gebrochenen Beinen hier hoch schaffen, danke noch mal.« Als wäre er ihres Blickes nicht weiter würdig, schaute sie wieder zu mir.

Hübsch sah sie irgendwie aus, aber ihr Mundwerk war echt beängstigend. Zum Glück war sie auf Norbert sauer und nicht auf mich. Er holte gerade laut Luft, aber ihm fiel wohl keine passende Antwort ein. Also blies er die Luft in den Raum. Gefährliches Schweigen dröhnte in meinen Ohren. Mildred schaute sich jetzt neugierig in meinem Zimmer um und drehte sich dabei eine rote Haarsträhne um den Finger. Was für Haare! Wahnsinniger Fall von nicht von dieser Welt! Und garantiert weich wie ein Hamsterfell.

»Pfffft. Vor dir hat den noch keiner entdeckt.« Norbert hatte endlich eine Antwort gefunden. Vielleicht hätte er doch noch ein bisschen länger überlegen sollen, es klang eine Spur zu beleidigt. Aber Mildred zuckte nur gelangweilt mit den Schultern. Der Staub unter ihren Füßen schien sie mehr zu interessieren als Norberts Existenz.

»Und was macht ihr sonst so außer rumspucken?«

Ich hatte das Gefühl, dass sie mindestens drei Klassen über uns war und Kette rauchte, aber sie sah aus der Nähe maximal aus wie zwölf. Image ist echt alles. Da sollten Norbert und ich dringend mal dran arbeiten.

»Wir klären ein Geheimnis auf. Arbeiten an 'ner kaputten Taschenuhr und stellen Nachforschungen an. Ziemlich anstrengendes Zeug und …« Gerade noch rechtzeitig landete mein Schlafanzugoberteil in seinem Gesicht und Norbert hörte endlich auf zu quasseln. Mit meiner Schlafanzughose bedeckte ich unauffällig die Taschenuhr auf dem Bett. Norbert wollte offensichtlich nicht länger ignoriert werden. Um den miesen ersten Eindruck wiedergutzumachen, hatte er sogar seine Stimme ein paar Tonlagen runtergeschraubt. Ich konnte nicht glauben, dass er bei der erstbesten Gelegenheit meine Geheimnisse rausposaunte. Bisher war diese Mildred nicht gerade vertrauenerweckend.

»Was denn für ein Geheimnis? Seid ihr noch im Kindergarten?« Schon wieder diese eingebildete Tour, aber ich war mir sicher, dass sie angebissen hatte. So ein Mist.

»Knietzsche ist adoptiert!« Norbert spuckte schon wieder, diesmal allerdings kein zerkautes Papier, sondern drei Worte. Spucke war trotzdem dabei. Es sah aus, als wäre er über sich selbst erschrocken. Wenn Mädchen einen provozieren, ist man einfach nicht mehr Herr seiner Sinne. Er schaute mich entschuldigend an, aber ich zuckte nur mit den Schultern. Zurückschieben kann man Worte leider nicht. Ich hatte auch einfach keine Kraft mehr, um mich über irgendetwas aufzuregen.

Mildred sah mich an. Ihr Blick hatte sich verändert, sie sah plötzlich nicht mehr ganz so Furcht einflößend aus. Als hätte sie das Gefühl, dass mir ihr Blick unangenehm wäre, schaute sie plötzlich weg und sagte ganz beiläufig: »Die meisten Stars adoptieren ja Kinder, ist voll angesagt in Hollywood. Sind deine Eltern vielleicht Brad Pitt und Angelina Jolie? Meinst du, die könnten mir eine Rolle in ihrem nächsten Film besorgen?«

Norbert schaute mich von der Seite an. Er wusste nicht so richtig, ob das cool war oder nicht.

Ich musste grinsen. »Nee, sorry. Die sind ganz normal.«

Jetzt grinste Mildred auch. »Das haben über Bruce Wayne auch alle gesagt. Und in Wirklichkeit war er Batman. Normal ist oft einfach nur die genialste Tarnung der Welt.«

Norbert glotzte Mildred inzwischen mit offenem Mund an, während sie sich in meinem Zimmer umschaute als wäre sie ein eingeladener Gast. Weil wir beide nichts sagten, redete sie weiter. »Du machst nicht gerade den Eindruck, als würdest du Adoptionen auch so cool finden wie Angelina Jolie.«

Ich seufzte. Sie würde sowieso nicht lockerlassen. »Nee. Gar nicht cool. Meine Eltern haben es geheim gehalten.«

»Oh. Das ist extrem uncool. Wie lange weißt du es denn schon?«

»Seit gestern.« Ich konnte sie nicht anschauen. Auf Mitleid konnte ich gut verzichten.

»Tut mir leid, geht mich ja auch nichts an.«

»Jepp.« Ich wollte dieses Gespräch so schnell wie möglich beenden.

Norbert wurde nervös. Er kaute wie ein Irrer auf seiner Lippe rum. Schließlich war er schuld an dem Schlamassel, er hatte dafür gesorgt, dass wir alle in einem Nebel aus peinlicher Bedrücktheit rumstocherten und den Weg nach draußen suchten.

Dieses fremde Mädchen war der zweite Mensch außerhalb meiner Familie, der von meiner Adoption wusste, und er hatte es ausgeplaudert.

»Schon okay.« Ich wollte das Thema endlich abhaken. »Es gibt sicher Schlimmeres.«

Mildred nickte. »Meine Mutter ist gestorben, als ich sechs war …«

Norbert und ich schauten uns an. Mir war erst nicht ganz klar, ob das wieder einer ihrer coolen Sprüche war. Aber ihr Gesicht war dafür zu ernst.

»Äh … das ist schlimm … tut mir sehr leid.« Ich verschluckte mich zwischen den Worten.

Mildred sah mich an. »Ist schon lange her, aber ich weiß, wie mies es sich anfühlen kann, wenn eine Nachricht alles verändert.«

Ich hatte plötzlich das Gefühl, als würde ich sie schon aus dem Sandkasten kennen. Als hätten wir uns schon Millionen Mal gegenseitig Schneebälle ins Gesicht gedrückt, uns schon unendlich oft gestritten und wieder vertragen. Das war seltsam. Mein Gefühl wollte ihr vertrauen und mein Verstand wusste, dass sie sich das noch gar nicht verdient hatte.

Vertrauen ist eine spannende Angelegenheit, gleichzeitig total normal und wahnsinnig besonders. Wir verschenken es jeden Tag ganz selbstverständlich. Wenn wir in den Bus steigen und darauf vertrauen, dass der Busfahrer den Weg kennt und nicht total betrunken ist. Aber bei Menschen, die wir wirklich kennenlernen, wächst das Vertrauen normalerweise ganz langsam. Das liegt daran, dass zum Vertrauen immer auch ein Risiko gehört. Es könnte schließlich jederzeit verletzt werden.

Norbert vertraut viel schneller als ich. Ich finde, man sollte genau wissen, wem man sein Vertrauen schenkt, und normalerweise beherzige ich das total. Aber Ausnahmen sind das Salz in der Regelsuppe und nach dem ganzen Horrorstress mit der Uhr und den Sternen und der Adoption hatte ich wohl einfach Notstand. Es war wie ein Befehl von oben und ich wusste, dass ich jede Hilfe gebrauchen konnte. Also schaltete ich meinen Verstand auf stumm und hörte auf mein Gefühl. Ich erzählte ihr einfach alles. Genauso, wie ich es vor etwa einer Stunde Norbert erzählt hatte.

»Mann, ist das abgefahren. Also, eine echt gute Geschichte, aber du glaubst das doch selber nicht, oder?« Mildred saß auf dem Fensterbrett und baumelte mit den Beinen. Dabei schaute sie leicht amüsiert abwechselnd Norbert und mich an. Mit so einem spöttischen Lächeln, das ich überhaupt nicht leiden kann.

Damit hatte ich nicht gerechnet. Im Nachhinein betrachtet war das natürlich eine ganz normale Reaktion, weil die von Norbert ja auf keinen Fall normal war. Er muss mir einfach alles glauben, weil er mein bester Freund ist, aber wenn er mal ein paar Sekunden nachgedacht hätte, hätte er genauso reagieren müssen. Blöd gelaufen. Ich dachte kurz nach.

Die beiden schauten mich an und ich dachte noch ein bisschen länger nach. Dann fing ich an, irre zu kichern. Wirklich, ich hatte keine Kontrolle mehr.

»Natürlich glaube ich das nicht!« Ich lachte mich echt schlapp. Leider passiert mir das immer in den wirklich unpassendsten Momenten. Kurz bevor mein Kopf explodiert. Die beiden schauten mich an, als wäre ihnen das gerade sehr unangenehm.

»'tschuldigung, ich bin nur echt durch und weiß selbst nicht mehr, was ich glauben soll. Ich glaube es nicht, ich weiß aber, dass es so war. Kann irgendwas die Wahrheit sein, auch wenn wir es nicht glauben? Wer soll denn überhaupt ganz genau wissen, was die Wahrheit ist? Manchmal glaubt man ja nur, dass etwas wahr ist, und dann ist es für mich die Wahrheit, für euch aber nicht. Aaaaaaaaargh! Kann einer bitte meinen Kopf ausschalten?«

Norbert zuckte hilflos mit den Schultern. Mildred starrte auf ihre Fingernägel und zuppelte daran rum. Mann, war das peinlich. Ich hatte so was wie einen Anfall. Ich atmete tief durch, damit ich wieder runterkam. Weil die anderen nichts sagten, machte ich einfach weiter. »Die Wahrheit ist, dass das alles genau so passiert ist, und ich hätte ja wohl 'nen Vollknall, wenn ich mir so was ausdenken würde. Andererseits könnte ich natürlich über Nacht verrückt geworden sein und bilde mir alles nur ein. Kein Verrückter weiß, dass er verrückt ist, oder? Die Wahrheit ist etwas, von dem immer alle behaupten, dass sie es hören wollen, aber in Wirklichkeit hat man meistens gar keinen Bock drauf. Die Wahrheit ist manchmal das Allerletzte, aber sie ist vielleicht auch das Allerwichtigste. Ich hab keine Ahnung und bin ich einfach nur voll genervt. Aber ich lass mir das alles nicht gefallen. Irgendjemand hat eine fette Stinkbombe in mein Leben geworfen und mir ist kackegal, ob ich es bereuen werde, ich will die Wahrheit wissen über mich, meine Eltern und diese Drecksuhr.«

Ich glaube, ich hatte beim Reden einen roten Kopf bekommen, jedenfalls schauten Norbert und Mildred mich an, als müssten sie mich gleich in einer Anstalt abliefern. Ja gut, vielleicht war ich ein kleines bisschen theatralisch geworden, aber genau so, wie ich es gesagt hatte, hatte ich es auch gemeint. Und während wir alle gerade so in der peinlichen Stille überlegten, was man nach so einer Rede sagen könnte, ratterte es wie auf Kommando unter meiner Schlafanzughose.

Ich hatte schon wieder total vergessen, dass ich sie auf die Taschenuhr geschmissen hatte, als Norbert mit dem ganzen Gequatsche angefangen hatte. Mann, waren wir zwei Plaudertaschen. Unfassbar.

»Ist das die Taschenuhr?« Mildred sprang mit einem Satz zu mir aufs Bett. Norbert gleich hinterher. Ich nahm das ratternde Ding in die Hand und unsere Köpfe knallten aneinander, als wir zuschauten, was auf dem Zifferblatt passierte. Der Sekundenzeiger drehte wieder durch, aber diesmal rotierte auch der Minutenzeiger. Sie drehten sich um die Unendlichkeit in der Mitte. Das war so was von schräg. Mein Zimmer war angefüllt mit fein tickenden Rattergeräuschen. Die Spannung war kaum auszuhalten – wenn die Uhr plötzlich zischend explodiert wäre, hätte sich keiner gewundert.

Aber stattdessen passierte etwas viel Unheimlicheres: Der Stundenzeiger war aus seinem Koma erwacht und setzte sich auch noch in Bewegung. Als wolle er ein ganzes verschlafenes Leben nachholen, drehte er mit Vollgas durch. Und als er schließlich auf der römischen Eins einrastete, verharrten alle drei Zeiger auf einen Schlag. Keiner von uns atmete.

Und dann bekam der Wahnsinn eine ganz neue Dimension. Vor unseren Augen verschwanden die römischen Zahlen und stattdessen tauchten langsam Buchstaben auf. Ich schielte hektisch zu Norbert und Mildred. Beide starrten mit offenen Mündern auf die Taschenuhr, also sahen sie es auch. Die Buchstaben tanzten auf dem ganzen Zifferblatt umher, als würden sie sich über ihre neue Freiheit freuen. Und wenn einer genug hatte, suchte er sich einen neuen Platz, während die anderen weiter ihre Runden drehten.

VIIIIIVXII

HRA(M)WIT

EIXHVII

»IHR …«

»HARTE …«

»MEHR …«

»HEIM …«

»HIER …«

Jeder von uns murmelte mögliche Worte vor sich hin auf der Suche nach einer Bedeutung.

»MIET …«

Und dann stellte sich das M auf den Kopf.

»WEHRET …«, quietschte Norbert in mein Ohr.

»Nee … WAHRE …WAHRHEIT!« Meine Stimme klang wie das hysterische Krächzen einer uralten Hexe. Und kaum hatte ich es ausgesprochen, verschwanden die

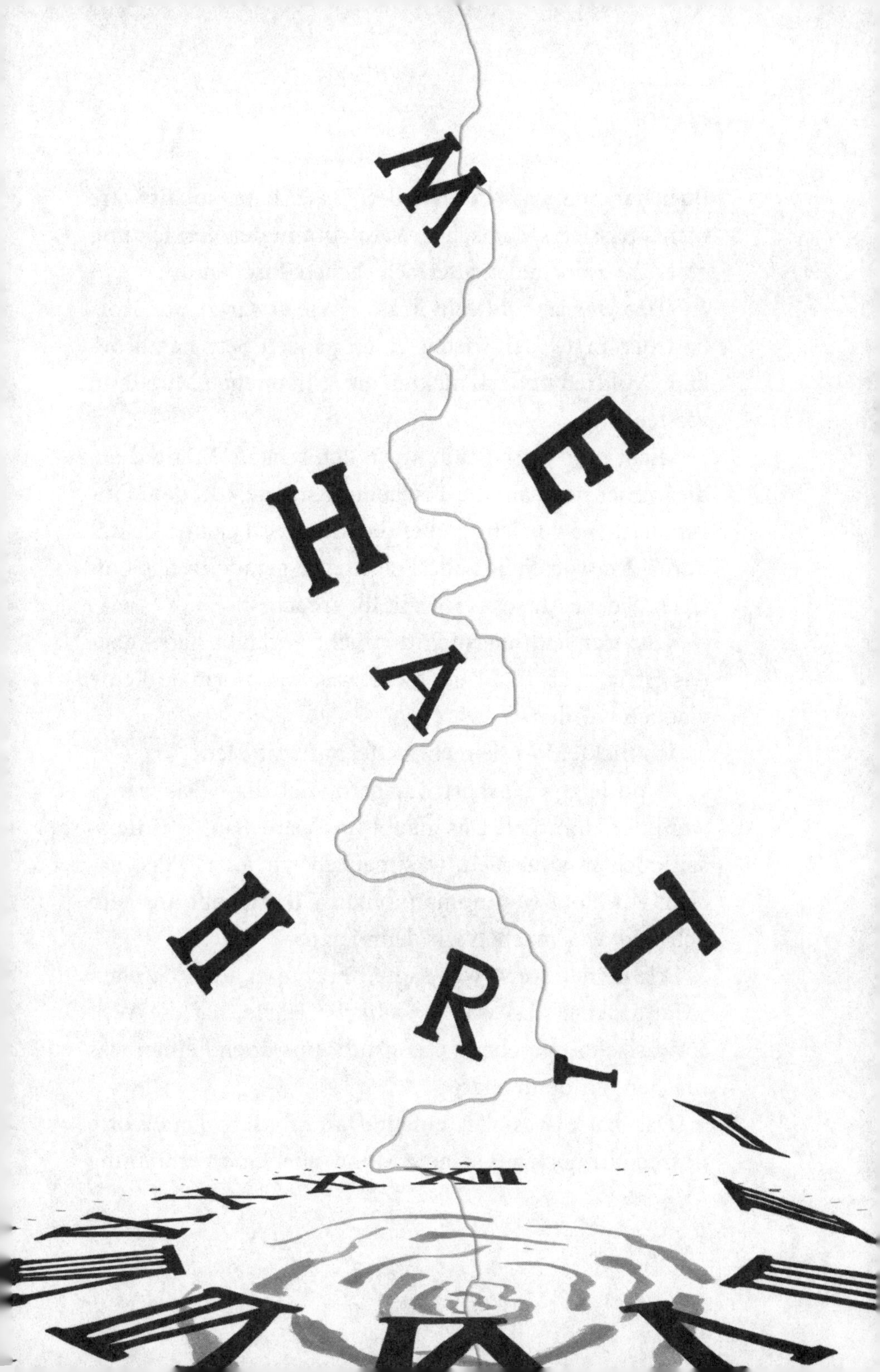

Buchstaben auch schon wieder. Die Uhr tat so, als wäre nichts passiert. Magischer Wahnsinn in der Verkleidung einer ganz normalen altersschwachen Taschenuhr.

»Das war ja wohl echt krass.« Wie erwartet war Norbert der Erste, der wieder einen ganzen Satz herausbekam. Mildred und ich nickten nur. Mit offenen Mündern, versteht sich.

»Echt gute Geschichte, was?« Ich schaute Mildred an, die immer noch auf die Taschenuhr starrte. Mit dem Finger strich sie vorsichtig über das Glas, als bekäme sie dadurch Antworten auf alle Fragen, die gerade in der Luft lagen. Sie wusste, dass ich mit ihr sprach.

»Tut mir leid, dass ich dir nicht geglaubt habe, aber das ist ja auch nicht gerade etwas, was normale Leute glauben würden.«

Ich nickte. Wo sie recht hatte, hatte sie recht.

»Und jetzt?« Norbert war ganz hibbelig. »Das war ja wohl der Hammer! Das glaubt uns keine Sau! Wir müssen doch was machen, was machen wir jetzt? Was machen wir bloß? Mannomannomann, das glaubt uns kein Schwein, was machen wir denn jetzt?«

Als keiner sonst was sagte, machte er direkt weiter. »Mann, Alter, das war ja wohl die Härte, hat die Welt so was schon gesehen? Das glaubt uns doch keiner, was machen wir denn jetzt?«

Das hatte was von einem Dammbruch. Die Worte flossen nur noch aus seinem Mund, aber eine Verbindung zu seinem Gehirn schien nicht mehr zu existieren. Ich schlug ihm mit voller Wucht gegen den Oberarm. »Beruhig dich, uns fällt schon was ein.«

»Aua!« Norbert ließ sich nicht so einfach ruhigstellen. Er zog nur seinen Arm weg und plapperte weiter. Wenigstens hatte ich den Sprung in seiner Platte unterbrochen. »Was für ein Wahnsinn. Das muss doch was bedeuten, Wahrheit … hat auf jeden Fall was mit dir zu tun.«

Mildred nickte. »Auf jeden Fall, ist ja auch deine Taschenuhr.«

Beide schauten mich an.

»Na ja, ich habe die Wahrheit über meine Herkunft erfahren. Oder besser gesagt, dass es nicht wahr ist, dass meine Eltern meine Eltern sind.« Ich holte tief Luft und die anderen zwei schauten mich fast schon besorgt an. Das alles war ganz schön heftig. Da konnten sich die Gedanken schon mal verheddern.

Nach einer lautlosen Weile Nichts, in der wir alle versuchten, einen Sinn zu entdecken, und unsere Köpfe rauchten, hatte ich zumindest eine grobe Idee. »Vielleicht wäre es ja irgendwie möglich, dass die Uhr gemerkt hat, dass ich mich mit der Wahrheit beschäftige. Oder vielleicht wollte sie das sogar. Und vielleicht hat sie ja auch gemerkt, dass ich mich irgendwie mit dieser bescheuerten Wahrheit abgefunden habe, obwohl sie echt nicht toll ist, und dann hat sie reagiert …« Ich schaute die beiden zögernd an. »Klingt total verrückt, oder?«

Wie auf Kommando platzten Norbert und Mildred gleichzeitig raus. »Nein!« Und dann der eine: »Gar nicht verrückt!« Und die andere: »Absolut nicht verrückt!«

Ich dachte weiter laut nach. »Aber wie kann es sein, dass eine Uhr mit mir Kontakt aufnimmt? Was will sie denn von mir? Das ist doch total verrückt.«

Norbert hatte einen roten Kopf. »Das ist auf jeden Fall das Verrückteste, das ich jemals erlebt habe. Vielleicht hatten wir eine Halluzination!«

Ich schüttelte den Kopf. »Nee, ich hab mal was über Halluzinationen gelesen. Ich glaub nicht, dass die auch als Mannschaftssport funktionieren. Da bildet sich jeder seinen eigenen Film ein und meistens haben die Leute Pilze oder so was geschluckt, wenn denen das passiert. Wir haben alle drei das Gleiche gesehen und nichts geschluckt. Also war das hier real.«

Mildred nickte nur und starrte die Uhr an.

Es war echt beruhigend, dass die beiden da waren. Auch wenn wir trotzdem nicht wussten, wie das alles weitergehen würde.

Von draußen hörten wir Schreie. Irgendjemand rief nach Mildred, und auch wenn es nicht gerade liebevoll klang, war es großartig, etwas ganz Normales zu hören.

Mildred stand auf und stöhnte. »Oh Mann, ausgerechnet jetzt. Tut mir leid, ich muss unbedingt los, meine nervige Stiefmutter hat bestimmt schon bei der Polizei angerufen, weil ich nicht schleppen helfe. Jungs, das war ein Kennenlernen, das man nie vergisst. Vielleicht bis morgen?!« Und bevor wir irgendwas Schlaues oder Beeindruckendes oder wenigstens nicht total Dummes sagen konnten, war sie schon aus dem Fenster verschwunden.

»Wahnsinn.« Ich wusste nicht genau, ob Norbert Mildred damit meinte oder das, was gerade passiert war. Eigentlich auch egal. Beides war Wahnsinn.

Norbert verabschiedete sich ein paar Minuten später. Er wusste, dass ich runter musste, um mit meinen Eltern zu sprechen. Manche Dinge lassen sich zwar hinausschieben, aber auf keinen Fall vermeiden. Das war so etwas.

Ich hatte ein mulmiges Gefühl im Bauch, als ich mit den beiden am Küchentisch saß, ich fühlte mich von ihnen verraten und war sauer. Trotzdem beruhigte ich meine Mutter, damit sie nicht wieder weinte. Ich musste ihr schwören, dass ich sie nicht hasse.

Mein Vater wollte ein paarmal ansetzen und über die Adoption sprechen. Mir war schon klar, dass meine Eltern nach zwölf Jahren Schweigen ein dringendes Bedürfnis hatten, mit mir zu sprechen, aber ich war einfach noch nicht so weit. Ich musste das alles erst einmal selbst in meinem Kopf sortieren und aufhören, wütend auf sie zu sein. Mit Wut im Bauch wollte ich so ein wichtiges Gespräch nicht führen. Wut färbt alles rot ein und macht einen wahnsinnig. Sie verschluckt alle klaren Gedanken und verwandelt sie in Schaum, der einem dann vor dem Mund steht. Sie bringt einen dazu, Dinge zu sagen, die einem später leidtun, und das wollte ich nicht. Also sagte ich den beiden, dass ich im Moment nicht darüber sprechen wollte.

Wir aßen zusammen und taten so gut es ging so, als wäre alles wie immer. Mein Vater erzählte, dass er überraschend während der Weihnachtsferien nach Ghana fliegen sollte und gerade verzweifelt einen Ersatz suchte, damit er nicht ausgerechnet jetzt verreisen musste.

Plötzlich war ich wieder hellwach. Ich sah meine Chance für eine Familien-Verschnaufpause.

Meine Eltern waren vor drei Monaten schon einmal zusammen gereist, als mein Vater für die Ärzte ohne Grenzen arbeiten musste und meine Mutter mit im Team war. Sie wollten mich erst mitnehmen und hatten sich riesige Sorgen um mich gemacht.

Ich hatte gejammert und diskutiert, bis sie sich geschlagen gaben und mir als Kompromiss einen Babysitter vor die Nase setzten. Er hieß Paul, war Student und durfte nach einem Rundumcheck auf Herz und Nieren für eine Woche bei mir einziehen.

Was meine Eltern bei ihrem geheimdienstmäßigen Vorstellungsgespräch nicht abchecken konnten, war eine kleine Besonderheit: Paul war der totale Tollpatsch. Meine Woche mit ihm sah so aus, dass er sich gleich am ersten Tag mit dem Brotmesser fast den Daumen abgeschnitten hatte. Ich musste ihn verarzten und zupflastern, um nicht im Blut durch die Küche zu waten. Am zweiten Tag war er mit Socken über das Parkett geschlittert. Das endete damit, dass er über seine eigene Hose gestolpert und die Treppe runtergesegelt war. Ich hatte in meinem Zimmer einen tierischen Rums und schlimmes Geschrei gehört und war sofort losgerannt. Aber da lag er schon verknotet am Boden und fiepte traurig. Er hatte sich ein Bein und das Handgelenk gebrochen. Ausgerechnet das Handgelenk der Hand, die nicht das Brotmesseropfer war – jetzt war der arme Kerl komplett handlungsunfähig.

Als der Krankenwagen kam, war der Trubel so groß, dass keiner auf die Idee kam, mich nach meinen Eltern zu fragen. Ich war Paul los und besuchte ihn jeden Tag im Krankenhaus, um ihm ein bisschen Trost in den Mund zu schieben. Er bekam seinen fairen Anteil von den Süßigkeitenvorräten, mit denen uns meine Mutter eingedeckt hatte, und ich kratzte ihn ab und zu mit einem Lineal unter dem Gips, weil es ihn so schlimm juckte. Zu Hause versorgte ich mich den Rest der Woche allein. Wenn ich etwas Gutes essen wollte, ging ich zu Norberts Familie. Alles lief bestens.

Erst als meine Eltern wieder da waren, packte ich aus. Am Anfang waren sie sauer, weil ich ihnen nicht schon vorher beim Skypen davon erzählt hatte, dass ich so lange allein im Haus war, aber das ging schnell vorbei. Ich wollte ja nicht, dass sie sich Sorgen machten oder sogar früher zurückgekommen wären.

Auf jeden Fall hatte ich bewiesen, dass ich groß genug war, um eine Zeit lang alleine klarzukommen. Ich hatte eine fette Krise gemeistert, war der Babysitter meines Babysitters gewesen und wusste immer, was ich tun musste, wenn ich Hilfe brauchte. Ich hatte Verantwortung übernommen, und weil meine Eltern ja so was wie Superpädagogen waren, blieb ihnen nichts anderes übrig, als mir auch in Zukunft das Vertrauen zu schenken, das ich mir verdient hatte. Ich war mit einem Schlag alle zukünftigen Babysitter losgeworden. Allerdings unter einer kleinen Bedingung. Es gab eine Art Standleitung zu Norberts Eltern, die ja nebenan wohnten und sofort da wären, wenn etwas sein sollte. Und ich musste täglich skypen und versprechen, dass ich in Zukunft keine Krisen geheim halten würde. Das war ein Deal, auf den ich mich gut einlassen konnte.

Meine Eltern konnten ganz schön schräg, aber auch ziemlich cool sein.

Jetzt war es wieder so weit. Es roch schon nach Freiheit. Wie ein Politiker begann ich, auf meinen Vater einzureden, dass er unbedingt die Reise machen sollte. Ich hielt einen kleinen Vortrag darüber, dass er meine Mutter auf jeden Fall wieder mitnehmen sollte, weil sie doch immer so ein gutes Team waren und super Sachen erlebten.

Ich konnte den Gesichtern meiner Eltern ansehen, dass sie absolut nicht bereit waren, etwas zu tun, was ihnen Freude bereiten würde. Und allein lassen wollten sie mich schon gar nicht. Also musste ich härtere Maßnahmen ergreifen. Ich sagte ihnen, dass ich nach dem Schock mit der Adoption ganz dringend eine Pause von ihnen bräuchte. Und dann noch: Im Vergleich zu ihnen hätte ich bisher noch nie ihr Vertrauen missbraucht und sie könnten mich mit gutem Gewissen zu Hause lassen. Kawumm. In den nächsten zwanzig Sekunden schien das Zimmer einzufrieren. Das war zwar ganz schön hart, aber es funktionierte. Meine Eltern würden über die Weihnachtsferien zusammen nach Ghana fliegen und ich würde das Haus für mich haben.

Wenn man so eine Geschichte zum zwölften Geburtstag vorgesetzt bekommt wie ich, hat das genau einen Vorteil: Deine Eltern machen plötzlich genau das, was du willst.

11. JANUAR 2013

Meine Eltern waren also die ganzen Weihnachtsferien über irgendwo in Afrika und unser Haus wurde zu einer ungestörten Oase detektivischer Nachforschungen. Wir trafen uns jeden Tag und hatten eine Bombenzeit. Eisbombenzeit passt noch besser, denn pünktlich zum Ferienbeginn hatte es angefangen zu schneien. Die Taschenuhr wurde zwar jeden Tag ausgiebig von allen Seiten untersucht, aber sie gab keinen Mucks mehr von sich.

Wir suchten im Internet und in der Bücherei nach Informationen über Taschenuhren, Mythen, Märchen und sogar noch mal Halluzinationen. Wir wollten ganz sicher ausschließen, dass sich nicht doch schon mal irgendwo auf der Welt drei Kinder gleichzeitig das Gleiche eingebildet hatten. Das ganze Internet war aber frei von Hallu-Kindern im Dreierpack, das beruhigte uns schon mal ein bisschen.

Hauptsächlich taten wir andere sehr sinnvolle Dinge wie eine Schneefestung bauen. Oder in dem schiefen Baumhaus abhängen, das Norbert und ich vor drei Jahren gebaut hatten und das erstaunlicherweise immer noch stand. Oder Eishockey spielen auf dem See. All das am Waldrand, wo wir uns am liebsten aufhielten.

Mildred tauchte entweder auf oder nicht. Und dann war sie entweder gut drauf oder nicht. Es war ziemlich schräg, mit solchen Stimmungswechseln hatten wir keine Erfahrung. Manchmal war sie sogar da, ohne da zu sein. Versunken in einer Welt, zu der nur sie den Schlüssel hatte. Eigentlich war es so, als gäbe es zwei Mildreds, also Zwillinge, die komplett unterschiedlich drauf waren. Und wir wussten erst nach einer Weile, welche von beiden gerade da war. Sehr gefährlich war es, wenn man sie fragte, ob alles okay wäre. Den Fehler beging ich einmal. Auweia. Ich glaube, Mildreds größtes Problem war, dass sie es hasste, wenn jemand auf sie aufpassen wollte. Sie schnauzte mich volle Kanone an inklusive echt übler Schimpfworte. Probleme waren eindeutig etwas, das Mildred nicht mit uns teilen wollte. Also taten wir einfach so, als wäre nichts, wenn sie mal wieder abtauchte. Und meistens ging die Traurigkeit nach einer Weile von allein wieder weg. Im Prinzip wie Blähungen.

Ansonsten hatten wir eine super Zeit. Die Feiertage verbrachte ich mit Norberts Familie. Dass sie mich eingeladen hatten, war auch der entscheidende Grund gewesen, warum meine Eltern mich letztendlich mir selbst überließen. Und natürlich musste ich jeden Tag mit ihnen skypen, aber das war okay.

Die Ferien waren einfach herrlich, bis auf die Tatsache, dass sie zu schnell vorbei waren. Danach ging es schlagartig schon wieder bergab. Und das, obwohl ich mich noch nicht mal richtig von meinem Adoptionsschock erholt hatte.

Meine Eltern kamen wieder zurück, pünktlich zum Schulbeginn. Noch länger wollten sie mich dann doch nicht allein lassen. Dass sie zurück waren, war aber nicht das Problem. Ich freute mich sogar darüber, die Essenssache hatte meine Mutter doch viel besser im Griff als ich. Das Problem war Mildred. Sie war trotz ihrer manchmal seltsamen Art unsere Freundin geworden, anders konnte man das nicht sagen. Es war eine Freundschaft, wie sie in

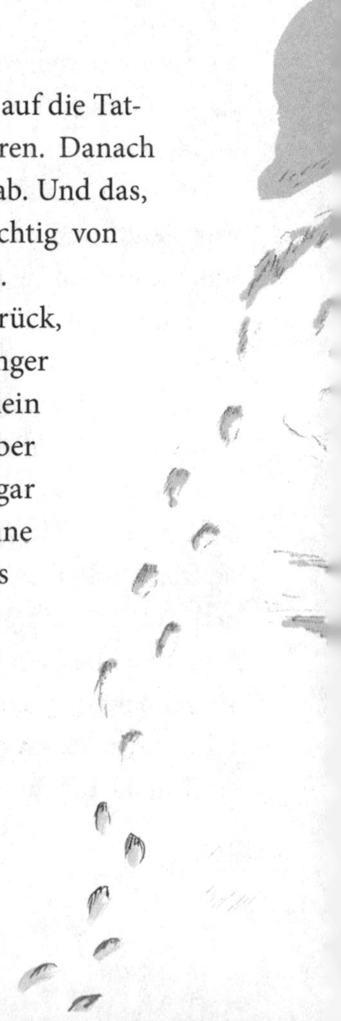

so kurzer Zeit nur selten entstand. Bei uns hatte der Vollschocker mit der Uhr sicherlich nachgeholfen. Alles war wunderbar, wir freuten uns sogar wieder auf die Schule und dann – tauchte Mildred nicht auf! Sie sollte nach den Weihnachtsferien auch auf unsere Schule gehen. Aber sie kam nicht.

Am Montag nicht. Am Dienstag nicht. Am Mittwoch nicht. Und am Donnerstag auch nicht. Norbert und ich versuchten sie anzurufen, anzuskypen und anzumorsen. Das heißt, wir warfen Schneebälle an ihr Fenster und gaben ihnen vorher bestimmte Bedeutungen mit auf den Flug. Wuuuuums – Komm! Wuuuuuuuums – Raus! Aber egal, was wir anstellten, es kam kein Lebenszeichen. Das war alles mehr als merkwürdig.

Am Freitag kam Mildred dann endlich in die Schule, aber sie landete in unserer Parallelklasse. Nicht mal in der Pause erwischten wir sie. Sie wich uns eindeutig aus, irgendetwas war ganz schön faul.

Nach der Schule wollten wir mit ihr sprechen, aber sie ließ uns voll auflaufen. Wie eine Zehntklässlerin, die von unwürdigen Sechstklässlern vollgequatscht wird. Noch nicht mal gegrüßt hat sie uns. Sie vermied jeden Blickkontakt und rauschte mit Vollgas nach Hause.

Mannomann, das war so was von total oberseltsam. Wieso war sie nicht wie alle anderen am Montag gekommen? Wenn sie nur eine Grippe gehabt hätte, wäre ja wohl irgendjemand bei ihr ans Telefon gegangen. Und warum war sie plötzlich so komisch? Und unsere Schneeballnachrichten waren auch auf keinen Fall zu überhören gewesen. Das coolste Mädchen von hier bis Texas benahm sich auf einmal wie jede andere doofe Nuss. Seltsam war voll okay, aber auf keinen Fall durfte sich jemand aus heiterem Himmel benehmen wie eine aufgeplusterte Vollzicke.

Norbert war noch entsetzter als ich. Er hatte aber auch einen noch größeren Hau, was Mädchen betraf, als alle anderen Jungs. Was eventuell an seiner großen Klappe in Kombination mit seinen großen Zähnen liegen konnte. Er hatte kurz gesagt keinen guten Stand beim anderen Geschlecht und deshalb fand er Mildred auch so toll.

»Tja, das war's dann wohl.« Er schaute ihr bedröppelt hinterher. »Ich dachte echt, sie wäre anders, dabei ist sie nur noch viel bescheuerter als die anderen bescheuerten Ziegen …«

Ich legte ihm die Hand auf die Schulter, obwohl ich mich auch voll mies fühlte. »Hör auf damit, vielleicht ist ja irgendwas passiert.« Aber eine Vorstellung, was das sein sollte, hatte ich nicht.

»Wer braucht schon neue Freunde?« Norbert kickte mit voller Wucht eine Coladose in die Luft, die vor ihm einer weggeschmissen hatte. Grandioser Schuss, das Ding donnerte von hinten gegen den Rucksack des Blödmanns, der sie gerade weggeworfen hatte.

»Schon mal was von Mülleimern gehört?!«, blökte Norbert ihn an. Der Junge drehte sich um. Er war bestimmt zwei Jahre älter und einen Kopf größer als Norbert und starrte wütend auf ihn runter. Seine Kumpels warteten gespannt, was jetzt passieren würde, und ich griff sicherheitshalber nach Norberts Jacke, damit er wenigstens stehen blieb und nicht noch übler ausrastete.

Ich war auf das Schlimmste gefasst, aber der Junge erkannte wohl das gefährliche Funkeln der Wut in Norberts Augen. Dieses eindeutige Funkeln, dem man besser aus dem Weg geht. Die Stille war unheimlich. Und irgendwann bückte sich der Junge und schnappte sich ohne ein Wort zu verlieren die zerbeulte Dose und schmetterte sie in den nächstbesten Mülleimer.

»Mach das nie wieder, du blöder Freak!«, zischte er noch in Norberts Richtung, aber immerhin ging er weiter und seine Kumpels folgten ihm mit muffigen Gesichtern. Weil meine Hand immer noch verkrampft in Norberts Jacke krallte, konnte ich spüren, wie sein angespannter Körper in sich zusammenfiel. Wie ein Luftballon, bei dem der Knoten aufgegangen war.

»Was war das denn?« Ich schubste ihn von mir weg. »Bist du lebensmüde?«

Norbert schaute den Jungs hinterher und vergrub seine Hände tief in den Hosentaschen. Inzwischen hatten sich auch die Schaulustigen verzogen. »Das ist doch nicht in Ordnung …«, murmelte er nur und ging langsam einfach weiter. Keine Ahnung, ob er Umweltverschmutzung im Allgemeinen oder Mildreds Abtauchen im Besonderen meinte, jedenfalls war er wirklich richtig mies drauf.

Ausgerechnet diesen miesen Moment suchte sich die blöde Taschenuhr aus, um wieder mal zum Leben zu erwachen. Als ich Norbert hinterhertrottete, fühlte ich auf einmal ein Zucken in meiner Hosentasche. Noch während ich nach ihr griff, war mir klar, dass sich der Sekundenzeiger wieder in Bewegung gesetzt hatte.

Als ich es Norbert sagte, hatte ich das Gefühl, dass er sich am liebsten die Ohren zuhalten wollte. Das tat er zwar nicht, aber er quasselte einfach weiter, als wäre nichts geschehen. Die alte Mildred-Leier. Ohne zwischendurch mal Luft zu holen maulte er ununterbrochen rum.

»Selbst wenn sie 'ne Lungenentzündung hatte, hat sie ja wohl offensichtlich überlebt und kann doch nicht plötzlich so blöd zu uns sein. Die tut ja, als kenne sie uns nicht. Oh Mann, und ich hab sie zu meinem Geburtstag eingeladen … echt zum Kotzen!«

Norbert war echt sauer. Und ich war froh, dass er es an anderen ausließ statt an mir. Ich fühlte mich auch mies, wenn ich daran dachte, wie wir stundenlang in langweilige, verstaubte Bücher über Taschenuhren gestarrt hatten. Sogar das war mit Mildred irgendwie cool gewesen. Aber das war alles Schnee von gestern.

Die Taschenuhr in meiner Hosentasche war nicht das einzig Wichtige auf der Welt. So sicher, wie die Erde sich um die Sonne drehte, würden ihre Zeiger sich drehen, wann sie wollten, und wir konnten sie sowieso nicht beeinflussen. Jetzt ging es meinem Freund schlecht und da musste das Ding mal kurz warten.

»Vielleicht kommt sie ja.« Ich versuchte Norbert aufzuheitern. Aber wenn man nicht mal selber an das glaubt, was man gerade sagt, dann stehen die Chancen ziemlich schlecht, dass ein anderer es glaubt.

»Na ja, egal.« Norbert hob die Hand, damit ich zum Abschied einschlug. Ich machte sogar noch das Tänzchen, das wir uns ausgedacht hatten, als wir etwa fünf waren. Meistens konnte ich ihn damit zum Lachen bringen. Heute nicht. »Mach's gut, Alter.« Ich schlug ein und er trottete davon.

Ich schaute ihm traurig hinterher. So jung würden wir uns nie mehr sehen, morgen war auch seine Zeit als Elfjähriger abgelaufen. Die Zeit rennt und wartet nicht auf uns. Wenn sie da ist, müssen wir das Beste daraus machen, man kriegt sie schließlich nicht wieder. Mehr kann keiner tun.

Aber gerade wünschte ich mir, dass ich etwas für Norbert tun könnte, damit er sich wieder besser fühlte. Nach Hause wollte ich noch nicht gehen, weil sich in meinem Kopf plötzlich tausend Gedanken um die Zeit drehten. Ich schlenderte ziellos durch die Nachbarschaft.

In meiner Hose bettelte die Taschenuhr um Aufmerksamkeit. Ich wollte sie nicht beachten. Ich wusste, dass sich der Sekundenzeiger unaufhörlich drehte, ohne dass ich auf das Zifferblatt schauen musste. Irgendetwas würde geschehen, aber ich fühlte mich einfach nur überfordert von allem. War das Leben nicht auch so schon kompliziert genug? Ich wollte eine Pause. Das ist Zeit, die mir gehört. In der keiner was von mir wollen darf. Das war der Gedanke, der mich wieder auf die Spur brachte.

Ich ging heim, und in meinem Zimmer stopfte ich die Taschenuhr in die hinterste Ecke meiner Sockenschublade. Dann setzte ich mir Kopfhörer auf und ließ mich von lauter Musik in einen traumlosen Schlaf befördern.

12. JANUAR 2013

Ich hasse wenig auf dieser Welt, aber früh aufstehen hasse ich aus tiefstem Herzen. Vor allem am Wochenende – und es war Samstag. Leichtsinnigerweise hatten Norbert und ich uns am Anfang des Schuljahrs bei einem Fotografiekurs angemeldet. Eine Profifotografin kam einmal die Woche am Nachmittag in die Schule und versuchte, uns und zehn anderen Schülern die Grundlagen der Fotografie beizubringen. Weil es aber beim Fotografieren viel um Licht geht, wurde aus den Mittwochnachmittagen öfters ein anderer Termin, Samstagmorgen zum Beispiel.

Eigentlich ein Skandal, den man dem Schulamt melden müsste, aber wir fügten uns unserem Schicksal, zumal die Fotografin echt nett war und einfach nur beseelt.

Trotzdem hatte ich mir den Wecker extra früh gestellt, damit ich noch vor dem Fotokurs bei Norbert auftauchen konnte. Ich hoffte, dass er das als Zeichen für allergrößte Freundschaft erkennen würde – nach der blöden Geschichte mit Mildred hatte ich das Gefühl, dass das nötig war.

Norberts Geburtstag hätte ich nie vergessen können. Er war am zwölften Januar auf die Welt gekommen und genau einen Monat und einen Tag jünger als ich. Nachdem meiner ein super Reinfall gewesen war, sollte wenigstens sein zwölfter Geburtstag ein Knaller werden.

Also stand ich im Dunkeln vor seiner Haustür und klingelte. Es dauerte eine Weile, bis seine Mutter im Bademantel die Tür öffnete. Zu schöneren Uhrzeiten sah sie schöner aus. Ich schätze, das wusste sie auch. Man konnte es durch die hochgezogenen Augenbrauen erahnen. Rein ließ sie mich trotzdem und ich schlurfte Richtung Küche.

»Hey, altes Haus, willkommen im Klub der Zwölfjährigen!«

Als Norbert mich sah, grinste er zumindest schief. Ansonsten war seine Laune eher unterdurchschnittlich. Ich legte ihm mein Geschenk neben den Toastbrot-mit-Nutella-Teller und klopfte ihm aufmunternd auf den Rücken. Ein bisschen so, als hätte er sich verschluckt, aber mehr Zärtlichkeit auf leeren Magen wäre auch komisch gewesen.

»Danke. Bin gleich fertig ...« Er stopfte sich einen ganzen Toast in den Mund und deshalb konnte ich den Rest nicht wirklich verstehen. »Mhmmmm ...pftttt... mhnnnn ... nnnnnn.« Aber da er sich währenddessen seine Jacke, das Geschenk und seine Schulsachen schnappte, ging ich davon aus, dass es irgendwas mit Aufbruch, danke und tschüss zu tun hatte. War ja auch egal, draußen konnte er wieder sprechen.

»Cool, danke!« Inzwischen hatte er das Papier, das ich um die Jackie-Chan-DVD gewickelt hatte, weggerissen. Ich war, seit ich gucken konnte, ein Filmfreak und wusste, was Norbert gefiel: Kampfkunst. Er hatte schon Judo, Karate- und Taekwondo-Training gehabt, um dann mit allem aufzuhören, weil er eine eigene Kampfkunst erfunden hatte: No-Won-Do! Es war wirklich beängstigend, wenn er mir neue Griffe, Schritte oder sogar Tritte zeigte. In diesen Momenten war ich immer besonders froh, dass er mein Freund war. Und ein bisschen stolz war ich auch. So, als hätte ich einen Goldfisch, der unter Wasser die Nationalhymne singen kann und seine Scheibe selber putzt. Mein-Freund-könnte-im-Zirkus-auftreten-stolz eben.

Wir gingen eine Weile schweigend nebeneinanderher. Ich wusste, dass er nicht happy war. Sein Plan war gewesen, zu dritt zu feiern. Wir gehörten nun mal nicht zu den Jungs, die sich vor Freunden kaum retten konnten. Aber weil sich Mildred in eine saudoofe Trulla verwandelt hatte – das war seine heutige Lieblingsbeschimpfung –, war der Plan in tausend Splitter zerbrochen. Fiese Splitter, die sich in die Laune bohrten und zwickten.

»Wir könnten nach dem Fotokurs bei mir den Film gucken und Chips futtern, bis uns schlecht wird …« Ich versuchte ihn aufzuheitern, aber er zuckte nur mit den Schultern.

Missmutig stapfte er Richtung Klassenzimmer und ich hinterher.

Der Unterricht fand heute draußen statt und wir fingen zwei Stunden lang das Winterlicht ein. Die Zeit verging wie in Zeitlupe, aber irgendwann waren wir frei, um Norberts schlechte Laune rauszulassen.

»Und? Worauf hast du Lust?« Ich versuchte so zu tun, als wäre nichts. Ein Geburtstag war schließlich so was wie eine Verpflichtung für einen besonderen Tag.

»Ich will Pommes. Mit Mayo und Ketchup. Und dann noch mal drei Portionen, bis ich nicht mehr kann. Und dann will ich der Ollen mal richtig die Meinung sagen!«

Man konnte nie behaupten, dass Norbert keinen Plan hatte. Auch wenn mir seine Pläne nicht immer gefielen. In diesem Fall hielt ich den zweiten Teil für fragwürdig. Mildred wollte offensichtlich nichts mehr mit uns zu tun haben. Warum auch immer.

Andererseits war heute Norberts Geburtstag, und Geburtstage sind dazu da, dass das Geburtstagskind machen darf, was es will, und alle anderen müssen mitmachen. Das ist so was wie ein Naturgesetz.

»Na gut. Pommes.« Wir zogen los, um uns beim besten Imbiss der Stadt die Bäuche vollzuschlagen. Stundenlang futterten wir und quatschten und bestellten die nächste Portion. Bis irgendwann wirklich nicht mal mehr ein Tropfen Ketchup in einen von uns reingepasst hätte.

Falls jemand denkt, mit vollem Bauch hätte Norbert seinen Plan wieder umgeworfen, hat er falsch gedacht. Es dämmerte schon, als er mit einem so energischen Ruck aufstand, dass der Stuhl umkippte. Er zog entschlossen seine Schultern auseinander, sodass er gleich ein bisschen beeindruckender wirkte. »Ich will, dass sie mir sagt, was los ist!«

Ich schaute zu ihm auf, weil ich nicht sicher war, ob er das ernst meinte. Es sah ganz eindeutig danach aus.

Freundschaft ist nichts, was man einfordern kann, das war auch Norbert klar. Aber wenn man befreundet ist, dann darf man Fragen stellen – und auf jeden Fall hat man eine Antwort verdient.

Als ich aufstand, fühlte ich mich einfach nur vollgefressen. Ich fand es schon immer komisch, dass man sich im Stehen noch voller fühlt als sitzend, aber das war eine Frage, über die ich auch später noch nachdenken konnte. Jetzt war die Zeit für Wichtigeres und ich war der Freund, der Norbert an seinem Geburtstag zur Seite stand, und zwar mit voller Konzentration trotz vollgestopftem Bauch.

Wir liefen im Laternenlicht nebeneinander die Straßen entlang. Um uns herum tanzten zögerlich ein paar vereinzelte Schneeflocken. Es war, als wäre sich der Himmel nicht sicher, was er tun sollte. Ich konnte das verstehen, im Grunde ging es uns genauso.

»Was willst du denn machen, wenn wir bei ihr sind?«

Norbert schaute mich an, als wäre es eine Fangfrage. »Muss man denn immer erst denken, bevor man irgendwas macht?«

Ich wusste, dass er fand, dass ich oft zu viel nachdachte. Außerdem war er auf Krawall gebürstet. Ich war auf der Hut. »Äh … weiß nicht. Sagt man so. Denken ist schon eine super Sache, würde ich sagen. Hilft meistens.«

Norbert dachte kurz darüber nach. »Hm, kann sein. Was denkst du denn, was ich machen soll, wenn wir da sind?«

Ich schaute ihn kurz an, um zu sehen, ob er mich verarschen wollte. Sah nicht so aus.

»Wir sind schon da«, sagte ich.

Norbert zuckte zusammen. »Mist! Und jetzt?«

Ich zog ihm schnell seine Mütze ins Gesicht. Ein Angriff auf die Panik. »Dein Geburtstag, Alter. Wir machen, was du willst.«

Noch während er seine Mütze wieder hochschob, drehte er sich um. »Komm, wir gehen wieder.«

Manchmal muss man auch einfach mal nichts sagen. Oft regeln die Dinge sich dann ganz von allein. Norbert grummelte beim Davonstapfen vor sich hin. »Gibt's doch nicht … geht doch nicht … kann sie echt nicht machen … verstehe das nicht … kann mich mal … also echt …« Seine Stimme wurde immer leiser und als er irgendwann bei »… oder etwa nicht?!« angelangt war, drehte er sich um und sah, dass ich immer noch da stand, von wo er losgestiefelt war. Er stampfte wieder zu mir zurück, griff meinen Ärmel und zog mich mit einer Kraft hinter sich her, die mir sofort klarmachte, dass er doch noch einen Plan aus den Untiefen seines Hirns hervorgezerrt hatte. Ein paar Sekunden später standen wir im Garten vor Mildreds Haus.

»Wir können ja mal reingucken.« Er tappte durch den Schnee und flitzte von einem Baum zum nächsten für den Fall, dass von Innen gerade jemand den Garten beobachtete. Tatsächlich hingen keine Vorhänge vor den Fenstern und wir konnten direkt ins Wohnzimmer schauen.

Das schlecht gelaunte Dauergemaule von Norbert hatte schlagartig aufgehört. Wir konnten Mildred sehen. Und das, was wir da sahen, war wie ein Schlag in die Magengrube. Norberts Ärger und meine Ratlosigkeit waren von einer Sekunde auf die andere verschwunden und hatten sich in einen Riesenhaufen Sorge verwandelt, der ungebremst auf uns krachte. Das, was wir durchs Fenster sahen, war wirklich beängstigend. Mildred saß an einem lieblos gedeckten Abendbrottisch und stocherte mit der Gabel auf ein Käsebrot ein, als wolle sie es ermorden. Ihre kleine Schwester saß auf dem Boden und sah so aus, als würde sie weinen – obwohl man nicht genau sehen konnte, ob es zu einem Spiel gehörte, das sie gerade mit zwei Barbiepuppen abzog.

Mildreds Stiefmutter hatten wir zwar noch nie gesehen, aber die Frau auf dem Sofa, die sich gerade aus der Weinflasche das Glas nachfüllte, passte ziemlich genau zu der Kreischstimme, die wir am Umzugstag gehört hatten. Sie blätterte in einer Mode-Zeitschrift und sah aus, als wäre sie nur zufällig in diesen Raum geraten. Ab und zu hob sie den Blick, um ihre wahnsinnig langen, pink lackierten Fingernägel zu bewundern. Das Weinglas fand sie immer wieder zielsicher, ohne den Blick zu heben. Mehrere

Minuten beobachteten wir sie, wie sie immer wieder am Glas nippte, sich ihre Finger ableckte, um die Zeitschrift umzublättern, nippte, blätterte, ihre Fingernägel bewunderte, nippte und sich nachschenkte. Nur in die Richtung der Mädchen schaute sie nie.

Norbert stieß mir volle Pulle den Ellenbogen in die Rippen. So fest, dass es sogar durch die Daunenjacke wehtat. Ich schaute ihn wütend an und wollte gerade ohne Gnade zurückboxen, aber er zuckte so wild mit dem Kopf nach links, dass ich abbremste. Das Zucken bedeutete: »Guck mal da!«, aber ohne Ton. Irgendwas war da. Ich schaute in die Richtung seiner Zuckungen und sah im Schatten neben der Eingangstür einen Mann stehen. Er sah auf den ersten Blick bedrohlich aus. Grau und groß. Mit Kopfhörern auf den Ohren starrte er mit einem gewissen Sicherheitsabstand durch das Fenster. Sehr verdächtig.

»Der beobachtet das Haus.« Ich flüsterte so leise ich konnte.

»Ach nee.« Norbert zog die Augenbrauen nach oben und rollte mit den Augen. Das sollte bedeuten, dass er das schon vor Stunden bemerkt hatte und froh war, dass ich es auch endlich geschnallt hatte.

»Irgendwas stinkt hier ganz gewaltig, was sollen wir denn jetzt machen?« Mein Flüstern klang ein bisschen hysterisch, Kälte und Aufregung krochen unter meine Jacke und machten sich breit.

»Meinst du, das ist einer vom FBI?« Norbert kniff die Augen zusammen, um in der Dämmerung besser zu sehen.

»Was soll denn das FBI hier? Hast du ’nen Knall?« Meine Stimme überschlug sich, so ein Blödsinn war das. Prompt schaute der Mann in unsere Richtung. Er zog den Kopfhörer von den Ohren und lauschte. Wir duckten uns gleichzeitig und hielten die Luft an. Kurz bevor wir erstickten, drehte er sich wieder um. Uff.

»Vielleicht einer von der Polizei …«

»BKA …«

»Kripo …«

»CSI …«

»Scotland Yard …«

»Batman …«

»Oder ein Detektiv …«

»Oder ein Krimineller …«

»Sehen ja alle gleich aus …«

Norbert und ich grinsten. Für einen Moment hatten wir tatsächlich vergessen, wo wir waren.

»Wir könnten meinen Vater holen …« Ich flüsterte so laut es ging. »Bei der Polizei können wir ja schlecht anrufen, solange wir nicht wissen, ob der nicht einer von denen ist. Und Kindern geben die sowieso nie eine Auskunft.«

»Deinen Vater?« Norbert schaute mich kurz an. »Der, der dir zwölf Jahre lang nicht gesagt hat, dass er gar nicht dein Vater ist, und mit dem du immer noch nicht richtig reden willst?«

Ich konnte nicht glauben, dass er jetzt so anfing. Ich zischte zurück: »Der hatte Gründe, hast du doch selbst gesagt. Dann machen wir eben allein was.«

»Was denn?« Manchmal war es mit Norbert zum Verrücktwerden.

»Keine Ahnung. Einer lenkt den Typen ab und einer geht rein.« Etwas Besseres fiel mir so schnell nicht ein.

Norbert nickte, aber er sagte nichts. Er schien darüber nachzudenken. Selbst wenn das ein brauchbarer Vorschlag war, musste er sich entscheiden. Er kaute mit seinen großen Vorderzähnen auf seiner Lippe rum. Allerkrasseste Gedankenakrobatik. Fast schon gefährlich. Aber es schien zu helfen. Die Zeit für Action war gekommen.

Mit den Händen scharrte er eine Ladung Schnee zusammen und formte einen Schneeball. Seine Hände waren knallrot vor Kälte, aber er schien überhaupt nichts mitzukriegen. Als wäre er in Trance. So was passiert bei Hypnose-Typen, wenn sie einen wegbeamen. Dann kann man sogar barfuß über brennende Kohle laufen und so. Man ist da und gleichzeitig nicht da. Genau so sah Norbert aus, nur ohne Hypnose.

Und dann war er schlagartig wieder bei mir. »Also gut!« Er flüsterte so gefährlich eisig, wie seine Hände aussahen. »Das hier war meine Idee und es ist mein verkackter Geburtstag, also geh ich da jetzt rein.« Er schaute mich entschlossen an. »Du musst den Typen ablenken, ich hab ’nen Plan …«

Und noch bevor ich etwas sagen konnte, begriff ich den Plan. Er holte aus und schleuderte den sauber geformten Schneeball genau dahin, wo der Wachposten stand. Dann sprang er auf, riss mich am Kragen auch hoch, schubste mich in Richtung Straße und rannte selbst in die entgegengesetzte Richtung um das Haus herum.

»Lenk den Typen ab, ich versuch, ins Haus zu kommen! Später Baumhaus«, hörte ich ihn noch zischen und dann war er auch schon außer Sichtweite.

Der Plan ging leider voll auf. Ich sah noch, wie der Schneeball mitten im Gesicht des Mannes landete. Astreiner Schuss, das musste man Norbert lassen. Aber natürlich musste ich es ausbaden, das kannte ich schon.

Der Typ fluchte laut, fuchtelte sich im Gesicht rum und starrte sofort wütend zu mir rüber. Leider ein Blitzmerker. Ich hörte nur noch ein »Heeee du, bleib sofort stehen!« und gab natürlich sofort Vollgas. *Bleib sofort stehen* – ernsthaft? In schlimmen Filmen schreien sie das ständig, das ist ja wohl der größte Quatsch des Jahrhunderts. Darüber hab ich mich schon tausendmal aufgeregt. Welcher normale Mensch würde stehen bleiben, wenn er so was hört? Entweder muss man ja irgendetwas ausgefressen haben oder man wird zu Unrecht verdächtigt und von einem Irren angeschrien – aber auf gar keinen Fall würde man stehen bleiben, weil dieser Satz ganz einfach nie etwas Gutes zu bedeuten hat.

All das schoss mir durch den Kopf, während ich durch den Garten auf die Straße flitzte. Wirklich raketenartig. Der Typ war mir auf den Fersen, aber die Kälte hatte ihn wohl etwas steif gemacht. Oder er war von Natur aus ein unbeweglicher Schrank. Ich hätte gern aufgehört, lauter solche unnützen Sachen zu denken, und wäre dafür schneller gelaufen, aber es ging nicht. Panik machte mein Gehirn schon immer geschwätzig. Ich lief und lief und versuchte, meinen Heimvorteil auszunutzen. Ich kannte hier alle Gassen und wusste, wo man unter einem Zaun durchschlüpfen konnte. Meine Beine bewegten sich wie bei einem ferngesteuerten Hasen.

Keine Ahnung, wie lange ich hakenschlagend durch die Nachbarschaft gerannt war, und keinen Schimmer, wo genau ich den Typen abgehängt hatte. Auf jeden Fall war er verschwunden, als ich mich das erste Mal japsend umdrehte. Ich war mit brennenden Lungen an unserem Treffpunkt am Waldrand angekommen und kletterte auf den kleinen Turm, den der Förster benutzte, um Rehe zu beobachten. Oder um sie abzuschießen, keine Ahnung. Zurzeit schien es eindeutig angebracht zu sein, immer nur vom Schlimmsten auszugehen.

Also legte ich mich auf die Lauer und scannte die Umgebung ab, als hätte ich ein Nachtsichtgerät. Weil ich natürlich keines hatte, konnte ich auch nichts sehen. Ich starrte einfach in die Dunkelheit und wartete darauf, dass mein Verfolger wieder auftauchte.

Zwanzig Minuten lauschte und starrte ich, bis ich mich langsam und vorsichtig wieder runtertraute. Ich musste noch weiter zu unserem Baumhaus. Mit dem Display meines Handys beleuchtete ich mir immer mal wieder kurz den Weg, damit ich nicht auch noch über Wurzeln in ein Erdloch stürzte. Und endlich war ich da. Ich atmete tief durch. Mit den allerschlimmsten Befürchtungen kauerte ich mich in die dunkelste Ecke des Baumhauses und wartete auf meinen Freund mit dem super Plan.

Es dauerte über eine Stunde, bis ich ein Rascheln hörte. Ich krabbelte aus meiner Ecke an den Rand des Baumhauses und starrte mal wieder in die Dunkelheit. Diesmal konnte ich aber tatsächlich etwas sehen. Irgendjemand war auf die gleiche Idee gekommen wie ich und leuchtete mit einem Handy den Boden ab. Leider konnte ich nicht erkennen, ob es Norbert war oder mein Verfolger. Ich hielt die Luft an.

Das aufflackernde Licht kam immer näher. Dann sah ich es: Zwei Gestalten rannten über die Wiese. Die eine war Norbert, das konnte ich an seiner Jacke erkennen. Er wurde immer deutlicher und dann sah ich, dass er Mildred hinter sich herzog. An der Hand! Ich hatte noch nie gesehen, wie er ein Mädchen an der Hand hielt. Ich richtete mich auf und leuchtete ihnen mit meinem Handy entgegen, um auf mich aufmerksam zu machen. Dann leuchtete ich mir selbst ins Gesicht, damit sich mich erkennen konnten. Ich grinste erleichtert.

Inzwischen kletterten sie atemlos zu mir hoch. Mildred zuerst, Norbert hatte ihr den Vortritt gelassen. Als sie oben war, nahm Mildred mich kurz in den Arm. Unfassbar. Die ganze Zeit hatte sie so getan, als würde sie uns nicht kennen. Ich war echt gespannt, was passiert war.

Noch während er die Leiter hochkletterte, platzte Norbert mit allem raus, was geschehen war. Weil er ab und zu Luft holen musste, um nicht zu ersticken oder in Ohnmacht zu fallen, hörte sich das Ganze ziemlich holprig an.

»Setzt euch doch erst mal. Und du, beruhig dich.« Ich drückte ihn sanft auf den Boden. Wir saßen alle drei im Schneidersitz auf dem Boden des Baumhauses. Zwischen uns lag mein Handy. Ich drückte ab und zu drauf, damit wir wenigstens ein bisschen Licht hatten. Die beiden hatten rote Gesichter von der Kälte. Oder wegen der Aufregung. Ich konnte es kaum erwarten, zu hören, was passiert war. »Und? Geht's wieder? Bitte alles von Anfang an.« Ich schaute Norbert drängelnd an. Er nickte langsam und legte los.

»Du bist ja mit dem Typen im Nacken weggeflitzt, was übrigens echt witzig aussah.« Norbert musste bei der

Erinnerung grinsen, aber er sah mir wohl an, dass das gerade nicht so passend war, und erzählte weiter.

»Jedenfalls war die Luft rein und ich bin ums Haus gerannt. Ich hab mich dran erinnert, dass auf der anderen Seite die Fenster so niedrig sind, dass man gut hochklettern kann. Mildreds Zimmer ist ja da und ich … na ja, hab schon ein paarmal gesehen, wie sie da reingeklettert ist, also du …« Jetzt schaute Norbert verlegen zu Mildred und hoffte mit ziemlicher Sicherheit, dass sie nicht nachfragte, warum er sie beobachtet hatte. Aber sie wedelte nur mit der Hand, um ihm zu signalisieren, dass er endlich mal Gas geben sollte mit seiner Geschichte. Norbert nickte und machte weiter. »Auf jeden Fall sieht es bei dir immer viel leichter aus, das war echt Hochleistungssport, mich da hochzuziehen, das Fensterbrett war vereist und um ein Haar hätte ich mir den Hals gebrochen!« Norbert war wieder in Erzähl-Topform und vergewisserte sich kurz, dass wir ihm gespannt lauschten.

»Ich wusste natürlich, dass ich gerade im Begriff war, eine Grenze zu überschreiten. Zwar mit guter Absicht, aber gute Absichten sind ja oft die allerschlimmsten. Meine Oma hat mir immer mit guter Absicht die Nutellareste aus dem Gesicht gewischt – mit ihrer Spucke!«

Ich hustete betont künstlich, um ihn wieder auf die Spur zu bringen.

»Ah ja, äh, Mildred hatte ja sehr deutlich gemacht, dass sie nicht mit uns beiden reden wolle. Aber mein

Bauchgefühl hat mir ganz klar gesagt, dass irgendetwas nicht in Ordnung war, also hatte ich ja gar keine andere Wahl. Eigentlich hatte ich nur Panik davor, dass Mildred uns für immer hassen würde.«

Norbert schielte unsicher zu Mildred rüber. Es war komisch, dass sie bei uns saß und er mir die ganze Geschichte erzählte. Aber es sah so aus, als würde sie es trotzdem spannend finden, obwohl sie ja zum Teil dabei gewesen war. Sie lächelte ihn aufmunternd an und Norbert räusperte sich kurz, richtete sich ein bisschen auf und erzählte endlich weiter.

»Jedenfalls hatte ich mich entschieden. Schließlich ging es darum, einer Freundin zu helfen, da muss man im Notfall sogar riskieren, dass sie einen für immer hasst.

Also klatschte ich mir eine Ladung Schnee auf die heiße Stirn und machte mich auf die Suche nach praktischen Gegenständen. Ein Backstein wäre super gewesen oder ein Hammer, aber wann liegt so was einfach rum, wenn man es braucht? Zum Glück bin ich immer auf alles vorbereitet und in meinen Hosentaschen fand ich Hilfe. Das Rennen machten mein Steinzeit-Handy und das Klapptaschenmesser. Aber ich konnte mich nicht entscheiden, was besser war. Natürlich hab ich für so was immer Münzen dabei und hab sofort eine in die Luft geworfen, Kopf war das Taschenmesser und Zahl das Handy.«

»Echt jetzt?« Mildred konnte es nicht glauben und schüttelte den Kopf.

Aber Norbert ließ sich nicht aus der Ruhe bringen. »Der beste Weg für eine Entscheidung in Krisensituationen. Zahl hat gewonnen und ich nahm das alte Handy wie ein Beil. Zum ersten Mal war ich froh, dass ich so einen uncoolen Knochen mit mir rumschleppen muss. Danke Mama und Papa, dass ihr mein Flehen nie erhört habt.« Jetzt nahm Norbert sein altes Handy aus der Jackentasche und hielt es wie einen Pokal in die Luft. »Wesentlich stabiler als die dünnen, schicken Dinger!«

Mildred und ich mussten grinsen. Zum Glück ließ Norbert uns nicht lang warten, es wurde echt langsam spannend.

»Ich holte aus und schlug mit meiner ganzen Kraft gegen das Fenster. Die Scheibe knackste leise und hatte einen ordentlichen Riss abbekommen. Direkt in die offene Wunde hieb ich gleich noch mal. Und noch mal. Ich glaub, ich muss ausgesehen haben wie ein verrückter Axtmörder. Und dann hat es gekracht und gesplittert. Ich hab mir bei dem Krach fast in die Hosen gemacht, die Scherben klirrten in Mildreds Zimmer auf den Boden und mir wurde glasklar, dass ich gerade eine Straftat begangen hatte. Doch extreme Situationen erfordern nun mal extreme Taten, das weiß ja jeder. Also griff ich durch die kaputte Scheibe, öffnete das Fenster und sprang rein, das hättet ihr sehen sollen!«

Mildred und ich waren echt beeindruckt und Norbert konnte kaum noch atmen, so aufregend fand er seine

Erinnerung. Es war ansteckend und ich bat ihn, endlich weiterzuerzählen.

»Ich war zwar froh, drin zu sein, aber plötzlich war mir so heiß wie einem Eisbären im Backofen. Das Zimmer war dunkel. Als Erstes lauschte ich ausgiebig, ob jemand kommen würde. Ganz lautlos geht so eine Fensterscheibe schließlich nicht in die Brüche. Aber es war nichts zu hören, alles war totenstill. Wie der Häuptling der Apachen höchstpersönlich schlich ich durch das Zimmer an die Tür. Ich drückte vorsichtig die Klinke runter und linste in die anderen Räume. Ich konnte nichts sehen und musste noch weiter rein. Vor mir platschten Tropfen auf den Boden. Das war mein Panikschweiß!«

Mildred platzte ein Lachen raus. Aber sie wurde von Norbert sofort mit einem strengen Blick bestraft und sagte schnell: »'tschuldigung, mach weiter.«

Erzählkönig Norbert wandte seinen Blick von ihr ab und gab ihrer Bitte nach. »Ich schlich also weiter und erreichte durch den Flur die Tür zum Wohnzimmer. Obwohl sich darin drei Menschen befanden, war kein Mucks zu hören. Dann doch. Mildreds kleine Schwester schniefte traurig. Es war ein bisschen wie in einem Horrorfilm. Aber ich hatte freien Blick auf Mildred, die immer noch am Tisch saß. Ob sie lebte, konnte man nicht sagen, sie regte sich jedenfalls nicht. Eigentlich sah es so aus, als würde sie das Käsebrot, das sie vorhin schon niedergestochen hatte, jetzt mit Blicken töten wollen. Gruselig.«

»He, ich bin auch hier«, protestierte Mildred, aber es klang nicht besonders überzeugend. Norbert ließ sich nicht davon abbringen, die Geschichte auf seine Weise zu erzählen.

»Ich überlegte fieberhaft, wie ich dich dazu bringen konnte, in meine Richtung zu schauen. Die Lösung lag mal wieder in meiner Hosentasche, mein Taschentuch! Der Stress war gewaltig und die Zeit knapp. Also riss ich ein Stück davon ab, wischte mir damit die Stirn ab, damit es nass wurde, und rollte es zur Kugel. Dann schnippte ich das Ding in Mildreds Richtung. Genial, oder?! So hatten wir uns kennengelernt und so kam die Rettung.«

Mildred stöhnte kaum hörbar, aber sie sagte nichts.

Norbert fuhr fort. »Die erste Kugel schaffte den Weg nicht ganz und verkümmerte auf halber Flugbahn. Kann passieren. Also gleiches Spiel von vorn, nur mit mehr Schwung in den Fingern. Diesmal traf ich, zwar nur am Arm, aber es reichte, um dich dazu zu bringen, in meine Richtung zu schauen. Als du mich entdeckt hast, haben sich deine Augen in null Komma nix auf die Größe von Melonen aufgeplustert!« Jetzt musste ich lachen und sogar Mildred fand die Vorstellung ganz witzig. Norbert fühlte sich angestachelt, weiterzumachen. »Ob sie sauer oder wütend oder fuchsteufelswild war, hätte ich nicht mal sagen können, wenn man mich an einen Lügendetektor angeschlossen hätte. Das Adrenalin, das durch meinen Körper strömte, hatte mich in einen undurchdringlichen

Nebel getunkt. Mildred murmelte etwas von *muss mal* in den Raum, was niemanden zu interessieren schien, und stand auf. Ihre Stiefmutter hob nicht einmal den Blick, sie feilte gerade energisch ihren kleinen Fingernagel in eine absurde Form.

Mildred lebte wieder. Ob das gut oder schlecht war, konnte ich zu dem Zeitpunkt noch nicht sagen. Sie stiefelte mir auf Socken entgegen und hat mir im Vorbeigehen einen Tritt gegeben. Frechheit!« Er schaute Mildred an und sie lächelte bei der Erinnerung.

»Na ja, wenigstens war ich wieder klar im Kopf. Ich schlich ihr hinterher. Sie schubste mich unsanft in ihr Zimmer. Sobald sie die Tür leise hinter sich geschlossen hatte, hat sie mich total angemeckert. Was ist nur aus dem guten alten Umgang mit Helden geworden?«

Jetzt platzte Mildred der Kragen. »Also echt, du hast Nerven. Du bist in unser Haus eingebrochen, hast mich schon wieder mit deinen vollgesabberten Knödeln bespuckt und ich soll nicht meckern?«

Norbert antwortete nicht.

»Außerdem hast du mein Fenster kaputt gemacht und es war eiskalt«, setzte Mildred noch nach. Sie klang schon wieder eine Nummer friedlicher. »Sorry. Erzähl weiter.«

Da musste sie Norbert nicht zweimal bitten. »Ich fand deinen Ausbruch eigentlich ganz cool. Das warst endlich mal wieder du, so wie wir dich kennen. Und außerdem der kühle Wind, der durch das kaputte Fenster wehte, unfassbar gut. Ich hab einfach zurückgemotzt. *Wir wollen wissen, was mit dir los ist, wir machen uns Sorgen! Verdienst du überhaupt nicht, du benimmst dich wie 'ne fiese Kuh! Und so.* Zurückmotzen ist immer eine gute Idee. Das ist die Sprache, die wir beide sprechen. Und Mildred dann so: *Wir? Ist Knietzsche auch da?* Auf den Kopf gefallen war sie noch nie. Das mit der fiesen Kuh hat dich gar nicht gestört, was?« Jetzt grinste Norbert von einem Ohr bis zum anderen. »Ich hab ihr erzählt, dass du den Schrank vor der Tür abgelenkt hast und im Baumhaus auf uns wartest ...«

»Nach dem Auftritt musste ich ja wohl mitkommen. Da stand ein pitschnasser Irrer in meinem Zimmer, der aussah, als ob er sich für mich vor einen Zug werfen würde.« Mildred lächelte nicht, aber in ihren Augen konnte man genau sehen, dass es in ihr lächelte. »Und jetzt sind wir hier.«

Norbert nickte. Er musste nichts mehr hinzufügen zu der Geschichte. Ich schaute von ihm zu Mildred und war froh, dass sie hier waren.

Wir schwiegen alle drei eine Weile. Es war klar, dass Mildred jetzt dran war mit ihrer Geschichte. Ich schaute sie vorsichtig an. Sie saß im Schneidersitz zwischen uns auf dem Boden und kratzte sich mit einem kleinen Ast Dreck aus der Schuhsohle. Wir ließen ihr die Zeit, die sie brauchte. Norbert nahm noch mal eine Portion Mut zusammen und patschte ihr aufmunternd mit der Hand auf die Schulter. Auf Mildred schien die Hand die genau richtige Wirkung zu haben und sie begann endlich zu erzählen.

»Mein Vater arbeitet doch im Museum. Da hat er meine beschränkte Stiefmutter kennengelernt, die arbeitet da auch …«

Wir hatten keine Ahnung, nickten aber zustimmend. Gibt es irgendetwas Uninteressanteres als den Arbeitsplatz der Eltern von Freunden?

»Und in dem Museum wurden doch neulich Kunstwerke geklaut.« Jetzt wurde es schon interessanter, aber sie machte eine lange Pause und sah uns an, als müsste schon irgendein Groschen gefallen sein. Doch nichts klingelte.

»Habt ihr das etwa nicht mitgekriegt?« Sie schaute uns fassungslos an. An unseren Gesichtern war leider deutlich abzulesen, dass wir keinen Schimmer hatten, wovon sie sprach.

»Schon mal Zeitung gelesen?« Jetzt tat sie wieder so, als wären wir unterbelichtet und sie die Vollcheckerin.

»Ich kann mich dran erinnern, dass ich was darüber gelesen habe, aber die Einzelheiten …«, versuchte sich Norbert zu verteidigen.

»Meine Eltern bestellen die Zeitung so oft ab, wenn sie auf Reisen sind, dass sie irgendwann gar nicht mehr kam. Außerdem interessiert mich das meiste nicht, also ja, ich hab keinen Schimmer, wovon du sprichst. Zufrieden?« Ich war fast schon wieder genervt. Kaum waren wir zusammen, ging das Gezicke wieder los. Mit ihrer Klugscheißerei konnte Mildred einen echt auf die Palme bringen.

Aber sie ignorierte uns einfach und machte mit ihrer Lehrerinnentour weiter. »Drei wirklich wertvolle Gemälde.« Schon wieder eine Pause.

Ich rutschte von einer Pobacke auf die andere. Der Groschen lag offensichtlich in der Luft, aber er fiel und fiel nicht. Aber da Mildred weiter schwieg und uns nur anschaute wie jemand, der auf eine echt simple Antwort wartet, dämmerte es mir langsam. »Und … dein Vater soll die geklaut haben?«

Norbert guckte mich an, als könne er nicht glauben, dass ich etwas so Unverschämtes zu ihr sagte. Aber Mildred starrte nur auf ihre dreckigen Schuhe und nickte. Sie zog trotzig die Nase hoch und wischte sich mit dem Ärmel eine Träne weg. Norbert und ich sahen woanders hin. Niemand lässt sich gern beim Heulen zuschauen. Dann zog sie noch mal eine Ladung Rotz hoch und schaute erst mich und dann Norbert an.

Die Tränen waren weg und sie sah überhaupt nicht so aus, als müsse sie einem leidtun. An eine Lehrerin erinnerte sie auch nicht mehr. Eher an ein Raubtier. Wilde Entschlossenheit funkelte in ihren grünen Augen. Als wäre es ihr gerade eingefallen, zischte sie: »Wenn ich euch mit der beknackten Taschenuhr weiterhelfen soll, dann müsst ihr erst mal mir helfen!«

»Hä?« Norbert war auf den schnellen Stimmungswechsel nicht gefasst.

»Mein Vater ist unschuldig. Aber die Kripo hat in seinem Spind eindeutige Beweise gefunden, dass er es war. Werkzeug, das genau zu den Schrammen an den Bilderrahmen passt, und noch mehr Schwachsinn. Wer wäre denn so blöd, das Zeug liegen zu lassen? Mein Vater ist nicht blöd, sondern unschuldig. Das ist alles so was von ungerecht! Irgendjemand will ihn reinlegen und wir müssen das beweisen. Deal?«

Sie schaute uns nacheinander an und Norbert schaute mich an. Das ständige Geschaue machte mich ganz schwindelig.

»Klar.« Norbert hielt ihr die Hand hin, als wäre er ein Bankangestellter, der gerade eine Kontoeröffnung hinter sich gebracht hat. Mildred griff danach. Während sie sich die Hände schüttelten, wanderte ihr Blick zu mir.

»Deal?!« Jetzt hielt sie mir die Hand hin.

»Du weißt schon, dass ein Deal unter Freunden eine total überflüssige Sache ist, oder?«

Mildred war ganz ruhig. Wenn einem der Boden unter den Füßen weggezogen wird, muss man eben schnell springen. Aus ihrer Sicht hatte sie gar keine andere Wahl.

Ich holte tief Luft und nahm die Hand, die sie mir entgegenstreckte. »Na gut. Dann haben wir eben einen Deal. Aber du müsstest uns echt schon gut genug kennen, um zu checken, dass wir dir auch so helfen würden …«

Damit war die Sache also geritzt. Schneller als wir unsere Schüttelhände wieder auseinandernehmen konnten, legte Norbert seine noch obendrauf. Irgendwie klebrig, aber genau richtig. Freundschaft hat ja auch was von Klebstoff, und nach endlosen Tagen und Stunden war endlich mal wieder alles wie vorher.

»Was gibt's Neues in deiner Hose?« Mildred wusste genau, wo ich die Taschenuhr normalerweise aufbewahrte, und tatsächlich hatte ich sie heute früh wieder aus der Sockenschublade geholt und in meine Hosentasche gesteckt. Jetzt zog ich sie raus. Norbert kicherte, seine üble Laune der letzten Tage hatte sich in Luft aufgelöst.

»Der Sekundenzeiger hat gestern mal wieder durchgedreht, genau wie beim letzten Mal.«

Wir steckten unsere Köpfe zusammen und betrachteten das Zifferblatt. Norbert tippte mit seinem Finger auf das Glas der Uhr, als würde das irgendetwas verändern. Er schaute Mildred kurz an und sagte so leise, dass wir es gerade noch verstehen konnten: »Mann, bin ich froh, dass wir dich wiederhaben.« Weil unsere Köpfe aneinanderklebten, konnte ich spüren, wie sie lächelte. Ihre Wange schob sich nach oben und brauchte mehr Platz. Das war ein schönes Gefühl.

Und dann ging es plötzlich wieder los. Als hätte die Uhr nur auf unsere Aufmerksamkeit gewartet. Das Zifferblatt schien zu glühen und der Sekundenzeiger drehte wieder

durch. Genau wie beim letzten Mal. Wieder begann auch der Minutenzeiger sich in Bewegung zu setzen, und die seltsam tickenden Rattergeräusche setzten ein. Zumindest wussten wir diesmal, dass die Taschenuhr nicht explodieren wollte.

Wir warteten atemlos darauf, dass sich auch der Stundenzeiger bewegte. Es schien ihn einige Mühe zu kosten, aber endlich raffte er sich auf und bewegte sich zuverlässig wie eine Nacktschnecke im Regen auf die römische Zwei zu. Wir konnten es kaum noch aushalten und ich hätte das Ding am liebsten geschüttelt, damit es endlich passierte. Dann war es so weit, der Zeiger rastete ein. Und als wäre es die lang ersehnte Erlösung von allen Strapazen, legten sich alle Zeiger zur Ruhe.

Die Spannung war zum Zerplatzen. Ich hatte einen fürchterlich trockenen Mund vom nichts sagen und wartete gespannt, was als Nächstes geschehen würde. Dann ging es los. Norbert rammte mir seinen Ellenbogen in die Seite und kaute wie irre auf seiner Unterlippe rum.

Wie beim letzten Mal lösten sich nach und nach alle Ziffern auf und schnörkelige Buchstaben tauchten auf. Ein W oder M sah so aus, als würde es Saltos schlagen, damit keiner erkennen konnte, was es war. Außerdem tauchten noch ein U und ein T auf. Als wollten sie uns ärgern, tänzelten sie vor unserer Nase über das Zifferblatt. Mehr Buchstaben wurden es nicht, aber es gab trotzdem zwei naheliegende Möglichkeiten.

»WUT oder MUT«, keuchte ich.

Die Buchstaben tänzelten weiter, aber Mildred war sich hundertprozentig sicher: »MUT!«

Sie hatte es kaum ausgesprochen, da ordneten sich die Buchstaben friedlich zusammen und legten sich für einen Moment zur Ruhe. Keiner von uns atmete. Wir starrten auf das Zifferblatt, als würde es uns gleich das Geheimnis verraten, das hinter all dem Hokuspokus steckte. Aber stattdessen lösten sich die Buchstaben wieder auf. In meiner Hand blieb nur eine alte Taschenuhr zurück, wie sie schäbiger und normaler nicht aussehen konnte.

Wir schwiegen alle drei. Sogar Norbert, was sehr auffällig war. Mildred und ich schauten ihn an. Es war sehr klar, dass ihm mulmig war.

»Du warst heute echt ganz schön mutig …«, fing Mildred an und ich wusste, was sie dachte.

»Ja, wirklich. Norbert, du warst der Hammer.« Mit der freien Faust knuffte ich ihn auf den Oberarm.

Norbert fühlte sich überhaupt nicht wohl in seiner Haut. Er mochte die Richtung nicht, in die das hier gerade lief, und zog seinen Arm weg. »Quatsch. Hört doch auf mit dem Mist. Ich wollte nur wissen, was los ist und so.«

Inzwischen hatte er eine knallrote Birne. Er spürte, dass wir ihn anschauten, und es war ihm fürchterlich unangenehm.

»Mensch, Nobbi.« Mildred versuchte es auf die supernette Tour. Nobbi hatte sie ihn vorher noch nie genannt.

Jetzt gab sie alles. »Du bist bei mir zu Hause eingebrochen wie ein Gentleman-Verbrecher. Vorher hast du einem von der Polizei einen Schneeball an den Kopf gedonnert. Also, ich weiß nicht, wie man das sonst bezeichnen könnte. Das war Mut in seiner reinsten Form. Volle Kanone. Voll auf die Zwölf! Muss ich noch deutlicher werden?«

Jetzt stand ich auch auf dem Schlauch. Wir starrten sie beide verwirrt an und sie lehnte sich triumphierend zurück, so weit wie man sich im Schneidersitz zurücklehnen konnte, ohne umzufallen. Sie grinste über das ganze Gesicht. Ihre eigenen Probleme hatte sie kurz mal vergessen. »Ihr checkt es echt nicht?«

Blöd war das schon, aber wir checkten es tatsächlich nicht.

»Ach Jungs, ihr seid ja süß.« Sie genoss das Oberwasser in vollen Zügen. Ich seufzte übertrieben laut, damit sie endlich von ihrem hohen Ross runterkam. Nicht zu fassen, dass wir sie gerade noch aus ihrem Untergangs-Zuhause gerettet hatten. Dann gab sie sich einen Ruck: »Also gut. Weil ihr heute so nett gewesen seid, helf ich euch auf die Sprünge.« Ich verdrehte die Augen, aber sie quälte uns nicht länger, sondern machte weiter. »An Knietzsches zwölftem Geburtstag hat er die Wahrheit erkannt und sie akzeptiert. Und auf der Taschenuhr ist das Wort *Wahrheit* erschienen, richtig?«

Wir nickten beide. Ich hatte das Gefühl, dass ich begriff, worauf sie hinauswollte, aber Mildred ließ sich nicht unterbrechen. »Und heute ist dein Geburtstag, übrigens Happy Birthday, hätte ich fast vergessen«, und schnell wie ein Wiesel schmatzte sie Norbert einen Geburtstagskuss auf die Wange. Ein Wunder, dass er nicht tot umfiel, aber dafür hatte er auch gar keine Zeit, weil sie sofort weiterredete. »... und du warst so mutig, dass es schon an Schwachsinn grenzt.« Sie grinste ihn triumphierend an.

Norbert war nicht zum Grinsen zumute. »Und was soll das alles bedeuten, Fräulein Schlauschlau?« Wir schauten sie an und warteten neugierig auf ihre garantiert oberschlaue Antwort. Die kam aber nicht.

»Keine Ahnung.« Das war beruhigend. »Aber es hat irgendwas mit uns zu tun.« Jetzt war das Grinsen aus ihrem Gesicht verschwunden.

»Wie? Du meinst ... mit uns? Also wir alle drei?« Norbert hatte seine Stimme wiedergefunden. Mildred nickte. Und wir schauten sie wieder an, weil ganz klar zu spüren war, dass sie noch irgendetwas wusste, was wir nicht wussten. Das nervte langsam ein bisschen.

Und sie machte auch gleich mit ihrer Schlaumeierbefragung weiter. »Knietzsche, du hast am 11. Dezember Geburtstag gehabt, richtig?«

Ich nickte.

Und Mildred legte nach. »Ganz sicher?«

Ich wurde ein bisschen nervös, weil sie mich so siegessicher anschaute. »Klar bin ich sicher. Soll ich dir meinen Ausweis zeigen?«

Sie lächelte milde. Irgendwas wusste sie, das wir nicht wussten. »Wisst ihr eigentlich, wann ich Geburtstag habe?«

Was war das denn jetzt schon wieder? Ich fragte mich, ob das eine Fangfrage war. Lehrer betonten Fragen immer genau so, wenn sie wussten, dass man die Antwort wissen müsste, aber keinen Schimmer hatte. Ich sah Norbert an. Der hatte offensichtlich auch keine Ahnung, worauf Mildred hinauswollte.

»Nee. Wann denn?« Ich wollte, dass das endlich aufhörte.

»Ich werde am 12. Februar zwölf.« Sie wippte mit dem Oberkörper hin und her, als würde sie im Sitzen ein Siegertänzchen vorführen. »Deine Eltern haben dich doch am 12. Dezember als frisches Baby vor der Tür gefunden, oder? Und sie dachten, dass du da einen Tag alt warst.« Sie machte eine kurze Pause. »Aber was wäre, wenn du einen Tag jünger wärst? Wenn du genau am 12. Dezember geboren worden wärst?«

Norbert und ich glotzten sie an. Ich schluckte trocken. »Dann hätte ich mein ganzes Leben lang am falschen Tag Geburtstag gefeiert.«

Als wir vom Baumhaus runterkletterten sagte keiner etwas. Das mussten wir erst einmal alles verdauen. Obwohl es noch so viel gab, über das wir dringend sprechen wollten, mussten wir nach der ganzen Nummer schnell nach Hause, damit Mildreds Leben nicht noch schlimmer würde.

Unser Plan war, dass sie dem Wachposten absichtlich in die Arme lief. Mädchen können Weinen wie eine Waffe einsetzen und Mildred war in dieser Disziplin mit hoher Wahrscheinlichkeit die Beste. Sie konnte auf Befehl weinen wie eine Dreijährige, der man ihre Puppe entrissen hat, und schniefte dem Mann eine herzzerreißende Runde Traurigkeit vor. Er war froh, als er sie wieder los war, und ließ sie sogar wieder durchs Fenster ins Haus klettern, weil sie behauptete, dass ihre Mutter sie grün und blau hauen würde, wenn sie mitkriegte, dass sie abgehauen war.

Norbert und ich kauerten hinter einer Hecke und beobachteten sie. Jetzt war nur noch die Frage, wie Mildred ihrer Stiefmutter das mit der zerbrochenen Fensterscheibe erklären würde. Ohne die hätte ihre Stiefmutter wahrscheinlich noch nicht mal etwas von ihrem Ausflug mitgekriegt, wenn sie auf einem Pferd zurück in die Wohnung geritten wäre, weil sie sich für Mildred weitaus weniger interessierte als für den Lack ihrer Fingernägel. Aber ein kaputtes Fenster würde ihr wohl doch nicht entgehen. Zumindest nicht mitten im Winter.

»So wie ich Mildred kenne, fällt ihr locker eine gute Erklärung ein«, meinte Norbert. Er grinste und wollte jetzt nach Hause, um noch ein bisschen mit seinen Eltern Geburtstag zu feiern. Wir gingen noch ein paar Meter zusammen, bevor wir uns verabschiedeten. Ich war mir ziemlich sicher, dass das nicht sein miesester Geburtstag war.

Ich warf mich in meinem Zimmer aufs Bett und dachte nach.

Was auch immer diese magische Sache mit der Taschenuhr bedeuten sollte, sie hatte auf jeden Fall etwas mit mir zu tun. Das Ding lag in dem Karton, in dem man mich vor die Tür gestellt hatte, und an meinem zwölften Geburtstag ging alles los. Im Nachhinein machte das total Sinn. Es war genau Mitternacht gewesen, als der Hokuspokus mit den Sternen losging. Mein tatsächlicher zwölfter Geburtstag. Norbert und Mildred wurden auch an einem zwölften zwölf Jahre alt, konnte das alles ein Zufall sein? Die Zwölf spielte eine wichtige Rolle, auch wenn ich keinen Schimmer hatte, welche das genau sein sollte.

»Die Magie der Zwölf« kritzelte ich in mein Notizbuch und gleich darunter alles, was ich rund um die Zwölf herausgefunden hatte:

Zwölf Apostel in der Bibel, zwölf Tafelritter, zwölf olympische Hauptgötter bei den alten Griechen, zwölf Sternzeichen in der Astrologie. In zwölf Monaten umkreisen wir auf der Erde einmal die Sonne. Zwölf Mondzyklen pro Jahr. Ein Tag hat zwei mal zwölf Stunden.

Das waren die Fakten. Darunter wurde es dann persönlicher.

Ich wurde am 12.12.2012 zwölf.

Norbert wurde am 12.01.2013 zwölf. 13 minus eins ergibt auch zwölf, hatte das was zu bedeuten?

Mildred wird am 12.02.2013 zwölf.

Was passiert dann? Gibt es noch mehr von uns?

Wahrheit.

Mut …

Mildred hatte gesagt, dass sie froh war, dass sie noch nicht dran war. Dann wäre das M doch ein W geworden. Sie hatte schließlich echt ordentlich Wut im Bauch. Und dann hatte sie noch gemeint, dass das bestimmt nicht gut für die Taschenuhr gewesen wäre. Wahrheit und Mut waren etwas Gutes. Wut nicht so. Wollte die Uhr etwas Gutes?

Wer hatte mich hier vor die Tür gelegt?

Warum?

Warum ausgerechnet bei Mama und Papa?

Wer waren meine richtigen Eltern?

Je länger die Liste wurde, desto mehr häuften sich die Fragezeichen in meinem Kopf und auf dem Papier. Wahrheit und Mut waren etwas Gutes. Das war zumindest schon mal beruhigend. Was auch immer das Geheimnis der Taschenuhr war, es konnte nichts Schlechtes sein, da war ich mir einigermaßen … ziemlich … schon ganz schön … echt sicher.

Und dann war da auch noch die Geschichte mit Mildreds Vater, der im Gefängnis saß. Vielleicht wirklich unschuldig, vielleicht auch nicht.

Die Fäden der Verwirrung wurden immer dichter und umwickelten mich weich. Wie ein Kokon rollte ich in den Schlaf und ließ die Fragen zurück.

14. JANUAR 2013

Manchmal taucht etwas genau dann auf, wenn man es wirklich dringend braucht. In meinem Fall war es der Sonntag. Ich wachte am Morgen mit dem deutlichen Abdruck meines Kugelschreibers im Gesicht auf, wahrscheinlich hatte ich mich zwölf Stunden lang keinen Zentimeter bewegt.

Mann, war ich fertig. Erst einmal musste ich das alles irgendwie sacken lassen, verdauen und sortieren. Es gab immer wieder Momente, in denen ich wirklich Zweifel hatte, ob mir das tatsächlich alles passierte.

Mein Plan zur Erhaltung meines Verstandes war ein konsequentes Gegenprogramm. Ich musste mein Gehirn rebooten. Filme schauen ist der einfachste Weg, um den Kopf von altem Schrott freizupusten. Klappt immer. So nach und nach kam ich wieder zu mir.

Am Montag war ich wieder einigermaßen hergestellt. Das war auch wichtig, denn wir wollten jetzt richtig loslegen. Direkt nach der Schule begannen wir, einen Schlachtplan zu entwickeln.

Da meine Eltern mich noch immer wie ein rohes, vom Runterfallen bedrohtes Ei behandelten, war unser Haus der beste Platz, um unser Lager aufzuschlagen. Sie störten nie und würden auf gar keinen Fall einfach in mein Zimmer platzen. Wenn meine Mutter wissen wollte, ob wir Nachschub an Broten, Keksen oder Getränken brauchten, dann rief sie sehr diskret ihre Fragen nach oben. Aber meistens bedienten wir uns sowieso selbst.

Mildred genoss die freundliche Atmosphäre bei uns. Bei ihr zu Hause war die Stimmung seit Samstagabend noch eisiger geworden, was nicht nur an der kalten Luft lag, die durch ihr zerbrochenes Fenster hineinwehte. Ihre Stiefmutter hatte Mildred zwar die Geschichte abgenommen, dass irgendwelche Typen von draußen einen Stein durch die Scheibe geworfen hatten, aber das hinderte sie nicht daran, auch auf Mildred wütend zu sein.

Am späten Nachmittag hatten wir bereits mehrere Riesenplakate an die Wand gehängt, die wir mit unterschiedlichen Informationen vollgeschrieben hatten. Ich hatte meine Ergebnisse zur Magie der Zwölf vorgetragen und Norbert ergänzte sie noch: »Der Zwölffingerdarm sitzt ungefähr hier.« Er bückte sich und deutete schwungvoll auf seinen Hintern. »Und erstaunlicherweise ist er genauso lang wie zwölf meiner Finger breit sind!« Jetzt streckte er beide Hände mit gespreizten Fingern in die Luft, zog sie wieder runter und streckte dann noch mal beide einzelnen Zeigefinger in die Luft. Dann verbeugte er sich. »Hab ich gelesen.« Er war sehr zufrieden mit sich.

»Toll. Danke. Echt interessant.« Mildred musste kichern. »Aber es ist ja wohl klar, dass jetzt erst mal nichts passiert bis zu meinem Geburtstag. Und bis dahin können wir uns voll darauf konzentrieren, meinen Vater aus dem Schlamassel rauszuholen, in den er da reingeraten ist.« Mildred stand auf und schob mit den Füßen eine Kekspackung und ein paar Stifte weg. Dann schnappte sie sich eine Papierrolle und legte sie auf dem Boden aus. Es war ein riesiger Plan, auf dem verschiedene Räume eingezeichnet waren.

»Das hier ist das Nationalmuseum.« Sie warf einen prüfenden Blick auf uns, als wollte sie sichergehen, dass wir bei der Sache waren. Waren wir. »Also der Grundriss vom Museum. Alle Räume, vollgestopft mit Werken vom alten Ägypten über Picasso bis super modern. Da müssen wir rein. Uns umschauen und rausfinden, wer da was macht oder gemacht hat. Jemand will meinen Vater in die Pfanne hauen und der kriegt von uns einen Tritt in den Arsch. Irgendwelche Ideen?«

Wir waren erst mal platt. Sie hörte sich an wie eine Professionelle. Agentin, Kommissarin, Privatdetektivin, was auch immer, jedenfalls extrem professionell.

»Wir waren da letztes Jahr mal mit der Klasse drin. Ausflug vom Kunstunterricht«, fiel mir ein.

»Ja, das war echt das Letzte. Frau Keller hat so getan, als hätten wir noch nie ein Museum von innen gesehen, und übel langweiliges Zeug erzählt! Ich wollte allein losziehen und durfte nicht. Blöde Schreckschraube. Dabei kenn ich mich da besser aus als die.« Norbert verdrehte die Augen, als er sich erinnerte.

»Hier geht's aber nicht um langweilig oder spannend, sondern darum, wie wir da unauffällig reinkommen können, los, denkt nach!« Mildred hatte mal wieder ihren Lehrerinnenton drauf, aber das war okay. Irgendwie gewöhnten wir uns daran und inzwischen war er wenigstens gemischt mit Agentenslang. Außerdem ging es für sie auch um viel.

»Na, da sind doch immer Schulklassen drin, dann können wir auch einfach rein. Wir können ja sagen, wir müssten für Kunst eine Hausaufgabe machen.« Norbert klang ein bisschen genervt.

Ich fand die Idee gut und Mildred nickte auch. Zum Glück, sonst hätten wir vielleicht noch nachsitzen müssen oder so was.

»Also gut, Norbert, kannst du dir bitte auch überlegen, was wir da genau machen, falls uns einer fragt?«

Norbert holte theatralisch Luft und murmelte: »Warum sollte einer fragen? Ich war höchstpersönlich schon tausendmal im Museum und keiner hat mich gefragt, warum. Die sind froh, wenn da Kinder rumhängen, ist ja kein Casino oder so.«

Ich musste kichern, aber Mildred ignorierte ihn. Sie war extrem angespannt und wollte jeden möglichen Zwischenfall vermeiden, der unseren Plan zum Wackeln bringen könnte, selbst wenn er super unwahrscheinlich war. Ohne Luft zu holen ratterte sie ihre Liste weiter runter.

»Knietzsche, du checkst die Öffnungszeiten und wie wir am besten hinkommen. Welcher Bus fährt da hin und so.«

Ich nickte. Ihr Fall, ihre Befehle. Das war wohl ein Teil des Deals.

»Und ich geh mal zu Darwina, die kenn ich vom Sport, ist ein krasses Computergenie. Irgendwie müssen wir uns da ja ins System reinhacken …« Jetzt glotzten Norbert und ich sie mit großen Augen an.

»Reinhacken? Du weißt schon, dass das kriminell ist, oder?«, fragte ich vorsichtig.

»He, mein Vater sitzt in Untersuchungshaft wegen etwas, das er nicht getan hat. Das ist ja wohl oberkriminell!« Sie hatte in null Komma nix einen knallroten Kopf bekommen. Wenn dein Vater unschuldig im Knast sitzt, ist das wohl eine normale körperliche Reaktion.

Ich ritt auf ihrem Gedanken weiter: »Und wenn man etwas Kleinkriminelles tun muss, um damit etwas Großkriminelles zu verhindern, dann ist es nicht mehr kriminell?« Alles war ganz schön kompliziert. Richtig und falsch war auch nicht mehr das, was es mal war. Aus Schwarz und Weiß war plötzlich Grau geworden. So was passiert, wenn einer in der Klemme steckt, den man liebt. Dann bekommt alles eine ganz neue Bedeutung. Dann biegt man sich die Dinge so zurecht, wie sie am besten helfen können. Und minus und minus ergibt plus. Also macht das alles am Ende Sinn. Irgendwie.

Leider hatte ich gerade keine Zeit, weiter darüber nachzudenken. Mildred drängelte verständlicherweise:

»Also gut, dann los. Jeder arbeitet einzeln und in zwei Stunden erzählt jeder, was er rausgefunden hat.«

Die zwei Stunden waren vollgepackt mit neuen Erkenntnissen. Das Museum war jeden Tag von zehn bis zwanzig Uhr geöffnet. Der Eintritt war für Schüler frei. Es gab ein Café und einen Museumsshop. Schüler kamen normalerweise in Gruppen oder mit ihren Eltern. Selten freiwillig. Es arbeiteten dort achtundsechzig Menschen, inklusive Mildreds Eltern. Die Putzkolonne war tagsüber im Einsatz und kam mittwochs und samstags am Abend zu einer Intensivreinigung. Nachts war die Alarmanlage an. Da kam man nur ins Museum rein, wenn man einen Schlüssel hatte oder schon drin war.

Weil ich gut in der Zeit lag, hatte ich beschlossen, nach meiner Internet-Recherche noch kurz zum Museum zu fahren. Es war schon so lange her, seit ich das letzte Mal dort war, dass ich mich kaum noch erinnern konnte. Ich stoppte die Zeit, die der Bus tatsächlich brauchte – meiner Meinung nach schadet es gar nichts, dem Internet hin und wieder zu misstrauen. Mit einer Minute Verspätung hielt der Bus vor dem Museum an.

Ich stieg aus und fühlte mich plötzlich sehr klein. Je länger ich das Museum anschaute, desto kleiner wurde ich, und gleichzeitig wuchs es zu einem bedrohlichen Architektur-Ungeheuer, das wahrscheinlich gerade überlegte, wie es mich fressen konnte. Auch wenn mir meine Fantasie nur einen fiesen Streich spielte, vermutlich weil ich gerade den Grundstein dafür legte, ein Verbrechen zu begehen, war das Gebäude trotzdem viel größer, als ich es in Erinnerung hatte.

Der eisige Wind pfiff mir so brutal um die Ohren, dass mir das Atmen schwerfiel. Ich zog mir die Kapuze meiner Jacke über den Kopf und hüpfte ein paarmal auf der Stelle. Dazu klatschte ich wie ein Zirkusäffchen mit den Händen, was mir erst bewusst wurde, als mich eine Frau, die gerade ihren Kinderwagen an mir vorbeischob, komisch anguckte. Sie legte einen Zahn zu, als befürchtete sie, dass ich in ihren Wagen springen würde. Ich fiel schon auf, bevor ich irgendwas entdeckt hatte. Super.

Mit den Händen in den Jackentaschen und tief in die Stirn gezogener Kapuze schlenderte ich jetzt total unauffällig um das moderne Gebäude herum. Und starrte in die Fenster. Weil es schon dämmerte, war drinnen das Licht an und ich konnte sehr gut ins Museum hineinsehen. Hauptsächlich Besucher, die ganz schön gelangweilt an den Kunstwerken vorbeigingen. Ich sah auch zwei Männer, die unbeweglich dastanden. Ein bisschen wie Statuen. Das mussten Aufpasser sein. Verantwortlich dafür, dass niemand etwas anfasste oder abschleckte. Die Vorstellung fand ich genial. Wenn man etwas berühren will, ohne Fingerabdrücke zu hinterlassen, kann man es einfach ablecken! Norbert würde begeistert sein.

Noch bevor ich darüber nachdenken konnte, warum man das tun sollte, sah ich etwas wirklich Seltsames. Ich wurde beobachtet. Hinter einem der Fenster stand ein Junge. Ich versuchte, mir nicht anmerken zu lassen, dass ich ihn bemerkt hatte. Verkrampft schielte ich nach rechts in die Richtung des Museums, während ich weiterlief. Der Junge hatte schwarze Haare und trug einen hellblauen Overall. Das sah jedenfalls so aus, die Beine konnte ich nicht ganz sehen, aber über seinen ganzen Oberkörper verlief der Länge nach ein Reißverschluss, das war eindeutig. Wer zog denn so was an? Der Junge war ungefähr so alt wie ich, vielleicht hatte ihn jemand gezwungen. Ich würde jedenfalls lieber in meiner Badehose rumlaufen als mit so einem Ding.

Jetzt war ich auf seiner Höhe angekommen und konnte ihn nicht mehr sehen. Augen im Hinterkopf wären so eine praktische Sache, aber da die Evolution bisher nicht dafür gesorgt hatte, ging ich weiter. Blöd genug, dass ich überhaupt jemandem aufgefallen war.

Ich lief am Museum vorbei und noch ein paar Straßen weiter bis zur nächsten Bushaltestelle. Von da aus fuhr ich wieder zurück nach Hause zu Mildred und Norbert.

Inzwischen war es dunkel. Mein Gesicht brannte, als ich in der Heizungsluft langsam auftaute. Wir erzählten alle drei durcheinander, was wir gemacht hatten. Mildred war ganz aus dem Häuschen wegen Darwina.

»Jungs, die ist echt ein Knaller, so schnell wie die bei denen im System war, könnt ihr gar nicht gucken. Sie schaut sich noch weiter dort um, die müssten dringend ihre Firewall überarbeiten, gut, dass das noch niemandem aufgefallen ist …« Sie kicherte. »Und wenn wir Hilfe brauchen, ist sie da.«

»Cool. Dann sind wir jetzt vier.« Norbert brachte es auf den Punkt.

»Also, ich hab noch nie beim Sport ein Computergenie kennengelernt.« Ich war wirklich gespannt auf diese Darwina.

Mildred grinste. »Beim Sport ist es ja so, dass ein gemeinsames Ziel das Team zusammenschweißt. So war das bei uns im Prinzip auch. Ich war zufällig im Computerraum, als Darwina sich gerade einen Krankschreibezettel gebaut hat. Ich hab ihre Ausdrucke gefunden und die waren Bombe. So richtig gut gemachte Fälschungen, die aussahen wie die offiziellste Bescheinigung, die man je von einem Arzt bekommen hat. Dem Zettel hat man auf Langstreckendistanz angesehen, dass sie unmöglich am Sportunterricht teilnehmen kann.« Norbert und ich schauten sie ungläubig an. »Na ja, und wo sie schon dabei war und mir sowieso schon so ein Zettel in die Hände geraten war, hat sie mir angeboten, mir auch welche zu organisieren.« Mildred grinste zufrieden.

Ich war fassungslos, wollte es mir aber nicht anmerken lassen. »Der Beginn einer wunderbaren Freundschaft«, faselte ich. In Wirklichkeit dachte ich darüber nach, warum ich eigentlich so brav war. Ich hatte noch nie eine Regel gebrochen, das fühlte sich gerade fast schon ein bisschen uncool an. Andererseits brauchte ich mir darüber jetzt auch keine Sorgen mehr zu machen. Ich hatte das sichere Gefühl, dass sich das bald ändern würde.

Norbert war wie immer entspannter als ich. »Auf jeden Fall ist schon mal sicher, dass wir sie noch gut gebrauchen können.« Er war einfach nur gespannt und aufgeregt. Ohne Regeln zu brechen, würden wir den Karren wohl kaum aus dem Dreck ziehen können. Das war uns allen schon klar geworden.

»Nobbi, wie sieht's bei dir aus?«, fragte Mildred jetzt. »Hast du einen Plan, was wir erzählen können, wenn uns im Museum einer fragt, was wir da machen?«

Norbert wurde rot. An diese Nobbi-Sache hatte er sich noch nicht gewöhnt. Schien ihm aber irgendwie zu gefallen. Jedenfalls grinste er schief, als er loslegte. »Ich hab ja schon gesagt, dass man keine Ausrede braucht, um ins Museum gehen. Aber wahrscheinlich kann es wirklich nicht schaden, wenn wir einen guten Grund haben, warum wir unbedingt öfters da auftauchen müssen. Also nicht nur eine Hausaufgabe, sondern gleich ein ätzend fettes Referat.« Er schaute uns erwartungsvoll an. Als wir ihm nicht widersprachen und auch kein Jubelgeschrei kam, machte er weiter. »Na, und da habe ich mir gedacht, dass wir über den Impressionismus und die Grundlagen der modernen Kunst einen Vortrag halten müssen.« Wir schwiegen immer noch und er plapperte leicht verunsichert weiter. »Na ja, das ist ein riesiges Thema und wir wären schon gleich in der richtigen Abteilung, wenn ich das richtig verstanden habe. War doch moderne Kunst, die da geklaut wurde, oder?«

Mildred nickte. »Äh, ja, super. Klingt echt toll. Ich wusste nicht, dass du Ahnung von so was hast.«

Norbert wurde schon wieder rot. »Na ja, ich male gern.« Oh Mann, das klang echt peinlich.

Aber Mildred lächelte ihn an und sagte: »Cool. Extrem cool sogar. In dir steckt echt so viel mehr, als man am Anfang sehen kann.« Ich musste kichern, obwohl sie einfach nur recht hatte. Aber Norbert sah aus wie eine Tomate, die gleich aus den Latschen kippt.

»Ja, Nobbi, echt super!« Ich klopfte ihm fest auf die Schulter, damit er nicht vom Teppich abhob. Mildred kritzelte begeistert in ihrem Plan herum und ich zischte Norbert leise ins Ohr: »Impressionis-was??? Ich hab keinen Schimmer, wovon du da quatschst!«

Er zuckte nur gönnerhaft mit den Schultern. »Erklär ich dir nachher.«

»Was haltet ihr davon, wenn wir da morgen hingehen?« Mildred war wieder bei uns. Und sie wollte offensichtlich keine Zeit verlieren.

»Klar!« Norbert war voll motiviert. Das letzte Mal hatte ich ihn so euphorisch gesehen, als er mir seine selbst erfundene Kampfsportart vorgeführt hatte. No-Won-Do war wirklich Angst einflößend, wenn man es zum ersten Mal sah. Schon beim Zuschauen hatte ich das Gefühl gehabt, ich könnte mir Arme und Beine gleichzeitig brechen. Er sprang und schrie, dass mir die Spucke wegblieb. Inzwischen war ich einfach nur noch beeindruckt, wenn ich ihm zusah. Obwohl er schon einmal mit einer leichten Gehirnerschütterung im Krankenhaus gelandet war, weil er nach einem irren saltoartigen Sprung mit der Schläfe an seiner Schreibtischkante hängen geblieben war. Aber Norbert wäre nicht Norbert, wenn ihn das abgeschreckt hätte. Natürlich trainiert er immer noch jeden Tag.

Es war ziemlich spät am Abend und ich lag schon eine Weile im Bett und hielt am Nachthimmel nach ungewöhnlichen Flugobjekten Ausschau, als mein Handy vibrierte. Es war eine SMS von Norbert:

impressionismus ist 'ne kunst-epoche. Also 'ne bestimmte zeit, wo sich 'ne gruppe von malern zusammengetan hat und nicht mehr so wollte wie vorher. Pinselaufstand ☺, die wollten ihr eigenes ding machen. ganz easy: impressionismus = anfang der modernen kunst. kapiert? nacht!

Hä? Ich wusste nicht genau, ob er sich das nur ausgedacht hatte. Das musste ich dringend noch mal googeln.

16. JANUAR 2013

Die tollsten Pläne scheitern oft an der Wirklichkeit. Am nächsten Tag konnte Mildred überraschend ihren Vater im Gefängnis besuchen und wir mussten unsere Verabredung verschieben.

Ich nutzte die Zeit, um zu kapieren, was Impressionismus ist. Eine Gruppe von Malern hatte sich zusammengeschlossen, weil sie etwas bewegen wollte. Ihre heiße Zeit war die zweite Hälfte des 19. Jahrhunderts. Und aus der Gruppe der Impressionisten lösten sich irgendwann vier Künstler, die wieder eigene Richtungen hervorgebracht haben, und die gelten als die Urväter der modernen Kunst. Ich fand, dass Norberts SMS das alles perfekt auf den Punkt gebracht hatte. Pinselaufstand wäre doch der perfekte Name für diese Kunst-Epoche. Das könnte man sich wenigstens merken.

Am Mittwoch sagte uns Mildred morgens in der Schule, wir sollten uns am Nachmittag nicht im Museum treffen, sondern bei mir, um die nächsten Schritte zu planen. Zu viert. Wir würden Darwina kennenlernen.

Nach den Hausaufgaben saß ich also da und wartete auf die anderen drei. Meine Eltern waren schon wieder verreist, nachdem ich eine hammerharte Diskussion zu meinen Gunsten entschieden hatte. Meine Mutter hatte mich von der Schule befreien wollen, damit ich mit nach Nepal kommen konnte, aber ich hatte mit vollem Strebereinsatz behauptet, dass das leider unmöglich war, wenn sie mir nicht für immer meine schulische Karriere versauen wollte. Dann hatte meine Mutter beschlossen, bei mir zu bleiben, was noch schwieriger abzuwehren war. Ich musste tief in die Psychoschublade greifen: »Ihr wisst doch, dass ihr mir vertrauen könnt, oder?« Kopf schief legen, telepathisch an die Adoptionsnummer erinnern, die immer noch wie eine fette Regenwolke über uns hing, und schon hatte ich sie.

Ein bisschen mies fühlte ich mich schon, weil ich vor lauter Mildred und Museum schon lange nicht mehr an die Adoption gedacht hatte. Andererseits hatten meine

Eltern ja auch ein schlechtes Gewissen, weil sie mich so lange angelogen hatten. Also, falls man Gefühle gegeneinander aufrechnen konnte, würde ich es für meine Eltern gerade ein bisschen besser machen.

Die Sache mit dem Gewissen ist ziemlich kompliziert. Man hat es, um daran erinnert zu werden, dass etwas nicht okay ist. Dann kneift es zu. Mein Gewissen hatte nicht so schlimm zugebissen. Ich war froh, dass meine Eltern weg waren, und wünschte ihnen eine super Zeit. Vor allem, weil meine Mutter einen beeindruckenden Haufen Essen dagelassen hatte. Ich nahm mir aber vor, dass ich ein bisschen netter zu ihr sein würde, wenn sie wieder da war. Vielleicht würde ich sogar mit ihr reden, das wollte sie ja unbedingt. Ich nicht, aber ich konnte mich nicht ewig davor drücken.

Aber das alles musste erst mal warten. Es klingelte an der Tür. Ich öffnete. Norbert stand ganz vorn. Das war ein ungewöhnlicher Anblick, weil er ja normalerweise lieber direkt in mein Zimmer kletterte. Aber er hatte den beiden Mädchen auf der Straße aufgelauert und kam mit ihnen zusammen. Er schob sich mit einem »Hey Alter« an mir vorbei ins Haus.

»Das ist Knietzsche. Das ist Darwina.« Mildred übernahm das Vorstellen und schob sich auch an mir vorbei. Es war auch wirklich kalt draußen.

»Hey!«

»Hallo!«

Darwina und ich standen uns allein gegenüber. Keine Ahnung, warum so was manchmal so peinlich ist. Sie atmete Dampf.

»Äh, darf ich reinkommen?« Darwina schaute mich herausfordernd an. Sie hatte ein asiatisches Gesicht, aber ich bin noch nicht so viel in der Welt rumgekommen, um eindeutig sagen zu können, wo das Gesicht geografisch einzuordnen wäre. Auf jeden Fall starrte ich sie an, was mir erst auffiel, als sie noch mal »Hallo?!« sagte.

Ich trat schnell zur Seite. Leider bin ich manchmal ein Volltrottel, aber wenigstens krieg ich es noch mit. »Sorry, klar, komm rein. Ich äh, hab gedacht, ich kenn dich von irgendwoher …«

»Aus dem Asia-Markt vielleicht?«

Ich musste schlucken. Und meine Ohren wurden heiß.

Darwina lachte dreckig und rempelte mich im Vorbeigehen an. »Ich hab dich nur verarscht.«

Oh Mann.

Ich holte Süßigkeiten und Chips aus der Küche und als ich oben ankam, saßen die drei schon um den Plan des Museums und waren in eine wilde Diskussion vertieft. Als sie mich bemerkten, hörten sie plötzlich alle gleichzeitig auf zu reden und schauten mich an.

Sehr unangenehm. Vielleicht hatte Darwina ihnen erzählt, wie ich sie angeglotzt hatte, und jetzt wollten sie das auch mit mir machen. Aber eigentlich sah es eher so aus, als wollten sie was von mir.

Ich stellte das Essen ab und sagte: »Bedient euch!« Keiner reagierte.

»Was denn?«

Darwina lächelte mich zuckersüß an. »Ich hab doch Zugriff auf das Netzwerk vom Nationalmuseum. Dort hab ich gesehen, dass die Montag in einer Woche für zwei Wochen einen neuen Schülerpraktikanten bekommen. Und da hab ich seine Mutter angerufen und ihr erzählt, wie schlimm das doch ist mit dem Kunstraub und wie leid es mir doch tut, dass ihr Benjamin sein Praktikum jetzt leider woanders machen muss … soooorry!«

Ich starrte sie schon wieder an, weil es so jemanden wie sie normalerweise nur im Fernsehen gab. Zum Glück redete sie gleich weiter und fuchtelte dabei wild mit den Armen.

»Ich glaube, sie war sogar ganz froh. In der finsteren Höhle des Kunstdiebstahls könnte der liebe Benjamin vielleicht ganz falsche Sachen lernen …«

Wir hingen alle an ihren Lippen, sie hätte sofort ohne Probleme irgendwo auftreten können. Aber ich wurde das mulmige Gefühl nicht los, dass noch irgendwas kommen würde. Mist, ich hatte nicht mehr zugehört. »Stimmenverzerrer«, sagte sie gerade.

»Du könntest einfach die letzten paar Klassen überspringen und als Special Agent beim FBI anfangen oder so«, schlug ich vor.

Ich dachte, mit einem kleinen Scherz würde ich die Stimmung etwas auflockern. Alle drei schauten mich an, aber keiner lachte. So lahm war der Witz jetzt auch wieder nicht gewesen.

Darwina holte Luft, schaute mich an und kam lächelnd zum springenden Punkt: »Bye-Bye Schule. Hello Arbeitsleben!«

Sie zog ihre eine Augenbraue ein paarmal hintereinander nach oben, als ob es dadurch klarer werden würde. Falls das ein Witz gewesen sein sollte, war er auf keinen Fall besser als meiner. Aber sie schaute immer noch so komisch. Weniger ein Witzblick, sondern eher ein Kapiers-doch-endlich-Blick. Aaaah, mir wurde plötzlich klar, warum mich alle die ganze Zeit so seltsam angeglotzt hatten. Allerdings konnten sie das doch wohl nicht ernst meinen!

»Ich soll da als Schülerpraktikant hingehen? Spinnt ihr? Das geht auf keinen Fall, ein Praktikant ist doch immer mindestens vierzehn!«

»Na und?!« Jetzt mischte sich Mildred ein. »Die Idee ist ja wohl super! Darwina brauchen wir für Wichtigeres, mich kennen die da und Norbert sieht jünger aus als du.

Du musst das machen, Knietzsche. Von drinnen haben wir die beste Möglichkeit, den Laden auszuspionieren. Du hast ja noch ein bisschen Zeit, um dich an den Gedanken zu gewöhnen.«

»Und was, wenn dieser Benjamin beim Bewerbungsgespräch war?« Ich versuchte es wenigstens noch mal.

Leider sah ich schon aus dem Augenwinkel, wie Darwina lächelnd Luft holte und sofort die passende Antwort ausspuckte: »Nee, war er bestimmt nicht. Das lief alles über Beziehungen. Außerdem wär das auch egal. Benjamins Mutter hat natürlich sofort im Museum angerufen, als klar war, dass ihr lieber Sohn mit einer fürchterlich schlimmen Grippe im Bett bleiben muss und das Schülerpraktikum leider nicht antreten kann. Und weil sie ja eine Supermutti ist mit Verantwortung und so, hat sie denen gleich einen Ersatz aufs Auge gedrückt. Ihren lieben Neffen Knietzsche. Der ist ja sooo interessiert an Kunst. Blabla.«

»Du hast da angerufen und so getan, als wärst du Benjamins Mutter?« Ich konnte es nicht fassen.

Darwina zuckte nur lässig mit den Schultern. »Klar.«

»Und meine Eltern?« Ich wollte mich noch nicht mit der Entscheidung abfinden, die sie über meinen Kopf hinweg gefällt hatten.

»Wieso, das ist doch das Coolste überhaupt, die sind doch weg!« Norbert war ganz aufgeregt, so genial fand er das alles.

»Ja, aber nicht die ganze Zeit, die kommen wieder. Und wenn sie mich bei irgendwas Blödem erwischen, dann gehen sie nie wieder. Und noch schlimmer, was soll ich in der Schule sagen, wenn ich da zwei Wochen lang nicht auftauche?« Ein kurzer Blick zu Darwina reichte aus, um zu checken, dass sie natürlich schon längst eine Antwort im Ärmel hatte.

»Deine Eltern kriegen gar nichts mit, weil du schon um acht Uhr morgens im Museum anfängst. Da musst du halt vorher mit ihnen skypen, solange sie noch unterwegs sind. Und wenn sie wieder da sind, ist es erst recht kein Problem. Sie werden denken, dass du jeden Morgen ganz normal in die Schule gehst.« Sie holte tief Luft und machte weiter. »Und die Schule ist schon informiert, dass es sich leider nicht vermeiden lässt, dass du deine Eltern auf eine äußerst wichtige Mission nach Indien begleitest.«

»Nepal«, murmelte ich. Aber mir war schon klar, dass ich nicht den Hauch einer Chance hatte.

»Aber vielleicht solltest du als Praktikant darauf achten, dass deine Schnürsenkel zu sind.«

Wahnsinn, genau so wie Darwina musste das Bild im Wörterbuch neben *Selbstzufriedenheit* aussehen. Ich musste gar nicht nach unten schauen, um zu wissen, dass sie recht hatte. Der Schnürsenkel von meinem rechten Turnschuh war fast immer offen. Seit ich mich erinnern konnte, passierte das einfach, selbst wenn ich die Schuhe wechselte. Wie jeder normale Mensch knotete ich morgens beide Schnürsenkel ordentlich zu und irgendwann im Laufe des Tages machte mich jemand darauf aufmerksam, dass einer offen war. Immer der rechte. Wer mich kannte, ließ es nach ein paarmal. Ich hatte mich auch damit abgefunden, es war einfach so. Inzwischen gehörte der offene Schnürsenkel genauso zu mir wie Norbert. Als ich zu ihm rüberschaute, sah ich, wie er Darwina anhimmelte. Oh Mann, wir waren ein Klub von Nerds.

Ich sagte erst mal gar nichts. Alle drei guckten mich erwartungsvoll an. So als hätte ich eine Wahl. Hatte ich aber nicht. »Also gut. Gibt's irgendwas Besonderes, das ich wissen muss, um nicht gleich wieder rauszufliegen?«

Norbert sprang auf und umarmte mich, als hätte ich gerade das entscheidende Tor bei der Fußballweltmeisterschaft geschossen. Darwina und Mildred standen auch plötzlich da und ich fand mich in einer verkorksten Gruppenumarmung wieder. Keine Ahnung, wie es dazu kommen konnte, aber in dem Moment fühlte es sich ganz normal an. Ja, wir waren drin im Museum. Und das war der erste Schritt, um Mildreds Vater aus dem Gefängnis zu holen.

Den Rest der Woche verbrachten wir damit, unseren Schlachtplan zu verfeinern. Wir nahmen alle Mitarbeiter ganz genau unter die Lupe, die noch nicht länger als ein Jahr im Museum arbeiteten.

Mildred wollte ihren Vater ausfragen, so gut es in den mickrigen Besuchszeiten eben ging. So gut wie gar nicht. Ihre Stiefmutter weigerte sich, mit ihr über das Museum zu sprechen. Sie sprach so gut wie überhaupt nicht mit Mildred oder ihrer Schwester. Weil ja schließlich einer Geld verdienen musste, ging sie wieder für ein paar Stunden die Woche ins Museum. Schließlich blieb sowieso immer alles an ihr hängen. Echt eine nette Person. Deshalb hatte sie auch fast nie Zeit, ihren Mann in der Untersuchungshaft zu besuchen. Das muss man sich mal vorstellen, sie hatte mehr Zeit für den Fingernagel ihres rechten kleinen Fingers als für ihren Mann. So was nennen Erwachsene dann Prioritäten.

Norbert beschäftigte sich weiter mit den Impressionisten und überlegte, welche Gemälde im Museum er sich für sein »Referat« genauer ansehen musste, um vielleicht etwas über die gestohlenen Bilder zu erfahren. Jetzt, wo ich bald den ganzen Tag im Museum sein würde, war das eigentlich nicht mehr unbedingt notwendig, aber ich hatte den Eindruck, dass es ihm Spaß machte.

Ich war noch mal zum Museum gefahren, weil mir der Junge im Fenster nicht aus dem Sinn ging. Was hatte er da gemacht? Und warum trug er diesen merkwürdigen Anzug? War er vielleicht gar kein echter Junge, sondern ein Kunstobjekt?

Ich war mir sicher gewesen, dass er mich beobachtet hatte, aber natürlich war es auch möglich, dass ich mir das nur eingebildet hatte. Ich musste unbedingt checken, ob er noch dastand.

Ich nahm den gleichen Weg wie beim ersten Mal und war ein bisschen aufgeregt. Keine Ahnung, warum. Als ich mich dem Fenster näherte, in dem der Junge gestanden hatte, sah ich es sofort. Nichts. Also war er kein Kunstwerk. Ich wusste nicht, ob das gut oder schlecht war.

Ohne weiter darüber nachzudenken, ging ich ins Museum. Ich schweifte durch alle Stockwerke und betrachtete halbherzig die Kunstwerke. Wahrscheinlich hoffte ich, etwas ähnlich Faszinierendes wie einen Jungen im komischen Anzug zu entdecken, aber da war nichts. Nur Bilder und Skulpturen, mit denen ich mich bald ausgiebig genug beschäftigen konnte.

Zutiefst gelangweilt ging ich wieder zum Bus und fuhr nach Hause. Mein Wegbegleiter war ein komisches Gefühl. Es wollte mir einreden, dass ich noch einen Begleiter hatte. Ich drehte mich um, aber da war niemand. Trotzdem fühlte ich mich beobachtet.

Ich starrte durch die Fensterscheibe des Busses und versuchte, mich zu entspannen. Mein Schülerpraktikum, das vor der Tür stand, kam mir in den Sinn. Was zog man eigentlich an, wenn man zwölf war, aber so tat, als wäre man vierzehn, und arbeiten ging? Ich betrachtete mein Spiegelbild im Fenster des Busses. Und ich entdeckte noch was. Unmöglich! Manchmal könnte ich mich dafür treten, dass ich heimlich so viele Thriller

gesehen hatte, wenn meine Eltern weg waren. Das war eindeutig ungesund.

Ich war davon überzeugt, im Augenwinkel eine Gestalt gesehen zu haben, die mich anstarrte, und drehte mich vorsichtig um. Aber da saß nur eine alte Frau schräg hinter mir, die ihre Lippen aufeinanderpresste und mich mit zusammengekniffenen Augen fixierte. Ich wartete ein bisschen und drehte mich noch mal um. Die Frau schaute mich jetzt noch finsterer an. Sie schien zu glauben, dass ich sie belästigen wollte. Also echt. Ansonsten sah ich nichts Ungewöhnliches. Nur Menschen, die unterwegs waren. Alle mit ihren Gedanken bei sich und ihren eigenen Problemen, aber sicher nicht bei mir.

Ich drehte mich um und schaute wieder aus dem Fenster. Und dann, zack, schnell wie ein Blitz drehte ich mich wieder um. Und da sah ich ihn. Meinen Beobachter, der gerade versuchen wollte, wieder abzutauchen. Als er mitgekriegt hatte, dass ich ihn sehen konnte, kniff er die Augen zusammen, als würde er dadurch unsichtbar. Aber ich sah ihn genau. Und deshalb checkte ich auch mit einem Schlag, wer das war. Der Typ im hellblauen

Reißverschluss-Strampler aus dem Museumsfenster. Ich konnte es kaum glauben. Jetzt öffnete er ein Auge, um zu prüfen, ob ich ihn noch anschaute. Das tat ich natürlich.

Ich stand auf, schob mich an meinem Sitznachbarn vorbei zum Gang und drückte die Halte-Taste. Dann ging ich nach hinten und tippte ihm auf die Schulter. Seine Augen waren schon wieder zu. »He, du. Alles okay bei dir? Mach mal die Augen auf.«

Der Junge öffnete sehr zögerlich seine Augen. Es war klar, dass er sich ertappt fühlte. Ich kam mir ein bisschen bescheuert vor, als mir klar wurde, dass dieser seltsame Vogel mich verfolgte, während ich nach ihm gesucht hatte.

Er schaute mich verängstigt an, rührte sich aber nicht. Kein Piep kam aus ihm raus, also probierte ich es noch mal. »Ist dir schlecht? Sollen wir rausgehen?«

Die Augen des Jungen weiteten sich. Zumindest schien er zu verstehen, was ich von ihm wollte. Trotzdem schwieg er eisern. Die alte Dame daneben rieb ihren Gehstock, als würde sie darüber nachdenken, ob sie mir damit eine überziehen sollte. Ich wollte nicht noch mehr Aufmerksamkeit auf uns ziehen und klopfte ihm auffordernd, aber freundlich auf die Schulter. »Los, komm, das wird dir guttun, ab an die frische Luft.«

Ich schielte zu der alten Frau und zeigte ihr freundlich meine Zähne. Eine Wunderwaffe, die bei Glotzern immer hilft. Sie schaute, ohne zurückzulächeln, demonstrativ in die andere Richtung aus dem Fenster und schüttelte den Kopf. Das habe ich schon immer gehasst, wenn Erwachsene das machen. Das soll heißen, dass man sich für irgendwas schämen soll. Dabei heißt es in Wirklichkeit, dass sie sich in etwas eimischen, was sie nichts angeht. Jeder weiß das, aber sie wollen unbedingt trotzdem ihre Missbilligung demonstrieren. Voll beknackt. Mir fiel ein, dass ich mich gerade auch in etwas einmischte, was mich nichts anging. In das Leben eines anderen Jungen. Ich schob den Gedanken ganz schnell wieder weg.

Der Junge war inzwischen aufgestanden und trottete vor mir her zum Ausgang. Als der Bus anhielt und die Tür aufging, wollte er es sich noch mal anders überlegen und umdrehen. Aber ich stand so dicht hinter ihm, dass ich ihn mit einem kleinen Schubs die Stufen hinunter nach draußen befördern konnte. Neue Fahrgäste strömten uns entgegen und fuhren mit dem Bus davon.

Dann standen wir allein an der Haltestelle. Er schaute in die Ferne, dem Bus hinterher, und ich schaute ihn an. Er kramte in seinem Rucksack, zog sich einen grünen Anorak über seinen hellblauen Anzug und setzte sich eine blaue Wollmütze auf die pechschwarzen Haare. Dann wickelte er sich noch einen Schal um den Hals. Was würde er wohl noch alles aus dem Rucksack zaubern, wenn wir noch eine Weile stehen blieben? Bis jetzt hatte er Augenkontakt vermieden, aber als er alle Kleidungsstücke verteilt hatte, musste er mich wohl oder übel anschauen. Seine Augen waren so dunkel, dass ich gar keine Pupillen erkennen konnte. Aber dafür war die Panik darin sehr deutlich zu sehen.

»Bist du mir etwa gefolgt?« Er zuckte leicht zusammen, als hätte ihm die Frage einen Schreck eingejagt. Sein Blick flatterte unsicher umher. Jetzt schaute er mich kurz an, aber wirklich nur für einen Moment und dann gleich wieder weg. Antworten wollte er offenbar nicht.

Ich nahm einen neuen Anlauf. »Hä? Bist du mir nachgelaufen oder sitzt du nur zufällig hinter mir und glotzt und versteckst dich, wenn ich dich sehe?«

Er sagte einfach nichts. Oje, vielleicht war er ja stumm oder anderweitig angeschlagen. Ich hätte ihn nicht so erschrecken dürfen. Irgendwas an dem Jungen machte mir sofort ein schlechtes Gewissen. Jetzt zitterte er auch noch! Das war mein Ticket in die Hölle.

»He, beruhig dich, ich tu dir doch nichts. Ich will doch nur wissen, warum du hinter mir her bist … bist du doch, oder?!«, versuchte ich es noch mal. Diesmal mit meiner normalen Stimme.

Er schien sich etwas zu entspannen. Ich bemühte mich, möglichst harmlos auszusehen, damit er endlich den Mund aufmachte, sofern er dazu in der Lage war. Die Stummtheorie hatte ich noch nicht verworfen.

»Pielleicht.« Er konnte sprechen. Was aber nicht bedeutete, dass ich ihn auch verstand.

»Pielleicht???« Er war also nicht von hier, das erklärte einiges. Ich dachte krampfhaft darüber nach, was das für ein Land sein könnte, in dem es solche Worte gab. Er hatte pechschwarze, glatte Haare. Da gab es viele Möglichkeiten.

Er sah mir an, dass ich ihn nicht verstand, und probierte es erneut. »Pielleicht ... hab ich dich perpolgt.«

»Hä?« Aber so langsam dämmerte mir, was hier los war. Er war nicht stumm, sondern hatte nur einen Sprachfehler.

Ich beugte mich zu ihm runter, weil er mindestens einen halben Kopf kleiner war als ich, und sagte total deutlich: »Vielleicht hast du mich verfolgt?«

Er rieb sich meine Spucke aus dem Auge und nickte. »Sag ich doch.«

Ich zuckte zurück. Also das kriegte er hin. »Und warum hast du mich verfolgt?«

Er sah ziemlich unglücklich aus, aber wenigstens nicht mehr so verängstigt. »Ich kenn dich. Pom Schulhop. Parallelklasse. Seit pergangenem Jahr. Wenn die Pieslinge aus der achten Klasse nicht hinter dir und deinem Preund her sind, dann machen sie mich pertig.«

Endlich hatte ich es kapiert. Er konnte kein F aussprechen. Und kein V. Krass. Und ich erinnerte mich auch dunkel daran, dass ich in der hintersten Schulhofecke tatsächlich schon mal jemanden im grünen Anorak gesehen hatte. Einen, der so aussah, als wäre er gern unsichtbar. Könnte der Junge gewesen sein, aber beschwören würde ich es nicht. Doch das erklärte noch lange nicht, warum er mich verfolgte.

»Ist ja alles toll. Aber ich will wissen, warum du mich verfolgst.« Ich schaute ihn streng an. Es war klar, dass er auf jede Form von Einschüchterung ansprang.

»Weil ich dich gesehen hab. Por dem Museum. Zweimal. Was hast du da perloren?«

»Geht dich ja wohl gar nichts an, was ich da verloren hab. Was hast du da überhaupt verloren?«

Er drückte seine Brust heraus und wirkte dadurch gleich ein bisschen weniger unsichtbar. »Ich arbeite im Museum«, sagte er stolz.

»Wie bitte? Du arbeitest da? Wie alt bist du denn?«

Ich hatte ihn schon wieder verschreckt. Sein Kopf zog sich wie bei einer Schnecke ein Stück in den Jackenkragen. Echt schräg.

Und dann kam er wieder raus. »Ich bin elp. Mein Pater hat eine Putz-Pirma. Die arbeitet für das Museum. Und ich helpe manchmal. In Indien helpen Kinder immer mit.«

»Hm.« Ich dachte kurz nach. »Und wenn ihr da so arbeitet, dann habt ihr doch bestimmt auch Zugang zu allen Räumen und so …«

Meine Stimme war wohl zu schnell zu freundlich geworden. Er war auf der Hut. »Wieso? Warum pragst du das?«

»Wenn du noch nicht so lange hier lebst und immer arbeiten musst, hast du doch bestimmt noch keine Freunde, oder?«

Er wackelte mit dem Kopf, aber ich wusste nicht genau, ob das Ja oder Nein heißen sollte. Ich machte weiter.

»Wenn du Zeit hattest, mich zu verfolgen, dann hast du ja heute Nachmittag nichts Wichtiges vor, oder?« Ich versuchte so gewinnend zu lächeln, wie es nur ging.

Er wackelte wieder mit dem Kopf, aber da ich die Frage so gestellt hatte, dass Ja oder Nein irgendwie passen würde, nahm ich es einfach als Einverständniserklärung, dass ich ihn mitnehmen konnte.

Ich setzte mich langsam in Bewegung und machte eine einladende Handbewegung, damit er mitkam. »Ich heiße Knietzsche und ich stell dir gleich ein paar Freunde von mir vor. Die sitzen gerade alle bei mir zu Hause. Wird sicher nett. Wie heißt du überhaupt?«

Der Junge überlegte eine Weile, bis er schließlich »Pepe« sagte. Oje, das war doof. Ich hatte keine Ahnung, ob das sein richtiger Name war. Fefe oder Veve war allerdings noch unwahrscheinlicher.

»Pepe?«, fragte ich vorsichtig.

»Ja, sag ich doch!« Er schaute mich an, als wäre ich ein bisschen unterbelichtet. Also echt. Mal abgesehen davon, dass mir Pepe nicht gerade wie ein typischer indischer Name vorkam, aber da kannte ich mich nicht so aus. Ich wollte die Stimmung nicht versauen und sagte lieber nichts mehr.

Pepe trottete plaudernd neben mir her und ich dachte während des ganzen Weges darüber nach, für wie selbstverständlich man Dinge oft nimmt. Erst wenn sie weg sind, wird einem klar, wie wichtig sie sind. Das können Menschen sein. Eine bestimmte Sorte Schokolade, die plötzlich aus dem Sortiment genommen wird. Oder eben Buchstaben. Ich war schrecklich dankbar, dass das F und das V feste Bestandteile meines Lebens waren.

Und als mir das klar wurde, fiel mir ein, was für ein Glück ich gehabt hatte, dass ich genau diesen zwei Menschen vor die Tür gelegt worden war, die meine Eltern waren. Sie waren immer für mich da, seit ich denken konnte. Sie haben mir alles gegeben und mir einfach nur deshalb nicht die Wahrheit gesagt, weil sie Angst hatten, mich zu verlieren.

Ich schämte mich plötzlich schrecklich. Alles, was sie für mich getan hatten, hatte ich als Selbstverständlichkeit hingenommen und als es drauf ankam, war ich eine beleidigte Drama-Queen.

Wir waren fast bei mir zu Hause angekommen und Pepes Worte drangen wieder durch den Gedankennebel zu mir durch. Zumindest bei meinem eigenen Problem war ich gerade ein Stück weitergekommen. Das hatte ich den zwei fehlenden Buchstaben eines etwas seltsamen Jungen zu verdanken.

Als wir in meinem Zimmer bei Mildred, Darwina und Norbert ankamen, war das nicht gerade ein Freudenfest. Sie fanden es erst mal uncool, als ich ihnen mitteilte, dass wir einen Neuen im Team hatten.

»Hallo, ich bin Pepe. Im letzten Schuljahr bin ich mit meiner Pamilie aus Indien hierhergekommen. Preut mich sehr, euch kennenzulernen.«

Darwina, Mildred und Norbert bewegten wie perfekt trainierte Synchronschwimmer ihre Köpfe erst in Pepes Richtung, dann zu mir und wieder zurück. Ein bisschen Begeisterung baute sich zumindest auf, als ich ihnen erzählte, wo ich Pepe kennengelernt hatte und dass sein Vater eine der größten Reinigungsfirmen der Stadt besaß. Dass diese Firma den Auftrag hatte, im Museum für Sauberkeit zu sorgen, und dass Pepe jede Menge über das Museum wusste, weil er manchmal im Familienbetrieb mithalf. Und dass er wusste, wo der Universalschlüssel für alle Räume im Museum war.

Pepe war ein Geschenk des Himmels für uns. Auch wenn die Verpackung des Geschenks ein bisschen komisch war, begriffen wir das alle sofort. Norbert konnte sich sogar an ihn erinnern. Im Flur der Schule hatte Pepe ihn mal gerettet. Die Fieslinge aus der Achten waren gerade hinter ihm her gewesen. Aber als sie Pepe sahen, hatten sie den Plan spontan geändert. Gut für Norbert, schlecht für Pepe. Aber das war auch schon alles. Nur weil manche Leute uns für Loser hielten, mussten wir uns ja nicht mit anderen Losern abgeben. Dafür hätte es schon einen richtig guten Grund geben müssen. Den gab es ab jetzt. Deshalb war Pepe ab sofort nicht mehr allein. Er war ein Teil von unserem Team.

Norbert, Mildred und Darwina gingen am späten Nachmittag nach Hause. Nur Pepe saß immer noch auf meinem Bett. Er schien sich sehr wohlzufühlen und erzählte mir, wie er überhaupt an unsere Schule gekommen war.

»Mein Pater wurde letztes Jahr als Ingenieur nach Deutschland geholt, pon einer großen Pirma.«

»Mit dir und deiner Mutter?«

Er schüttelte den Kopf, was eher wie ein Wackeln aussah. Die Sache mit seinen Kopfbewegungen kam mir irgendwie seltsam vor. »Also deine Mutter ist nicht mitgekommen?« Ich hoffte, dass das nicht zu indiskret war und ich ihn zum Weinen brachte oder so was.

»Meine Mutter ist doch hier.« Er schaute mich an wie ein Fragezeichen.

»Mit dir und deinem Vater?«, hakte ich noch mal nach. Pepe schüttelte schon wieder den Kopf und sagte »Ja, genau«. Das war echt verwirrend. Mir wurde langsam klar, dass da irgendwas nicht stimmen konnte. Das F- und V-Problem war das eine, aber er nickte auch noch, wenn er Nein meinte, und schüttelte den Kopf, wenn er Ja meinte. Verrückt.

»Aber dann hat die Pirma alle rausgeschmissen und er musste putzen gehen. Aber mein Pater ist wahnsinnig schlau und dann hat er eine eigene Putz-Pirma aupgemacht. Meine Mutter arbeitet auch mit und jetzt sind wir reich.« Er strahlte mich an.

Ich wusste nicht, was er genau mit reich meinte. Schloss-mit-Pool-reich oder wir-kommen-über-die-Runden-reich. Das war mir auch egal. Er wusste, wo der Schlüssel war, und viel mehr interessierte mich im Moment gar nicht.

Ich stand auf und ging in meinem Zimmer hin und her. Das sollte ein deutliches Zeichen sein, dass sein Besuch für heute beendet war. Aber Pepe rührte sich nicht. Er saß zufrieden im Schneidersitz da und verströmte einen ungewöhnlichen Geruch. Nach Gewürzen, die ich noch nie zuvor gerochen hatte. Ich konnte mir gut vorstellen, dass ich das dazugehörige Essen irgendwann einmal probieren würde, aber jetzt wollte ich ihn erst mal nur loswerden.

»Du. Ich muss noch lernen.« Norbert hätte sich kaputtgelacht, wenn er das gehört hätte. Aber Pepe stand tatsächlich auf und bewegte sich langsam in Richtung Ausgang.

»Pantastisch, dass wir jetzt Preunde sind.« Er streckte mir die Hand entgegen und ich nahm sie. Von Freundschaft hatte er ungefähr so viel Ahnung wie von F und V.

4. FEBRUAR 2013

Meine erste Woche im Museum war besser gelaufen, als ich es mir hätte träumen lassen. Es gab keinerlei peinliche Zwischenfälle. Und nicht nur das, ich hätte niemals gedacht, dass ich mich so schnell an die Arbeit gewöhnen würde. Gut, das lag vielleicht auch daran, dass ich nicht besonders viel zu tun hatte. Aber ich hätte niemals für möglich gehalten, dass ich mich tatsächlich für Kunst interessieren würde. Norbert und ich quatschten über nichts anderes mehr, das war schon fast unheimlich.

Ich fand es faszinierend, dass niemand erklären kann, wo ein Kunstwerk herkommt, also die Idee dafür, meine ich. Die Idee für ein Bild kommt einfach, ohne dass man es steuern kann, und dann macht der Künstler sein Werk. Manche sagen Inspiration dazu. Manche sagen, dass die Muse sie küsst. Ich weiß nicht, wer diese Muse ist, aber ich hätte nichts dagegen, wenn sie mich auch mal küssen würde, denn dann passieren auf jeden Fall spannende Sachen. Die Frage ist, ob diese Muse jeden küssen würde, der einen Pinsel in einen Farbeimer tunken kann, oder ob sie Bedingungen stellt. Dass man Talent hat zum Beispiel. Das könnte die Erklärung sein, warum sie bisher einen Bogen um mich gemacht hat. Aber insgesamt betrachtet ist Kunst total spannender Wahnsinn! Und wenn man es weiterdenkt, gilt das alles nicht nur für Gemälde oder Skulpturen, sondern auch für Bücher oder Gedichte. Ein Künstler schafft etwas, das in seinem Kopf entsteht. Er wählt Formen, Farben, Worte, die es in genau dieser Zusammensetzung noch nicht gab. Er schafft etwas Neues, das nur dazu da ist, andere zu erfreuen, zu schockieren oder aufzurütteln. Manche Künstler sind steinreich und andere sind ihr Leben lang arme Schlucker. Oft verdienen sie erst richtig viel Kohle, wenn sie schon tot sind. Aber trotzdem wollen sie ihr ganzes Leben lang nichts anderes sein als Künstler.

Die Stimmung hatte sich etwas entspannt, weil Mildreds Vater einen Anwalt bekommen hatte, der guter Dinge war. Wir wussten damals noch nicht, dass Anwälte immer so tun, als wäre alles ein Klacks und kein Problem, weil sie sonst nämlich gar nicht erst beauftragt werden. Wer will schon von einem Schwarzseher vertreten werden?

Jedenfalls war das für Mildred eine gute Nachricht und sie war schlagartig besser gelaunt. Sie kommandierte uns sogar etwas freundlicher herum. Trotzdem wusste sie, dass die Gefahr noch nicht vorbei war. Ganz im Gegenteil. Es ging erst richtig los.

Die ganze Panik, die ich vor dem Praktikum gehabt hatte, hätte ich mir sparen können. Das mulmige Gefühl verschwand schon in den ersten paar Stunden. Niemand fand, dass ich zu jung für mein Alter aussah, niemand stellte blöde Fragen. Ich fühlte mich schnell wohl und kannte bald jeden im Museum.

Dass hier erst kürzlich ein Verbrechen stattgefunden haben sollte, kam mir total unglaubwürdig vor, nichts wies mehr darauf hin. In Filmen erkannte man einen Tatort ja sofort an den Absperrbändern und so. Hier war gar nichts. Ein bisschen seltsam kam mir das schon vor. Auffällig unauffällig.

Mein Job als Museumspraktikant bestand in erster Linie darin, nichts kaputt zu machen und niemanden zu stören. Es war erstaunlich, was für Vorurteile alle gegenüber Schülerpraktikanten hatten. Weil sie noch nichts konnten und nur da waren, weil irgendjemand irgendjemanden kannte. Und der letzte jemand wurde gezwungen, einen Schülerpraktikanten zu nehmen. Die Mutter von diesem Benjamin musste super Beziehungen haben.

Die Museumsdirektorin hieß Frau King. Ich sah sie nicht ein einziges Mal aus der Nähe. Ab und zu fegte sie durch einen Raum und wie Staubwolken wuselten immer Menschen um sie herum, die irgendetwas von ihr wollten. Also, auf den Job hätte ich verzichten können.

Mein liebster Kollege war einer der Aufseher, ich durfte ihn schon am ersten Tag Oskar nennen. Er bewachte einen der Räume. Das ist der wahrscheinlich langweiligste Beruf dieser Erde. Aber Oskar hatte es voll drauf, das Beste daraus zu machen. Eigentlich waren seine Tage immer mit interessanten Gesprächen gefüllt, weil er gut beobachten konnte und sofort sah, ob jemand ein guter Kandidat für einen Plausch war.

Zack, war er dran und zehn Sekunden später mitten im Gespräch. Ich war oft bei ihm, weil er mich nicht wie eine schwere Einkaufstüte behandelte, sondern wie jeden anderen, für den er sich interessierte. Wann immer es ging, stattete ich ihm einen Besuch ab. Natürlich wusste er auch genauestens über den Kunstraub Bescheid. Ich hatte das Gespräch sehr unauffällig auf das Thema gelenkt.

»Also, wenn du hier immer stehst, dann kann keiner ein Bild anfassen, oder?«

»Nee. Dafür bin ich ja da. Weißt du doch.«

»Ja schon. Aber du hast ja nicht überall Augen.«

»Hab ich nicht? Also, mach du lieber mal deinen Schnürsenkel zu, sonst stolperst du noch in meinem Verantwortungsbereich! Wie war das mit meinen Augen?«

»Na ja, okay, ’tschuldigung, ich meinte, du kannst ja nicht überall hingucken, wenn du gerade mit den Leuten quatschst …«

»Ich quatsche?«

»Na, ich meine, wenn sie dich was fragen und du was antworten musst …«

»Ja?«

»Dann siehst du doch nicht, was die anderen alle machen, oder?«

Jetzt guckte er mich ganz genau an. Wie die Besucher, wenn er sich einen für einen Plausch auswählen wollte.

»Sag mal, Knietzsche, du willst doch auf irgendwas hinaus.«

»Hm.«

»Was soll das Drumherum? Wenn du ’ne Frage hast, frag.«

Oje. Mir wurde warm. An meiner Ausfragetechnik musste ich echt noch feilen. Jetzt konnte ich nur noch den direkten Weg einschlagen, alles andere wäre eine Beleidigung seiner Intelligenz gewesen. Ich bückte mich, um meinen Turnschuh zuzubinden. Ein offener Schnürsenkel ist immer eine gute Möglichkeit, um Zeit zu gewinnen.

»Was weißt du über den Kunstraub?«

Er schaute auf mich hinunter und seine Gesichtszüge entspannten sich. Also konnte ich wieder auftauchen.

»Ach, darauf willst du hinaus. Sag's doch gleich. Ich dachte, du willst andeuten, dass ich geschwätzig bin … dabei ist das hier doch auch wirklich …«

»Oskar, das würde ich nie tun, ohne dich wär das Praktikum hier Folter. Was weißt du denn?«

Er drehte sich ein wenig, um sich über die Schulter umzuschauen. Lang hatte er sicher nicht mehr bis zur Rente, deshalb war das eine komplizierte Prozedur. Wir waren wirklich allein, das kam nicht oft vor in der Renaissance. Die Renaissance war eine Abteilung, in der alles aus dieser Kunstrichtung stand. Vor dem Praktikum hatte ich davon noch nie gehört, aber ich mochte das Wort. Ränässoooss, das klang ja wohl extrem cool. Ich hätte es am liebsten zusammenhanglos den ganzen Tag vor mich hingesagt, so gut fand ich es. Außerdem war hier Oskars Refugium. Er war sich inzwischen wohl sicher, dass er offen mit mir reden konnte. Trotzdem sprach er viel leiser als sonst.

»Das war das erste Mal, dass hier etwas gestohlen wurde, seit ich im Museum arbeite. Und das sind fast vierzig Jahre, Junge.« Er hob und senkte seinen Zeigefinger, als wäre er auf einer Theaterbühne. Und Junge hatte er mich vorher auch noch nie genannt. Oskar hatte einfach einen Mörderspaß daran, Geschichten zu erzählen.

»Das Sonderbarste an der ganzen Sache ist, dass sie die drei Gemälde nicht gefunden haben …«

»Was? Aber die haben doch einen verhaftet!«

»Das schon. Den Hofmann haben sie erwischt. Aber ohne Beute! Und er streitet alles ab, gerissener Bursche. Die suchen immer noch wie verrückt, aber er hält wohl dicht. Hat wahrscheinlich schon monatelang seinen Karibikurlaub geplant und träumt immer noch.«

Ich musste dringend nachdenken, was schwierig war, weil Oskar gerade richtig in Fahrt kam. Ich bückte mich noch mal, um so zu tun, als müsste ich meinen Schnürsenkel schon wieder zubinden. Was Besseres fiel mir auf die Schnelle nicht ein. Sie hatten die Bilder also immer noch nicht gefunden. Das konnte noch nicht mal Mildred wissen. Es schadete nichts, noch mehr zu erfahren. Ich richtete mich wieder auf. Wie auf Kommando redete Oskar weiter.

»Die haben einen anonymen Tipp bekommen bei der Polizei. War sicher auch besser, wenn ich mir die Flitzpiepen so anschaue, die mir immer die Strafzettel verpassen.«

»Die wissen nicht, von wem der Anruf kam?«

»Genau das ist die Definition von a-n-o-n-y-m.«

Na gut, das war eine Steilvorlage gewesen. Ich sollte wirklich aufhören, laut zu denken. Irgendjemand hatte also Mildreds Vater verpfiffen. Das war neu. Und voll krass.

»Aber wenn sie die Bilder nicht gefunden haben, woher wussten sie dann so sicher, dass der Hofmann sie geklaut hat?«

»Ja, das ist mal eine gute Frage. Die haben andere Sachen gefunden. Werkzeug in seinem Spind mit Spuren dran. Passen genau zu dem Zeug, das an der Wand abgebröckelt ist.«

»Und was noch?«

»Also hör mal. Das würde ja schon reichen. Aber da war noch mehr. Ausdrucke von den Bildern, die weg sind. Und bei der Hausdurchsuchung haben sie sogar noch den Universal-Schlüssel zu den Ausstellungsräumen gefunden. Nachgemacht! Mit Knetabdruck bestimmt, hab ich mal in einem Film gesehen.«

»Echt, in seinem Haus? Und wie viel Zeit hatte er zwischen dem Alarm und dem Besuch der Polizei?« Ich fand, das alles hörte sich nicht gut für Mildreds Vater an.

»Weiß ich nicht genau. Nicht sehr lange. Der Alarm hat ja die ganze Stadt aus den Federn gerissen.«

»Aber wenn er behauptet, dass er es gar nicht war, und niemand bei ihm die Kunstwerke gefunden hat, wieso ist er dann im Gefängnis?«

»Ganz einfach: weil ihm niemand glaubt. Die Beweise sprechen gegen ihn und niemand kann bezeugen, wo er war. Seine Frau war mit den Kindern unterwegs. Ist ja auch nur Untersuchungshaft. Erst mal. Wenn sie ihn rankriegen, wird er richtig einfahren.«

Ich unterbrach seine abenteuerlichen Spekulationen. »Aber die Frau von ihm hat doch auch hier gearbeitet und macht das sogar immer noch … hab ich gehört.«

Jetzt schaute mir Oskar prüfend ins Gesicht. Ich wollte diesem Blick nicht ausweichen. Er war plötzlich auf der Hut. »Du kennst dich aber ganz schön gut aus mit dem Fall.« Er runzelte seine sowieso schon runzlige Stirn und beobachtete mich genau.

»Klar, bei uns in der Schule wurde über nichts anderes gesprochen. Wann passiert hier schon mal was. Und sonst sind Museen doch immer nur voll lahm …«

Er wedelte mit der Hand, damit ich aufhörte. Dass ich nicht weggeschaut hatte, schien seinen Instinkten schon zu genügen. Er hatte seinen inneren Alarm wieder abgeschaltet und redete weiter.

»Ja, die Nancy. Die ist die Assistentin von der Sekretärin oder so was. Im Büro kenn ich mich nicht so aus. Ich bin hier draußen zu Hause.« Er machte eine weit ausladende Bewegung mit dem Arm und wieder hatte ich das Gefühl, dass er gerne mal auf einer Bühne stehen würde. Mit ordentlich Applaus. Anscheinend war ich für den Anfang ein akzeptables Publikum, denn er machte unaufgefordert weiter.

»Die haben sich sogar hier im Museum kennengelernt, das hat mir der Oliver aus dem Barock erzählt. Was für eine Geschichte! Die allerbesten schreibt immer das Leben, merk dir das, Junge. Verliebt, verlobt, verheiratet und jetzt hat sie seine Kinder an der Backe und der Mann sitzt im Knast. Hab ich kein Mitleid mit. Ich wollte mal einen Termin bei Frau King wegen eines persönlichen Notfalls und da hat die mich so was von abserviert. 'ne richtige Schnepfe. Geschieht ihr recht, so was macht man doch nicht.«

Aus dem Europäischen Mittelalter stampfte eine Touristengruppe in unsere Richtung. Oskar räusperte sich und gab mir mit einem kurzen Blick zu verstehen, dass unser Schwätzchen vorerst vorbei war. Er zog seine Schultern nach hinten, um besonders würdevoll zu wirken. Aber ich konnte genau sehen, dass er sie alle schon im Augenwinkel abscannte. Immer auf der Jagd nach einer guten Unterhaltung.

Bevor er fündig wurde, war ich schon weg. Ich hatte Feierabend und das dringende Bedürfnis, die anderen zu sehen.

Schülerpraktikanten durften nur sechs Stunden am Tag arbeiten, das war eine super Sache. Damit war ich sogar besser dran als meine Freunde, weil die meistens noch nachmittags Unterricht hatten. Weil ich nicht draußen rumlungern wollte, wo ich meinen Lehrern, Mitschülern, Aliens oder Zeugen Jehovas hätte begegnen können, setzte ich mich mit einem Käsebrot in die Abteilung »Frühes Christentum und Byzantinisches Reich«. Ein perfekter Ort zum Nachdenken! Da war nie jemand. Außer eine

Religionslehrerin zerrte eine Klasse her. Aber auch das hatte ich bisher noch nie erlebt.

Ich starrte in das Gesicht von Jesus. Den hatte auch einer verpfiffen. Und zwar einer aus den eigenen Reihen. Ich dachte nach. Da hatte sich in mehr als zwei Jahrtausenden nicht viel verändert, am besten verpfeift einen doch jemand, der einen kennt. Wenn ich jemanden nicht kenne, kann ich ja wohl schlecht bei der Polizei anrufen und sagen: »Guten Tag, ich möchte gerne darauf hinweisen, dass so ein Typ was ausgefressen hat.« Und der Polizist am anderen Ende der Leitung sagt: »Aha, das ist ja nett. Wie heißt er denn?« Und du dann so: »Keine Ahnung.«

Nee, du dann so: »Thomas Hofmann! Boom!« Und warum? Weil du ihn kennst. Und warum noch? Weil er es entweder wirklich war und du es gesehen hast, oder weil du ihm was anhängen willst.

Jesus hatte es gerichtet. In meinem Kopf herrschte wieder einigermaßen Ordnung. Ich packte meine Sachen zusammen. Nach Schulschluss wollten wir uns bei mir zu Hause treffen.

Inzwischen waren wir ein richtiges Ermittlerteam. Die Aufnahme von Pepe war ein einstimmiger Beschluss gewesen. Auch wenn wir ihn kaum kannten und nicht einmal besonders mochten, brauchten wir ihn dringend. Also waren wir jetzt fünf. Norbert hatte Pepe in die ganze

Geschichte mit Mildreds Vater eingeweiht und heute war er zum ersten Mal bei unserem Treffen dabei.

Gerade himmelte er Mildred an, aber dagegen war nicht viel zu sagen. Pepe war von seinem Vater auf eine reine Jungenschule geschickt worden, bevor er nach Deutschland kam. Und ab da waren seine Kontakte zu Mädchen nicht gerade rasant angestiegen. Pepes Vater war streng und immer um das Wohl seines einzigen Sohnes besorgt. Mädchen, so glaubte er, würden ihn nur vom rechten Weg abbringen. So wie ich das sah, war das gar nicht so weit hergeholt.

Ich schlug vor, dass uns Pepe zunächst alles über seinen Job im Museum erzählte, und er legte begeistert los. Jede Einzelheit zog er genüsslich in die Breite. Wir waren in die Putzhölle geraten. Ohne F und V. Wenn Worte wie Alarmanlage und Sicherheitsgläser fielen, schnellte die Konzentrationskurve kurz nach oben, ansonsten dösten Norbert und ich mehr oder weniger vor uns hin. Mildred und Darwina fanden Pepes Sprachfehler anscheinend süß. Sie hörten aufmerksam zu und kicherten sogar ab und zu. Am Ende waren es keine Begriffe aus dem Putzlappenwörterbuch, die uns vor dem Einschlafen bewahrten. Es war das Schicksal.

Zur Veranschaulichung seines wirklich preisverdächtig langweiligen Vortrages hatte Pepe seinen Mitarbeiterausweis gezückt. Darwina wollte ihn sich aus der Nähe anschauen und er drückte ihn ihr voller Stolz in die Hand.

Mit einer Kopfbewegung machte er ihr, ohne mit dem Reden aufzuhören, klar, dass sie dieses Prachtstück nach ausgiebiger Bewunderung an den nächsten weiterreichen durfte. Darwina gab den Ausweis Norbert, der über das Bild grinsen musste. »Du heißt Praasan Sudeep?«

Pepe seufzte. »Porne P, hinten P, und keiner kann sich das dazwischen merken. Also Pepe.«

Norbert nickte verständnisvoll und reichte den Ausweis weiter an Mildred, die nur einen kurzen Blick darauf warf, bevor sie ihn mir hinhielt. Unsere Hände berührten sich schon, als sie ihn wieder zurückriss.

»Das kann doch nicht wahr sein!« Alle schauten Mildred an, die auf Pepes Mitarbeiterausweis starrte.

»Ja, ich weiß, das Bild ist nicht so porteilhapt …«, wimmerte Pepe kleinlaut. Sobald die Welt der Sauberkeit nicht mehr Thema war, baute sein Selbstbewusstsein drastisch ab.

»Nein, äh … von mir gibt's schlimmere Bilder, das ist es nicht.« Mildred reichte mir Pepes Mitarbeiterausweis.

Ich sah ihn mir an und musste gerade über den schrägen Scheitel grinsen, als mir das Gesicht einfror. Ich sah, was sie meinte.

Mildred schaute mich an ich nickte kaum merklich. Die anderen starrten uns an. Sie hatten keine Ahnung, was los war. Auf meinem Körper hatten sich inzwischen sämtliche Härchen aufgestellt. Ich fröstelte und schaute mir noch mal Pepes Mitarbeiterausweis an, um wirklich ganz sicher zu sein. Meine Instinkte zwickten mich so lange, bis ich nachgab. Ich holte tief Luft. »Darwina, kann es sein, dass du am zwölften Geburtstag hast? April, Mai, irgendein kack Monat?«

»Hä?« Darwina verstand nicht, was ich von ihr wollte. »Was hat mein Geburtstag mit dem Ding zu tun?« Sie beugte sich zu mir rüber und schnappte sich Pepes Ausweis. Ich wusste jetzt schon, was kommen würde, und das machte mich wütend. Etwas wissen, ohne zu wissen, warum, ist ein nutzloses Gefühl.

Darwina nickte verständnislos. Das war ja klar gewesen. Sie hob den Kopf und sah mich fragend an, als sie sagte: »Zwölfter August, na und?«

Jetzt schnappte sich Norbert Pepes Ausweis noch einmal. Er brauchte nicht mal eine Sekunde, um es zu sehen. Automatisch begann er, mit dem Fingernagel auf den Zahlen rumzukratzen, als könnte er sie dadurch ändern.

Norbert, Mildred und ich sahen uns an und ich schwöre, dass wir uns ohne ein einziges Wort eine heftige Diskussion lieferten und uns schließlich einig wurden. Mildred sprach es aus: »Leute, wir müssen euch was erzählen.«

Pepe war am zwölften März auf die Welt gekommen. Die Magie der Zwölf! Wir erzählten ihm und Darwina bis ins kleinste Detail alles, was wir wussten. Es dauerte eine halbe Ewigkeit.

Pepe war danach ziemlich bleich im Gesicht und Darwina war, na ja, Darwina war eben Darwina. Wissenschaftlerin durch und durch, ohne handfeste Beweise hatte man es da schwer. Zum Glück hatten wir alle unsere Schülerausweise dabei, aber auch das konnte sie natürlich nicht wirklich überzeugen. Da halfen alle unsere Beteuerungen nichts. Wenigstens die Taschenuhr sah für sie wesentlich beeindruckender aus als für uns andere. »Mindestens dreihundert Jahre alt«, murmelte sie, während sie die Uhr in ihrer Hand hin und her drehte und sie durch eine Lupe betrachtete. Übrigens ihre eigene Lupe. Darwina hatte so was in der Tasche.

Pepe dagegen glaubte uns sofort. Glaube war tief in seinem Charakter verwurzelt. Wenn man es genau betrachtete, waren er und Darwina wie Yin und Yang, Tag und Nacht, Sonne und Mond, Toastbrot und Marmelade, Glaube und Wissenschaft. Zwei Seiten einer Medaille, die jetzt zu uns gehörte. Und als ich aufstand, blökten sie mir wie Zwillingsschafe entgegen: »Dein Schuh ist auf!« Ich sah nach unten zu meinem offenen Schnürsenkel und musste grinsen. Es hätte uns wirklich schlimmer treffen können!

An diesem Abend lag ich völlig erledigt in meinem Bett und starrte in die Sterne. Ich fragte mich, warum uns das Schicksal wohl zusammengebracht hatte. Gab es so was wie Schicksal überhaupt? Einen vorbestimmten

Weg, der uns schon in die Wiege gelegt worden war? Wie viel Bewegungsfreiheit hätten wir dann bei unseren Entscheidungen? Und vor allem: Wer hatte sich dieses Schicksal ausgedacht? Gott, Buddha oder vielleicht das Spaghetti-Monster? Gab es irgendwo einen gigantomanischen Puppenspieler, der uns alle zu seinem persönlichen Vergnügen tanzen ließ?

Oder war das alles vielleicht einfach nur Zufall? Eine schräge Kombination von Ereignissen, in die wir aus Versehen reingestolpert waren?

Ich wusste nicht, was ich glauben sollte. Aber ich wusste, dass Glauben sowieso nichts mit Wissen zu tun hatte. Ich konnte aufhören zu denken, es würde an diesem Tag nichts Brauchbares mehr dabei rauskommen.

Aber eines wusste ich ganz sicher. Es war total egal, was uns fünf zusammengebracht hatte. Zusammen waren wir sehr viel besser dran als allein.

7. FEBRUAR 2013

Meine zweite Praktikumswoche neigte sich schon dem Ende zu und ich kannte mich im Museum inzwischen besser aus als in meinem eigenen Zimmer. Oskar war immer noch mein bester Informant und fast schon ein Freund, obwohl man sich das kaum vorstellen kann. Er war wirklich lustig für sein Alter. Einmal hätte ich ihm fast von unserem Geheimnis erzählt. Aber ich hatte Mildred fest versprochen, es nicht zu tun.

Weil er wusste, dass ich mich dafür interessierte, hatte er mir ein Foto von der letzten Weihnachtsfeier mitgebracht, auf dem er mit einem anderen Aufseher genau vor den drei geklauten Bildern zu sehen war. »Hier, kannste behalten.«

Er drückte mir das Foto in die Hand. »Wenn du die Bilder wiederfindest, kriegste ’ne fette Belohnung. Reicht bis zur Rente, könnte ich mir vorstellen. Die haben hier modernste Alarmanlagen und trotzdem haben die Diebe die Bilder rausgeschleppt. Müssen mächtig clever sein. Hätte mir auch einfallen können. Echt keine schlechte Idee, sich einfach das Gehalt aufzubessern. Ich hätte mich allerdings nicht erwischen lassen, sondern wäre schon lang auf ’ner Kokosnussinsel. Aber der Zug ist wohl abgefahren. Nach vierzig Jahren tun mir echt die Füße weh. Ich könnte ’ne Hühneraugenfarm aufmachen mit den Dingern …«

Oskars Gerede wurde immer undeutlicher, bis ich es nur noch wie ein Hintergrundrauschen wahrnahm. Ich betrachtete das Foto genau. Zum ersten Mal sah ich die drei Bilder, wegen derer Mildreds Vater im Gefängnis saß.

Und es war nicht zu fassen. Das Erste, was ich sah, war eine Dose Katzenfutter!

Knapp zwei Wochen Museumspraktikum machten einen noch lange nicht zum Kunstkenner, schon klar. Aber ich war wirklich entsetzt. Warum waren manche Bilder so viel wert wie ein Sack Diamanten und manche so wertlos wie Klopapier? Wegen dieser wahnsinnig wertvollen Dose Katzenfutter war die ganze Stadt in Aufruhr.

Und ein Mann saß deswegen in Untersuchungshaft und wartete auf seine Verhandlung. Und es sah gar nicht gut für ihn aus. Das hörte sich an wie ein schlechter Witz.

Die beiden anderen Gemälde fand ich schon besser. Aber auch kein Grund auszurasten. Was auch immer der Dieb sich dabei gedacht hatte, ausgerechnet diese drei Bilder mitgehen zu lassen – ich musste unbedingt aufhören, darüber nachzudenken, und mich endlich wieder konzentrieren.

Oskar war immer noch mitten in seinem Redeschwall. Inzwischen ging es offenbar um die Weihnachtsfeier, auf der das Foto geschossen worden war. »… ging bis zwei Uhr morgens und dann hab ich auf dem Heimweg auch noch meinen Haustürschlüssel in einen Gully fallen lassen, Mannmannmann, war das ein Schlamassel, das kann ich dir aber flüstern …«

Er wollte nur kurz Atem holen, um gleich weiterzumachen, aber ich grätschte elegant dazwischen. »Dieser Thomas Hofmann war sicher auch auf der Weihnachtsfeier … mit wem hing der denn immer so rum?« Ich versuchte, total beiläufig zu klingen. Aber Oskar zog sofort eine Augenbraue nach oben und guckte mich aufmerksam an.

»Du willst wohl Detektiv spielen, was? Hat die Polizei schon versucht und nichts gefunden. Die dachten auch, dass er Komplizen hatte, aber nee …«

»Aber er muss doch Freunde gehabt haben.«

»Na, der hatte doch seine Frau. Haben sich hier kennengelernt und wenn ein Fest war oder eine Versammlung, dann waren die zusammen da.« Ich schaute wohl ziemlich enttäuscht, weil er dann doch noch mit mehr rausrückte: »Und meistens hing noch Ole bei ihnen rum, du weißt doch, der von der Römischen Kunst, der dich gestern beim Mittagessen angeschnauzt hat.«

»Ach, der. Ja, ich weiß, ich hab zu lange gebraucht, um mich zu entscheiden. Dem schlägt Hunger wohl ganz schön auf die gute Laune.«

Oskar nickte. »Nee, der hat's ganz allgemein nicht so mit nett. Ich dachte ja immer, dass der was mit dieser Schnepfe hat, die hingen immer zusammen und so. Aber dann hat sie ganz plötzlich den Hofmann geheiratet. Ich kenn mich da nicht aus. Interessier mich nicht für Schnulzen.«

Die Schnepfe war Nancy Hofmann und der Blödmann von der Essensausgabe war Ole Svenson. Leider wollte die Schnepfe ja nicht mit Mildred reden. Inzwischen arbeitete sie zwar wieder, aber ich hatte sie im Museum noch nicht gesehen. Nach dem kurzen Blick, den ich an Norberts Geburtstag durchs Fenster auf sie geworfen hatte, war ich da auch nicht besonders scharf drauf.

Ich bedankte mich bei Oskar für das Foto, steckte es ein und holte meine Sachen. Wir waren am Nachmittag bei Mildred verabredet. Große Hausdurchsuchung! Auch wenn die Polizei bei ihr zu Hause schon jeden Krümel umgedreht hatte – vielleicht hatten sie ja doch etwas übersehen.

Als ich ankam, waren die anderen schon da. Ich war ja auch der einzige Berufstätige im Team und hatte Befragungs-Überstunden eingelegt. Ich berichtete kurz, was ich Neues herausgefunden hatte. Dass es einen Ole gab, der Mildreds Vater kannte und vielleicht sogar sein Freund war. Ein super unsympathischer Freund, aber vielleicht hatte er gestern ja auch nur einen echt miesen Tag gehabt. Außerdem erzählte ich, dass ich herausgefunden hatte, wo alle Personalakten standen.

Norbert wurde ganz hibbelig. »Da könnte spannendes Zeug drin stehen, ob einer Vorstrafen hat oder schon mal Kunst geklaut hat oder so.«

Wir schwiegen alle einen Moment und schauten Norbert an. Mildred sprach aus, was wir alle dachten: »Ja klar, und so einem vorbestraften Kunstdieb geben die dann einen Job im Nationalmuseum. Vielleicht ja noch mit Extraprämie, weil er besonders viel Erfahrung mit Kunst hat.«

Wir lachten alle, Norbert auch. Das war ein schönes Gefühl. Irgendwie hatten wir alle in den letzten Tagen nicht viel zu lachen gehabt. Wir steckten mitten in einem Kriminalfall und für Mildred stand so viel auf dem Spiel, dass es ihr eigentlich den Boden unter den Füßen hätte wegziehen müssen.

»Wir müssen bald rein ins Museum, uns läuft die Zeit davon, Knietzsche. Das weißt du, oder?« Mildred schaute mich ernst an. »Nachts, wenn keiner da ist. Wir müssen versuchen, Beweise dafür zu finden, dass mein Vater unschuldig ist … Er war das nicht. Du glaubst mir doch, oder?«

Ihr Blick war kaum auszuhalten. Gleichzeitig traurig und trotzig. Sie würde da im Notfall auch allein reinmarschieren, das war mal klar. Also nickte ich und versuchte, sie aufzumuntern. »Ja, das machen wir, ich lass mir was einfallen. Und jetzt schauen wir erst mal hier, ob wir irgendeinen Hinweis finden.« Alle waren bereit. »Kommt, wir teilen uns auf!«

Wir wuselten los wie die Ameisen. Jeder versuchte, etwas zu finden, obwohl wir gar nicht wussten, wonach wir überhaupt suchten. Pepe machte ein Spiel daraus: »Im Pilm werden alle wichtigen Dokumente immer hinter Bildern persteckt! Wer zuerst was pindet, hat gewonnen!« Jeder raste sofort zu irgendeinem Bild. Mildred und Darwina hängten einen großen Rahmen ab und nahmen ihn komplett auseinander. Wir anderen drehten selbst die kleinsten Bilder um. Norbert war der Gewinner, er fand einen Kassenzettel. Nicht gerade der Hauptgewinn, aber trotzdem war er als Nächstes an der Reihe.

»Ich würde was in einem Sofa verstecken. Oder unter 'ner Matratze, los!« Wieder rannten wir los, nur Darwina klinkte sich aus. Sie fing Mildred ab und zog sie zur Seite.

»Wo ist hier der Computer? Ich könnte schauen, ob ich da irgendwelche Hinweise finde. Also, wenn du willst …« Sie schaute Mildred vorsichtig an. Beiden war klar, was dieser Blick bedeutete. Es konnte sein, dass sie etwas fand, was die Unschuld von Mildreds Vater beweisen würde. Aber auch das Gegenteil war möglich.

»Klar, gute Idee. Ich zeig ihn dir.« Mildred vertraute niemandem mehr als ihrem Vater. Sie hatte noch keine Sekunde ihres Lebens an ihm gezweifelt und würde auch jetzt nicht damit anfangen. »Das Passwort ist übrigens Mildred007«, sagte sie und grinste. »Sag Bescheid, wenn du mich brauchst.« Darwina nickte nur und hatte innerhalb von Sekunden Zugang auf alle Daten, die dieser prähistorische Rechner jemals gesehen hatte. Ihre Finger klickerten wie die einer Konzertpianistin über die Tastatur.

Nachdem sich Kissen, Matratzen, Schränke, Backofen, Spülmaschine, Waschmaschine, Hamsterkäfig, Spielzeugkisten und die Mikrowelle als Flops herausgestellt hatten, untersuchte Norbert jede einzelne Lampe und Pepe das Putzzeug.

Mildred und ich waren bei den Fotoalben gelandet. »Wann hat dein Vater eigentlich deine Stiefmutter geheiratet?«, fragte ich vorsichtig.

»Wieso? Ziemlich genau vor einem Jahr.« Sie griff nach einem der Alben und öffnete es. »Schau mal, das war meine Mutter.« Es war eine Fotoautomaten-Reihe. Vier Bilder von einer kleineren Ausgabe der Mildred, die ich kannte, und einer Frau, die ihr sehr ähnlich sah. Sie schielten beide, hatten ihre Finger in den Nasenlöchern und zogen ihre besten Grimassen. Eine gelungene Fotoserie. Darunter stand: »Der Affe fällt nicht weit vom Stamm.« Mit zwei Herzen.

»Schön. Du siehst aus wie sie.«

Mildred schaute mich kurz von der Seite an und mir wurde warm. Sie lächelte zwar, aber ganz schön traurig. Dann schielte sie furchterregend, klappte das Album ganz schnell zu und schob es unter das Sofa. Stattdessen zog sie ein anderes aus dem Regal.

»Hier, ich zeig dir die Hochzeit. Nicht gerade einer der besten Tage meines Lebens.« Im Gegensatz zu dem anderen Album waren die Bilder nicht eingeklebt, sondern lagen auf einem Stapel vorne drin. Mildred ging die Fotos durch, als würde sie ein Kartenspiel mischen. »Sieht man auch an meinem Gesicht, guck mal …« Sie hielt mir das Bild einer etwas jüngeren, aber dafür wesentlich schlechter gelaunten Version von sich selbst vor die Nase. »Schlimm, was?«

»Ach was, ich hab schon Schlimmeres gesehen.« Ich nahm ihr den Stapel aus der Hand und ging ihn langsamer durch. Auf einem der Bilder war nur das Brautpaar zu sehen und rechts und links Mildred und ihre kleine Schwester. Beide Mädchen streckten die Zunge raus. »Du kannst sie echt so richtig überhaupt nicht leiden, oder?«

Ich beobachtete Mildred, wie sie auf das Hochzeitsfoto starrte. Es sah so aus, als würde sie es gar nicht sehen.

»Weißt du, wir waren mal richtig glücklich. Als meine Mutter noch da war sowieso. Aber auch danach war es schöner, als meine Stiefmutter noch nicht da war. Sie nervt nur und man kann es ihr nie recht machen. Nicht mal mein Vater. Und jetzt sagt sie die ganze Zeit, dass sie sich scheiden lassen will und dass wir nicht ihre Kinder sind und dass alles an ihr hängen bleibt und so.« Jetzt lief ihr eine Träne über die Wange. Mir wurde übel.

Ich traute mich nicht, sie anzufassen, weil sie sich so heftig die Träne mit dem Ärmel aus dem Gesicht wischte, dass es schon beim Zuschauen wehtat. Als ob sie sauer wäre, dass ihre Gefühle sichtbar wurden. Die Macke kannte ich inzwischen schon. Ich blätterte im Album weiter zum nächsten losen Blätterstapel und wir schauten auf eine große Hochzeitsgesellschaft.

Mildreds Gesicht sah auf jedem Bild so aus, als hätte sie einen fauligen Fisch verschluckt. Aber noch etwas anderes fiel mir auf. Da war dieser Ole. Zwei Reihen hinter dem Brautpaar stand er und starrte Nancy an. Schnepfe. Stiefmutter. Museumskollegin. Ich nahm eines der Fotos und schaute es mir genauer an.

»Was ist denn?«, fragte Mildred.

»Ich weiß noch nicht genau, ich muss was gucken.« Und ich blätterte und blätterte. Durch Albumseiten und Fotostapel. Endlich fand ich, was ich suchte. Nancy und

Ole standen zusammen mit ihren Gläsern am Rande der Hochzeitsgesellschaft und sahen sehr vertraut aus. Ich kramte weiter und entdeckte noch zwei Gesichter, die ich kannte. Mike und Marc, der eine war im Museum für die Haustechnik zuständig und der andere gehörte zum Aufsichtspersonal. Ich hatte sie schon öfters zusammen mit Oskar gesehen. Ich glaube, Mike kam aus der Ägyptischen Kunst.

»Da waren Leute vom Museum bei der Hochzeit, also haben deine Eltern da doch Freunde. Oder zumindest Bekannte.« Ich zeigte mit dem Zeigefinger auf die, die ich erkannt hatte.

»Ich kann mich kaum an die erinnern. Worauf willst du hinaus?« Mildred runzelte die Stirn.

»Kann ich nicht genau sagen, aber auf jeden Fall wäre es doch voll unlogisch, dass man einen riesigen Kunstraub plant und seine Freunde nicht mitmachen lässt, oder?«

Mildred schaute von mir zu dem Foto und wieder zurück. »Hä?«

»Mann, kapierst du's nicht?«

Mildred schüttelte den Kopf.

»Na ja, ich frage mich, ob dein Vater mit den Typen befreundet ist. Als ich im Museum war, habe ich über Jesus und Judas nachgedacht. Die Story kennst du doch, oder?«

»Du meinst, dass Judas Jesus verraten hat?« Mildred schaute mich verwirrt an. Heute stand sie echt mal auf dem Schlauch.

»Ja, die waren Freunde und trotzdem hat Judas Jesus verraten. Und wenn man nicht befreundet ist, würde man sich noch eher verraten.«

Ich schaute hoch und sah, wie Norbert und Pepe gerade zusammen eine Stehlampe auseinanderschraubten. Und Darwina hing am Computer. So läuft das mit Freunden: Sie wissen alles voneinander oder zumindest alles Wichtige und helfen sich gegenseitig, wenn einer von ihnen Hilfe braucht. Ich nickte in ihre Richtung und jetzt verstand Mildred, was ich meinte.

»Du denkst, wenn sie echt Freunde waren, hätten sie was wissen müssen. Und wenn sie nichts wussten, waren sie entweder keine Freunde oder mein Vater hat gar nichts gemacht.«

»Oder beides.« Das war alles wirklich ganz schön kompliziert.

Mildred stand auf und ging zu Darwina hinüber. »Kannst du bitte mal bei den Mails checken, ob mein Vater sich mit einem Ole, Mike oder Marc geschrieben hat?«

Darwina schaute noch nicht mal hoch. Ein kurzes »Klar« und dann gleich wieder Piano-Geklicker und ein paar Sekunden später: »Ole hab ich, Marc und Mike Fehlanzeige. Aber die können auch andere Namen haben bei ihrer Web-Adresse.«

»Super, kann ich mal sehen, was der sich mit meinem Vater geschrieben hat?«

Jetzt schaute Darwina doch hoch. Und das Geklicker hörte auf. »Der hat sich nicht mit deinem Vater geschrieben. Sondern mit deiner Stiefmutter.«

»Oh.« Mehr sagte Mildred nicht. Dann setzte sie sich neben Darwina und drehte den Bildschirm zu sich. Mit einer kleinen Kopfbewegung gab sie mir ein Zeichen, dass ich auch rüberkommen sollte.

Und dann lasen wir Mails, die uns absolut nichts angingen. Wenn Eltern bei einem rumschnüffeln, ist das das Allerletzte. Und wir waren voll dabei, es selbst zu tun. Andererseits war es ja nur Mildreds Stiefmutter und die konnte sie noch nicht mal leiden. Und es ging um die Rettung ihres Vaters. Für böse Taten konnte man eigentlich immer einen guten Grund finden. Gab es Gut und Böse überhaupt generell oder kam es immer auf den Blickwinkel an?

Ich überlegte, ob es böse war, was wir taten, wenn wir doch Gutes damit bezweckten. Wenn ich Norbert in der Schule in Mathe beim Schummeln half, war das dann gut oder böse? Mir wären noch tausend andere Beispiele eingefallen, bei denen man das so oder so sehen konnte. Jedenfalls würde es auf der Welt immer Böses geben und wir taten einfach gerade unser Bestes, damit das Gute nicht verlor. Mehr Zeit zum Nachdenken hatte ich nicht, wir hatten nur noch zwanzig Minuten, bevor Mildreds Stiefmutter nach Hause kommen würde. Also lasen wir einfach so schnell es ging die Mails durch.

Um zu checken, dass Ole und sie mal zusammen gewesen waren, brauchten wir nicht lange. Richtig unangenehm daran war nur, dass er immer noch was von ihr wollte. Wie das bei ihr aussah, konnte man nicht rauslesen, weil sie seine Mails meistens nicht beantwortet hatte.

Wir mussten aufhören. Mildred schrie durch die Wohnung, dass alle wieder alles so hinstellen sollten, wie wir es vorgefunden hatten. Wir hatten noch fünf Minuten. Sie kümmerte sich mit Darwina um den Computer und ich mich um die Fotoalben. Pepe befahl mit fachmännischem Blick, wo Norbert jede einzelne Lampe wieder hinstellen sollte. Er konnte das an der Staubschicht erkennen. Mit meinem Handy machte ich noch ein paar Fotos von den Hochzeitsbildern, man konnte nie wissen, ob sie noch mal nützlich sein würden. Dann mussten wir los. Allerhöchste Zeit für einen unauffälligen Abflug.

Als ich vor der Tür stand, sah ich von Weitem schon Nancy Hofmann kommen, die Mildreds heulende kleine Schwester hinter sich herzog.

Es war erst vier Uhr nachmittags. Norbert und ich verabschiedeten uns von Darwina und Pepe und gingen zu mir nach Hause. Nun wurde es unangenehm für mich. Schließlich musste alles, was ich in der Schule verpasst hatte, in meine Birne rein.

Norbert hatte bei seiner Mutter im Büro Kopien seiner Hefteinträge gemacht. Als er mir den Stapel Papier in die Hand drückte, fragte er beiläufig: »Wenn du es dir aussuchen könntest und gar nicht mehr in die Schule zurück müsstest, würdest du dann im Museum bleiben?«

»Was?« Ich schaute meinen Freund entgeistert an. »Hast du sie noch alle?« Ich musste schon bei der bloßen Vorstellung lachen, so absurd fand ich das.

»Wieso, ist doch cool. Wie erwachsen sein.«

Ich schüttelte den Kopf. »Nee, das würdest du auch nicht wollen. Neulich hat mir Oskar seine Hühneraugen gezeigt, das war voll eklig.« Norbert fing sofort hysterisch an zu kichern. Er konnte sich alles immer super gut vorstellen und deshalb waren Geschichten von ekligen Sachen für ihn ein widerliches Freudenfest.

Ich wurde ernst, als ich darüber nachdachte. »Der steht da seit fast vierzig Jahren rum und passt auf, dass niemand was anfasst. Dagegen ist die Schule ein Lottogewinn!«

»Hm …« Norbert war nicht besonders gut in der Schule. Deshalb war er nicht davon überzeugt, dass ein Leben im Museum nicht die bessere Alternative wäre. »Aber die Kunst überall, das ist so extrem cool. Und da rumstehen könnte ich auch.«

»Schon klar, aber du kannst ja immer hin und dir die Kunst anschauen. Ich kann mir schon vorstellen, dass du mal im Museum landest, aber sicher nicht als Aufseher, sondern wenn schon, dann als Direktor … Oder du hängst an der Wand!«

»Ich hänge an der Wand?« Er ließ die Zunge seitlich raushängen und hängte sich mit geschlossenen Augen an einem imaginären Strick auf.

»Ich meine ein Kunstwerk von dir, du Vollidiot!« Ich gab ihm eine ordentliche Kopfnuss. Wo er schon mal die Augen geschlossen hatte, bot sich das an. Norbert riss die Augen auf und schlug zurück und dann droschen wir eine ganze Weile mit Fäusten und allen Kissen, die irgendwo rumlagen, gegenseitig aufeinander ein. Herrlich! Als wir gerade verschwitzt am Boden lagen und eine kleine Verschnaufpause einlegen wollten, rief meine Mutter nach oben, dass Norberts Mutter gerade angerufen hätte und er nach Hause kommen sollte.

Mann, das hatte gutgetan. Ein paar Stunden wie früher. Ohne andere. Ohne Taschenuhr. Ohne Kunstraub. Nur Norbert und ich.

Warum kapiert man eigentlich immer erst, wie toll ganz normale Dinge sind, wenn man sie nicht mehr hat?

Dieser kleine Gedanke wirkte wie eine ganz besonders gut platzierte Kopfnuss auf mich. Sie schlug Wurzeln und breitete sich aus. Mir fiel ein, dass ich noch etwas ganz furchtbar vermisste: meine Eltern und unser stinknormales Leben zusammen. Seit meinem Geburtstag war die Stimmung nie wieder richtig gut gewesen, was höchstwahrscheinlich daran lag, dass ich mich wie der König der beleidigten Leberwürste benommen hatte. Meine Eltern behandelten mich immer noch wie ein rohes Ei und ich rollte so schnell es ging weg, wenn sie danach greifen wollten. Es war Zeit, dass wir miteinander redeten. Ich beschloss, das Problemgespräch morgen in Angriff zu nehmen. Davor hatte ich mich jetzt lange genug gedrückt.

8. FEBRUAR 2013

Am kommenden Abend ging ich nach unten ins Wohnzimmer, als die Nachrichten fast vorbei waren, man konnte schon den lausigen Wetterbericht hören. Meine Eltern saßen um diese Uhrzeit immer zusammen auf dem Sofa.

Als mein Vater mich im Türrahmen stehen sah, nahm er sofort die Fernbedienung und schaltete den Fernseher aus. »Wo soll das noch alles hinführen mit der Welt? Überall Krisen, Krieg, Pleiten und schlechtes Wetter«, murmelte er.

Es sollte beiläufig klingen, aber ich merkte, dass es in ihm rotierte. Ich hatte mich seit Ewigkeiten nicht mehr abends bei ihnen blicken lassen.

»Knietzsche, wie schön, dass du runterkommst, setz dich doch, willst du was zum Knabbern?« Meine Mutter war ganz aus dem Häuschen.

Ich schüttelte den Kopf, damit sie nicht aufsprang, um die Schubladen nach meinen Lieblingssalzstangen zu durchforsten. Dann setzte ich mich in einen der Sessel, die dem Sofa gegenüberstanden. Meine Eltern schauten mich erwartungsvoll an. Es fühlte sich nicht richtig an, dass ich die Fäden in der Hand hatte. Ich wollte mich fallen lassen und mir sagen lassen, was ich zu tun hatte. Mir fehlte es sogar, angemotzt zu werden, wenn ich Mist gebaut hatte. Mein Drang nach Freiheit legte offensichtlich gerade eine Pause ein. Im Moment wollte ich einfach nur ein Kind sein. Ich zog meine Knie an mich ran, faltete darüber meine Hände und legte den Kopf darauf. Jetzt war ich bereit. »Wir können jetzt reden.«

Meine Mutter schaute meinen Vater an und nahm seine Hand. Aber er war ganz ruhig. »Schön, Knietzsche, das freut uns. Wir haben darauf gewartet, dass du so weit bist. Was willst du wissen?«

»Wieso gerade ihr? Warum haben sie mich euch vor die Tür gelegt?« Selbst in meinen eigenen Ohren klang ich ganz schön aggressiv. Ich versuchte, meine Stimme ein paar Tonlagen runterzuschrauben. »Ich verstehe das alles einfach nicht. Wer sind meine richtigen Eltern?« Ich sah, wie meine Mutter zusammenzuckte. »Biologisch mein ich, sorry.«

Mein Vater runzelte die Stirn. »Wir haben dich zwar vor unserer Tür gefunden, aber es war ein harter Kampf, dass wir dich auch behalten durften. Man darf ja nicht einfach ein Kind behalten, auch wenn es einem vor die Tür gelegt wurde und süß ist.«

»Ja, du warst wirklich so süß«, pflichtete ihm meine Mutter bei. »Man kann sagen, dass du den ganzen Bürokratiequatsch selbst geregelt hast. Du hast dich von niemand anderem auf den Arm nehmen lassen als von uns.« Mama lächelte und Papa übernahm wieder.

»Ich weiß nicht, wie es möglich war, dass du so klein warst und trotzdem schon so einen starken Willen haben konntest. Aber du hast gebrüllt wie am Spieß, wenn dir jemand anderer zu nahe kam. Deshalb durften wir dich zunächst zur Pflege behalten …«

Ich konnte nicht mehr still sitzen und streckte mich in meinem Sessel in alle Richtungen. Unbehagen macht so was mit einem.

Mama erzählte weiter. »… und irgendwann haben wir dann auch die Adoption durchgekriegt.«

»Normalerweise gibt es riesige Wartelisten«, bemerkte Papa.

Ich schaute ihn an. »Und das Päckchen habt ihr gleich behalten?«

»Ja, es gehörte ja dir und ging niemanden etwas an. Bei uns war es gut aufgehoben und wir haben einfach gehofft, dass wir die Richtigen waren … Irgendjemand wollte wohl, dass wir eine Familie werden. Ich weiß, dass sich das seltsam anhört.« Er machte eine Pause und schaute mich irgendwie verträumt an. Als würde er gerade zwölf Jahre in die Vergangenheit reisen und das Baby betrachten, das ich mal gewesen war. Dann fing er sich wieder. »Bei dir war es so, als hättest du es gerochen. Oder instinktiv gespürt, mit dem Verstand ist in dem Alter ja noch nicht viel los. Der ist da eher so auf dem Niveau von Kopfsalat.« Er lächelte. Doch mir war gerade nicht nach Scherzen zumute.

»Aber warum wollten mich meine leiblichen Eltern nicht?« Ich hatte einen fetten Kloß im Hals.

»Das kann ich dir leider nicht sagen, Knietzsche. Aber wenn man dich kennt, kann man sich nur vorstellen, dass es gute Menschen sein müssen. Vielleicht konnten sie ja nicht anders und mussten dich weggeben, weil sie in Schwierigkeiten steckten.«

Meine Mutter versuchte zu lächeln. »Sie haben uns für dich ausgesucht und wir lieben dich mehr als alles andere auf der Welt – du kannst ihnen nicht egal gewesen sein.« Die Stimme meiner Mutter klang erstaunlich fest. Sie war sich ihrer Sache wirklich sicher.

Ich nickte langsam. Besser hätte ich es wirklich nicht treffen können. Selbst wenn meine leiblichen Eltern die fantastischen Herrscher des Königreichs von weiß-der-Himmel-wo wären, ich wollte nirgendwo sonst auf der Welt leben. »Ich bin froh, dass ihr meine Eltern seid.«

»Dann verzeihst du uns, dass wir dir nichts gesagt haben?« Mama liefen schon wieder Tränen aus den Augen. Sie heulte nicht, die Gefühle rannten ihr einfach über das Gesicht. Mir quetschte es das Herz zusammen.

»Ihr hattet ja keine Wahl. Stand ja deutlich auf dem Zettel, dass sie mich sonst wieder abholen. Obwohl ich echt nicht weiß, ob das wirklich passiert wäre. Dann hätten sie ja auftauchen müssen. Das würde bedeuten, dass sie noch leben, und das macht doch alles keinen Sinn. Deshalb musste ich erst mal über alles nachdenken. Ist doch wirklich total verrückt, die ganze Geschichte.«

Meine Eltern hörten mir zu. Sie unterbrachen mich nicht und ließen mir die Zeit, die ich brauchte, um meine Gedanken in Worte zu fassen.

»Ich war einfach nur enttäuscht, weil ihr selbst die Wahrheit immer über alles gestellt habt.« Meine Eltern nickten beide. Manchmal versteht jeder den anderen, aber trotzdem tut man sich gegenseitig weh. Ich schaute von einem zum anderen und war mir plötzlich ganz sicher. »Ich hätte an eurer Stelle genau das Gleiche getan.«

Zwei Steine plumpsten von zwei Herzen, ich konnte es fast hören. Erleichterung erfüllte den Raum. Ich gönnte ihren Nerven ein paar Sekunden Pause und dann warf ich die nächste Frage hinterher: »Hattet ihr mal das

Gefühl, dass nicht alles ganz normal … also … mit rechten Dingen zuging?«

»Wie meinst du das?« Jetzt rutschte mein Vater unruhig von einer Pobacke auf die andere.

»Das ist doch schon alles ganz schön seltsam. Die Uhr, die Briefe, ihr durftet mir nichts sagen und so …«

Meine Eltern schauten sich kurz an, sagten aber nichts.

»Es ist doch so, als hätte irgendjemand die Fäden in der Hand, der eine Schwäche für Geheimnistuerei und Hokuspokus hat.«

»Auf was willst du hinaus, Knietzsche? Meinst du mit Hokuspokus Magie?«

Ich zuckte so beiläufig wie es ging mit den Schultern. »Na ja, so was in der Art vielleicht. War denn sonst noch irgendetwas komisch?«

Meine Eltern schauten sich schon wieder an. Diesmal sah es so aus, als würde mein Vater sich stillschweigend die Genehmigung zu irgendwas von meiner Mutter abholen. Sie nickte kaum merklich mit den Augenlidern und er legte los: »Wir haben dir ja schon erzählt, dass wir uns ein Kind gewünscht haben und es ging nicht, du weißt schon …« Er schaute auf seine Hose und ich hatte Panik, dass er wieder von seinen lahmen Spermien erzählen würde. Aber er seufzte nur kurz und machte gleich weiter. »Deshalb hatten wir eine Vermittlungsagentur für eine Adoption eingeschaltet. Irgendwann haben sie uns ein Kind aus Kenia zugesagt. Als mit den Papieren alles klar war, sind wir hingereist und wollten das Baby abholen. Und dann lief alles ganz anders, als wir gedacht hatten.«

»Wirklich, es war verrückt«, pflichtete meine Mutter ihm bei. Aber mehr sagte sie nicht, ihr war es offensichtlich lieber, dass mein Vater die Geschichte erzählte. Ich hoffte, dass er das bald tat, weil ich gespannt war wie ein Strommast.

»Zuerst konnte der Flieger nicht starten. Wegen eines Schadens am Triebwerk. Dadurch haben wir unseren Anschlussflug nicht bekommen und mussten in Abu Dhabi übernachten. Ohne Gepäck kamen wir dann zwei Tage später als geplant an. Wir wurden von einem Mann abgeholt, der sich uns als Fahrer der Adoptionsagentur vorgestellt hat. Er ist mit uns durch das ganze Land gefahren, so hat es sich jedenfalls angefühlt. Wir wussten ja nicht genau, wo das Baby sein sollte, also haben wir uns auch nicht gewundert. Aber dann hat der Mann uns durch wildeste Natur und Straßen, die diesen Namen nicht verdient haben, in ein Dorf gebracht. Es war das Dorf seiner Familie. Er meinte, es läge auf dem Weg und wir müssten dort übernachten.«

Meine Mutter nickte eifrig. Sie schien sich an alles genau zu erinnern. »Wir waren so erledigt von der Reise, dass wir uns über gar nichts gewundert haben.«

»Und dann?« Ich wollte wissen, wie es weiterging. Immerhin hatte ich weder einen afrikanischen Bruder noch eine Schwester.

»Die Menschen in dem Dorf sind ausgeflippt vor Freude. Lewan, so hieß unser Fahrer, schien sehr beliebt zu sein. Alle waren sehr nett zu uns und Lewan hat alles übersetzt. Seine Verwandten haben unsere Haut angefasst, weil sie noch nie so bleiche Wesen gesehen hatten. Sie haben uns abends ein Festmahl bereitet, gesungen und getanzt. Deine Mutter und ich hatten das Gefühl, dass wir zufällig an einem Feiertag dort aufgetaucht waren. Aber alle waren so glücklich über unseren Besuch in ihrem Dorf, dass wir irgendwann verstanden haben, dass sie alles für uns veranstalteten. Es war wunderschön, die Sterne leuchteten über uns und verschiedene Feuerstellen tauchten die Nacht in ein magisches Licht.«

»Ja, es war wirklich magisch.« Meine Mutter war ganz versunken in die Erinnerung.

»Und dann?«, fragte ich wieder. Ich wollte endlich wissen, wo diese Geschichte hinführte. Meine Eltern hatten jetzt schon zweimal »magisch« gesagt und mir kam noch gar nichts magisch vor. Da musste noch irgendetwas kommen.

»Und dann hat uns Lewan in eine Hütte geführt. Sie lag etwas außerhalb des Platzes, an dem wir gerade noch gefeiert hatten. Eigentlich schon mitten im Busch. Ich weiß noch, wie dunkel es auf dem Weg war. Lewan hatte einen Ast als Fackel dabei und leuchtete uns den Weg. Dann sahen wir die Hütte. Von außen sah es aus, als würde es darin brennen.« Meine Mutter nickte und rückte näher an meinen Vater ran. Als würde die Erinnerung sie frösteln lassen. »Als wir die Hütte betraten, war der Raum in warmes Licht getaucht. Überall hingen bunte Tücher und es dampfte aus Schalen. Keine Ahnung, was da drin war. Jedenfalls saß in der Mitte der Hütte der Medizinmann des Dorfes.«

»Okeeeeeeey …« Ich konnte es nicht mehr aushalten. Die Geschichte wurde mir allmählich zu schräg. Das alles klang wie ein absurd-übertriebener Abenteuerfilm. Es fehlte nur noch, dass der Häuptling mit einem großen Messer zwischen den Zähnen einen Flickflack über die Feuerstelle machte und im Flug meine Mutter entführte, um von meinem Vater das Geheimnis der Gelddruckerei zu erpressen. Ich wusste wirklich nicht, was das alles mit meiner Adoption zu tun haben sollte.

Mein Vater schien meine Gedanken zu lesen. »Ja, ich weiß, dass sich das alles komisch anhört, aber ich komme gleich zur Sache, hab noch ein kleines bisschen Geduld.« Er stützte die Ellenbogen auf seine Knie und beugte sich mir entgegen. Er schaute mir ernst in die Augen und es hätte mich nicht gewundert, wenn er ab jetzt geflüstert hätte. Aber er redete mit normaler Stimme weiter. »Dieser Mann, der ja eigentlich ein Arztkollege ist, aber Lewan nannte ihn nun mal Medizinmann, also mach ich das jetzt auch, sang oder redete schon, als wir in die Hütte kamen. Es klang sehr melodisch, aber wir verstanden natürlich kein Wort. Es hörte sich an wie ein monotones

Gebet, aber er hätte uns auch das Telefonbuch vortragen können, woher sollten wir das auch wissen?«

Er schaute mich erwartungsvoll an, als wäre das schon ein totaler Knüller gewesen, und ich hatte kurz das Gefühl, dass ich darauf antworten sollte. Aber er wollte wohl nur sichergehen, dass er meine volle Aufmerksamkeit hatte, und machte gleich weiter.

»Lewan führte uns zu ihm und sagte, dass wir uns vor ihn hinsetzen sollten. Das haben wir getan. Und ein paar Sekunden später hörte er auf mit dem Gesang und schnappte sich jeweils eine unserer Hände. Mein Herz ist fast stehen geblieben vor Schreck.«

»Ja, meins auch.« Meine Mutter lächelte aber bei der Erinnerung. Ganz so gruselig schien es dann doch nicht gewesen zu sein.

»Aber ihr lebt ja noch …« Ich wollte meinen Vater wieder auf den Pfad der Geschichte zurückbringen.

»Ja, wir leben noch, da hast du recht. Aber erst einmal zuckte der Medizinmann und wir zuckten mit, weil er so zuckte. Und dann sprach er und wir konnten wieder nichts verstehen. Lewan stand schräg hinter uns und flüsterte die Übersetzung. Die Sterne hätten uns ausgewählt, wir sollten etwas behüten, einen Schatz. Wir dachten natürlich, dass das alles totaler Hokuspokus wäre, du kennst uns ja. Aber dann hat er gesagt, dass das Baby, auf das wir hofften, nicht für uns bestimmt sei. Sie hätten dafür gesorgt, dass es zu anderen Eltern kommt.«

Jetzt übernahm Mama: »Da wurde es deinem Vater zu bunt. Er stand auf und wollte gehen. Ich wollte ihn beruhigen und erst mal abwarten, was er noch sagen würde, aber Papa hat Lewan sogar am Kragen gepackt, weil er dachte, dass sie uns erpressen wollten. Also bin ich hinterher und hab erst einmal Lewan von deinem Vater befreit.« Meine Mutter tätschelte meinem Vater das Knie und lächelte ihn an. Das sollte heißen, dass er weitermachen konnte.

»Ja, klar war ich sauer. Was soll man da auch sonst denken? Ich war fast draußen, aber der Medizinmann brabbelte die ganze Zeit weiter, kam uns hinterher und griff schon wieder nach unseren Händen. Lewan übersetzte uns, dass ein anderes Kind für uns bestimmt war und dass es bald zu uns kommen würde und etwas ganz Besonderes sei und dass wir ausgewählt wären, es zu erziehen – aber ich hatte keine Lust mehr, mir das Gerede anzuhören. Wir wollten einfach nur weg und endlich zu der Adoptionsagentur.«

»Wir wussten ja nicht mal, was dieser Medizinmann wirklich gesagt hatte, und was von Lewan kam«, pflichtete Mama ihm bei.

Papa holte tief Luft. »Wir haben uns aus seiner Umklammerung losgerissen und sind abgehauen. Natürlich haben wir darauf bestanden, sofort weiterzufahren. Wir wollten endlich zu dem verabredeten Ort und unser Kind in Empfang nehmen.«

Papa machte eine Pause. Das passte mir gar nicht. »Und dann?«

»Wir sind wirklich sofort losgefahren und ungefähr fünf Stunden später waren wir da, wo wir ursprünglich hinwollten. Ich habe später in der Karte nachgeschaut, wir hätten vom Flughafen in drei Stunden da sein können. Dieser Lewan hatte uns gekidnappt!«

»Hä? Warum sollte er das tun? Hat er euch Geld geklaut?« Ich verstand das alles nicht.

»Absolut nicht. Er wollte nicht einmal das Trinkgeld annehmen, das wir ihm noch gegeben hätten, weil wir ja da noch nicht wussten, dass er ein Teil der Geschichte war. Er verabschiedete sich von uns mit einer Umarmung und hat noch gesagt, dass wir auf den Schatz aufpassen sollen.«

Ich schaute meine Eltern an. Ihre Gesichter passten nicht zu einer schlimmen Entführungsgeschichte, sie sahen ziemlich zufrieden aus. Meine Mutter lächelte sogar ein bisschen. Ich wollte unbedingt wissen, wie es weiterging. »Und dann?«, drängelte ich.

»Als wir endlich ankamen, teilte uns die Chefin der Adoptionsagentur mit, dass sie das Baby an eine andere Familie gegeben hätten. Wir waren schließlich drei Tage zu spät und sie hatten nicht mehr mit uns gerechnet. Von einem Fahrer namens Lewan wusste sie nichts. Du kannst dir sicher vorstellen, wie es uns da ging.«

Ich sah meine Mutter an, aber sie schaute bei Weitem nicht so traurig, wie es der Geschichte entsprochen hätte.

Obwohl das alles super ätzend gewesen sein musste. Also musste die Story irgendwann noch eine gute Kurve genommen haben. »Und weiter?«

»Die Leute von der Adoptionsagentur haben noch versucht, mit uns über ein Ersatzkind zu sprechen, aber wir wollten einfach nur nach Hause. Das war die schlimmste Reise unseres Lebens.«

In unserem Wohnzimmer war es so still, dass man die Geburt einer Fruchtfliege gehört hätte. Ich räusperte mich, damit mein Vater sich daran erinnerte, weiterzuerzählen.

»Ja, so war das. Wir kamen wieder nach Hause. Lebten unser Leben weiter. Und nicht lange danach lagst du vor der Tür. Also hatte der Medizinmann recht gehabt. Hätten wir das geahnt, dann hätten wir ihm sicher besser zugehört. Aber so wissen wir nur das, was wir dir gerade erzählt haben.«

Ich dachte nach. In meinem Kopf schwirrten Wortfetzen durcheinander. Ich versuchte, mir das alles vorzustellen und irgendeinen Sinn zu finden, aber es kam nichts Brauchbares dabei raus. Das war so ziemlich die seltsamste Geschichte, die ich jemals gehört hatte. Aber ich war mir hundertprozentig sicher, dass sie wahr war. Zumindest was die Sicht meiner Eltern betraf. Welche Rolle genau dieser Lewan und der Medizinmann spielten, konnte ich nicht beurteilen. Das war für den Moment auch eindeutig zu viel verlangt. Wie ein Hammer donnerte die Müdigkeit auf mich ein.

»Krasse Geschichte. Ich hab nur keine Ahnung, was ich damit anfangen soll. Ich muss das erst mal sacken lassen.« Ich stand auf. »Eigentlich bin ich noch verwirrter als vorher.«

Meine Eltern guckten mich besorgt an. Als würden sie bereuen, dass sie mir das alles erzählt hatten.

Ich redete schnell weiter. »Aber ich bin total froh, dass ich bei euch gelandet bin.« Ich lächelte sie aufmunternd an. »Mann, bin ich müde, ist es okay, wenn ich nach oben gehe?« Ohne die Antwort abzuwarten, ging ich um den Couchtisch herum und gab meiner Mutter einen Kuss auf die Wange und danach meinem Vater. Früher war das normal gewesen, aber in den letzten Wochen hatte ich dieses Ritual einschlafen lassen.

Ich ging zum ersten Mal seit meinem Geburtstag wieder mit einem einigermaßen guten Gefühl die Treppen nach oben in mein Zimmer. Reden war schon eine gute Sache. Sogar wenn man hinterher noch verwirrter war als vorher. Zumindest stand nichts mehr zwischen uns.

Ich warf mich auf mein Bett und schubste die neuen Informationen noch mal von einer Gehirnhälfte in die andere. Mein ganzes Leben war furchtbar kompliziert geworden. Über die Taschenuhr hatte ich überhaupt nichts erfahren. Diese Kenia-Geschichte war mehr als seltsam. Wenn die Sache mit Mildreds Vater hinter uns lag, musste ich unbedingt versuchen, mehr darüber herauszufinden. Und vor allem musste ich rausbekommen, wer meine biologischen Eltern waren. Aber das war ein Rätsel, das sich hinten anstellen musste. Erst einmal musste ich mich auf Mildreds Problem konzentrieren, das hatten wir ihr versprochen.

In den nächsten zwei Tagen planten wir für unsere Erkundungstour ins Museum alles, was man planen konnte.

Darwina hatte es geschafft, den Schwarzmarkt für Kunst einigermaßen zu durchblicken. Bis jetzt war keines der gestohlenen Gemälde irgendwo aufgetaucht. Das war gut, es wäre auf jeden Fall schwerer für uns gewesen, die Diebe quer durch Europa verfolgen zu müssen. Unsere Chancen standen tausendmal besser, wenn die Bilder noch in der Stadt waren.

Ich hatte mal einen Film gesehen, in dem die gestohlenen Kunstwerke nur versteckt waren. Also da, wo sie geklaut worden waren. Sie waren nämlich noch gar nicht richtig geklaut, sondern eben nur versteckt. Die Diebe wollten sie in dem Film später rausholen, wenn alle schon dachten, dass das Diebesgut über alle Berge war. Also, wenn unsere Diebe zum Beispiel Zeitprobleme bekommen hatten, wäre das gar keine blöde Idee gewesen. Es war zumindest eine Chance und wir wollten auf jeden Fall die letzte Möglichkeit nutzen, um das Museum zu durchsuchen. Schließlich war mein Praktikum vorbei.

Die Vorbereitungen liefen auf Hochtouren. Norbert, Mildred, Pepe und ich machten einfache Sachen wie

Rucksäcke vollpacken mit Taschenlampen oder Kopflichtern, Werkzeug, Klebeband, Klopapier, Keksen und allem, was uns für jede Art von Notfall einfiel.

Darwina beschäftigte sich in der Zwischenzeit mit weitaus komplizierteren Dingen. Sie suchte den perfekten Weg, wie sie uns von draußen immer im Blick haben konnte. Wir hatten nämlich beschlossen, dass sie zu Hause bleiben sollte, quasi als Notanker, um die ganze Aktion von dort zu überwachen und in Kontakt mit uns zu bleiben. Das ging über das GPS-Signal in unseren Handys und indem sie sich in die Überwachungskameras des Museums einloggte.

Außerdem hatte sie eine Funkverbindung organisiert, mit der sie zumindest mit einem von uns immer Kontakt halten konnte. Die Entscheidung, wer von uns den Ohrstöpsel tragen sollte, war schnell getroffen. Die Wahl fiel auf mich, weil ich mich im Museum am besten auskannte.

Und das war auch alles. Mehr konnten wir nicht tun. Wir waren bereit für die vielleicht gefährlichste Nacht unseres Lebens.

11. FEBRUAR 2013

Es war Montag. Mein Praktikum war offiziell schon am Freitag zu Ende gewesen, aber ich hatte vorgeschlagen, dass ich an diesem Montag noch mal ins Museum kommen würde, um mich zu verabschieden. Ich hatte sicherheitshalber behauptet, dass ich einen Praktikumsbericht abzeichnen lassen müsste, damit sie mich nicht abwimmeln konnten. Jedenfalls war klar, dass der Tag gekommen war, an dem wir zuschlagen mussten. Nachts kam man nicht ins Museum, außer man war vorher schon drin. Es war die letzte Gelegenheit.

Vor lauter Aufregung hatte ich die ganze Nacht nicht geschlafen. Immer wieder ging mir durch den Kopf, was bei unserer Aktion alles schiefgehen konnte. Mein Schädel brummte immer schlimmer und ich wälzte mich unruhig hin und her. Erst gegen Morgen döste ich ein, doch dann riss mich der Wecker auch schon wieder aus dem Schlaf.

Direkt nach dem Frühstück kotzte ich in hohem Bogen alles wieder raus. Aufregung schlägt mir immer auf den Magen. Aber es waren nicht nur die Aufregung und der fehlende Schlaf, ich fühlte mich wirklich durch und durch mies.

Meine Mutter fasste mir an die Stirn und schneller als ich gucken konnte, hatte sie mir ein Fieberthermometer in den Mund gestopft. Sekunden später fiepte es besorgniserregend. »Fast vierzig Grad. Du gehst sofort ins Bett. Ich rufe in der Schule an.«

Ich ließ theatralisch meinen Kopf auf die Tischplatte donnern, um sie von dieser wirklich schlechten Idee abzubringen. Sofort dröhnte und pochte es in meinem Schädel wie verrückt. »Wir haben heute Ausflug, da ist keiner«, jammerte ich. Wäre ich nicht so schwach gewesen, wäre mir bestimmt was Schlaueres eingefallen oder ich hätte mich einfach mit Händen und Füßen gewehrt. Aber so zerrte Mama mich ohne Gegenwehr nach oben, drückte mich sanft auf mein Bett und ich schlief sofort wieder ein.

Es war schon sechs Uhr und stockdunkel, als ich wieder aufwachte. Das Erste, was ich sah, war Norbert. Erst unscharf, als würde ich noch träumen, aber das Kauen auf der Unterlippe war so krass, dass ich Angst hatte, er würde sie aufessen, wenn ich mich nicht zurück ins Leben meldete. Ich versuchte zu grinsen. Sah wohl nicht sehr überzeugend aus.

»Oje, Alter, du siehst echt scheiße aus.« Norbert schaute mich an, als müsse er sich gleich für immer von mir verabschieden.

»Deine Mutter hat in der Schule angerufen. Und die haben ihr gesagt, dass du da schon seit zwei Wochen nicht mehr aufgekreuzt bist.«

Ich schluckte. Mein Mund war trockener als ein Knäckebrot. »Oh … ist da Wasser? Gib mal …«

Norbert reichte mir das Glas Wasser, das neben meinem Bett stand.

»Und dann hat sie heulend bei uns angerufen. Hat mir meine Mutter gesagt. Und ich musste sie anrufen, als ich aus der Schule kam. Mann, das war schlimm. Hat immer noch geheult. Oder schon wieder, keine Ahnung.«

Ich rappelte mich hoch und wischte mir den Schweiß von der Stirn. Das war so anstrengend, dass ich sofort wieder umkippte. Mit noch mehr Schweiß überall als vorher. »Mann, das geht jetzt echt nicht, ich kann nicht schlappmachen … was hast du ihr gesagt?« Ich hörte mich selbst in meinen eigenen Ohren erbärmlich an.

»Na ja, dass du mir gesagt hast, dass du nachdenken musst wegen der Adoptionsgeschichte und so.« Er grinste stolz. »Hat sie mir abgekauft.«

Ich stöhnte. Mein Schädel brummte, als wäre ein Laster dagegengefahren. »Und, heult sie immer noch?«

»Nee, weil ich ihr gesagt hab, dass du sie nicht hasst. Sie ist echt ziemlich durch den Wind … hab ihr gesagt, dass du zu mir gesagt hast, dass sie ja nichts dafür kann … hoffentlich muss sie nicht wegen dir zum Psychologen …«

Ich hatte ein super schlechtes Gewissen und obendrein tat mir noch alles weh. »Und jetzt?« Ich versuchte noch mal, mich aufzurichten, und stopfte mir mein nasses Kopfkissen als Stütze hinter den Rücken, damit ich nicht gleich wieder umkippte. Wie in einem lahmen Kinderkarussell drehte sich alles um mich herum. Norbert hatte sich gebückt und kramte in seiner Tasche, deshalb konnte ich ihn nicht sehen. Als er wieder hochkam und mich breit angrinste, bremste mein Karussell.

Ich kniff die Augen zusammen, um im Nebel besser zu erkennen, was er in der Hand hielt. Höchst zufrieden ließ er einen weißen Beutel mit rotem Kreuz darauf vor meinem Gesicht hin und her baumeln. »Das ist die medizinische Notfalltasche, mit der wir immer in den Urlaub fahren.« Er zog mit absoluter Überzeugung im Blick eine Pillenpackung raus. »Schmerzmittel!«, sagte er. Als wäre Norbert seit Neustem Doktor Norbert. »Hartes Zeug, bläst die Schmerzen weg. Und senkt das Fieber … glaub ich. Hochgradig verboten, sich daran zu vergreifen, aber wir befinden uns ja wohl im Ausnahmezustand …« Er drückte sich zwei Tabletten aus der Packung in die Hand und hielt sie mir direkt vor die Nase.

Ich zögerte. Norberts Hand berührte mich jetzt.

»He, mir haben sie auch schon mal zwei davon gegeben und da sah ich nur halb so übel aus wie du, mach schon.«

Er bewegte seine Hand vor meiner Nase, als würde mich der verführerische Duft überzeugen. Stattdessen krampfte mein Magen, aber ich hatte keine Wahl. Das hier war ein Notfall. Ich nahm die Dinger von Norberts Hand und schluckte beide auf einmal runter. Danach zog ich mir mit letzter Kraft das Kissen aus dem Rücken und ließ mich wieder aufs Bett fallen. Es fühlte sich an, als hätte ich gerade einen Marathon hinter mich gebracht.

»Du kriegst noch zehn Minuten, bis die Dinger wirken. Dann müssen wir los.«

Ich stöhnte. »Kannnichlos … muss sterben.«

»Nee, sterben musst du ein anderes Mal, jetzt ist Mildred dran. Wir haben versprochen, ihr zu helfen, und deshalb kannst du jetzt nicht tot sein, sorry.«

»Mmmmh …« Keine Ahnung, was ich darauf hätte sagen sollen. Norbert ließ mich tatsächlich ein paar Minuten in Ruhe. Allmählich fiel eine unsichtbare Ladung Watte auf mich herunter und wickelte mich in sanfte

Schmerzlosigkeit. Allerdings hatte ich jetzt das Gefühl, dass alles um mich herum in Zeitlupe passierte.

»Uuuuuuuuuuuuuunnnnnnddddddd, geeeeeeeeeeeeeeeeht's diiiiiiiiir beeeeesseeeeer??????« Norbert schaute mich sehr langsam an. Dann griff er nach meinem Arm und zog mich hoch, als wäre ich ein Gummitier. Meine Beine sahen unendlich lang aus, als er sie aus dem Bett schob.

»Ziiiiiiieh diiiiiiich waaaaaarm aaaaaaan, eeeees haaaaat geeeschneiiiiiiiiiit!«, hallte es mit Echo durch die Watteschicht zu mir durch. Wie in Trance bemühte ich mich zu gehorchen. Norbert half mir, meinen riesigen Kopf durch mein Sweatshirt zu stecken. Den Rest musste ich allein hinkriegen. Er musste ja noch an alles andere denken. »Iiiiiich schreeeeeeeeiiiiiiiib eeeeineeeen Zeeeeetteeeeel, daaaaaamiiiiiiit siiiiiiie siiiiiiich keeeeeeineeeeee Sooooorgeeeeen maaaaaacheeeeeeen, weeeeenn duuuuuuu veeeeeeeerschwuuuuuuuundeeeeeen biiiiiiiiist.«

Mir war gerade alles egal. Immerhin war ich angezogen. Nicht unbedingt schön, aber das musste reichen. Wir hatten keine Zeit mehr zu verlieren. Norbert half mir, die Schuhe und die Jacke anzuziehen, und reichte mir meinen Rucksack, den ich zum Glück schon am Abend zuvor gepackt hatte. Und irgendwie kriegte er es sogar hin, mich über das Dach nach draußen zu transportieren. Ich habe ehrlich keine Ahnung, wie ihm das ohne gebrochene Beine gelungen ist. Ich muss währenddessen in meiner Wattebauschwelt geschlafen haben.

Als wir unten waren, drückte er mir als Erstes eine Ladung Schnee ins Gesicht. Daran kann ich mich sehr gut erinnern, es fühlte sich an wie eine eisige Backpfeife. Aber tatsächlich verzog sich der Nebel in meinem Kopf allmählich. Norbert könnte super in Krisengebieten als Krankenschwester eingesetzt werden. Skrupellos, aber effektiv.

An der Bushaltestelle vor dem Museum trafen wir uns mit Mildred. Sie berichtete, dass sie kurz mit ihrem Vater telefoniert hatte. Er hatte ihr gesagt, dass es gute Nachrichten gäbe, aber er hatte nicht länger sprechen können, weil sein Anwalt gerade da war. Dieser Anwalt war ziemlich seltsam, hatte Mildred uns erzählt, er trug wohl mitten im Winter ein Hawaiihemd, aus dem eine Goldkette blitzte, und seine Unterlagen steckten in einem Jutebeutel. Da wir Anwälte nur aus dem Fernsehen kannten, waren wir selbstverständlich davon ausgegangen, dass Anwälte immer mit Anzug und Aktenkoffer ausgestattet waren. Da sieht man mal wieder, dass das Fernsehen keine verlässliche Informationsquelle ist. Aber die Hauptsache war ja, dass der Anwalt einen guten Job machte und Mildreds Vater wieder nach Hause bringen würde. An diese Hoffnung klammerte sich Mildred mit aller Kraft.

Zumindest war der Anwalt schon mal grob auf das gleiche Ergebnis gekommen wie wir: Da, wo die Bilder waren, war auch der Täter zu finden! Bei Mildreds Vater waren sie nicht und darauf baute er seine Verteidigung auf.

Aus dem gleichen Grund mussten wir in dieser Nacht das Museum auf den Kopf stellen. Wir wollten herausfinden, ob die Bilder immer noch dort waren. Die Chancen standen mehr als schlecht, schließlich hatte die Polizei jeden Stein im Umfeld des Museums umgedreht. Aber so wenig man dem Fernsehen oder dem Internet alles glauben sollte, so wenig wollten wir hinnehmen, was die Polizei als Tatsachen verkündet hatte. Wir mussten uns selbst ganz sicher sein.

Inzwischen standen wir vor dem Museum und warteten auf Pepe.

Darwina war bei sich zu Hause in Position, sie hatte aus ihrem Zimmer eine richtige Überwachungsstation gemacht. Über einen kleinen Funk-Ohrstecker, den Norbert mir schon zugesteckt hatte, hatte ich Verbindung zu ihr. Der Ohrstecker war unauffällig hellbraun. Wenn ich mit ihr sprechen wollte, musste ich draufdrücken. Wäre CSI keine Krimiserie, sondern ein echte Truppe, würden sie sich Darwina sofort krallen. Jetzt spielte sie zum Glück in unserem Team.

Da kam Pepe auch schon angetrottet. Er sah aus, als wäre er über Nacht zehn Zentimeter gewachsen, und grinste stolz. Tatsächlich hatte er sich selbst übertroffen und nicht nur seinem Vater den Universalschlüssel geklaut, sondern es auch noch geschafft, mittags so geschickt in den Büroräumen des Museums beim Putzen zu helfen, dass er dabei einen Blick auf den heutigen Zahlencode für die Alarmanlage erhaschen konnte. Jetzt schob er mir einen Zettel mit dem Code in Geheimagentenmanier betont unauffällig in die Hosentasche. »Hoppentlich hab ich die Zahlen nicht pertauscht, hihi«, raunte er verschwörerisch.

Ich nickte nur schwach. Der Typ war wirklich der Hammer.

Der Plan war, dass Mildred, Norbert und Pepe ein paar Minuten nach mir ins Museum gehen würden. Sie sollten zunächst wie ganz normale Streber zusammen durch die Ausstellungshallen spazieren. Eine Referatsgruppe, von der Lehrer normalerweise nur träumen können.

Rechtzeitig bevor das Museum schließen würde, sollten sie sich verstecken. Wir hatten entschieden, dass sich Mildred und Norbert in einer der Toiletten verkriechen sollten. Pepe würde in einem Kämmerchen mit Putzmitteln warten, bis es losging.

Norbert trichterte mir noch mal ein, was ich sagen sollte, falls mich einer irgendwas fragte: möglichst gar nichts. Als ich verschlafen nickte, schubste er mich in Richtung Eingang.

Das Gute daran, Schülerpraktikant zu sein, ist die Tatsache, dass sich niemand dafür interessiert, was du machst. Keiner wollte irgendwas wissen. Und niemand würde sich daran erinnern, dass ich eine Unterschrift für meinen Praktikumsbericht brauchte. Auch gut.

Die einzige Chance, sich wirklich richtig im Museum umzuschauen, bestand darin, es nachts zu tun. Wir hatten alles super geplant, bis auf das mit meiner Kotzerei. Blöd war, dass wir nicht auf mich verzichten konnten, und verschieben konnten wir die Aktion auch nicht, weil ich nur als Praktikant überall Zutritt hatte. Mein Job war es, mich in dem Büro zu verstecken, in dem sich die Alarmanlage befand, um sie später zu deaktivieren. Nur wenn sie ausgeschaltet war, funktionierte der Universalschlüssel von Pepes Vater. Zum Glück hatte sich Oskar im Zuge einer seiner Geschichten einmal dazu hinreißen lassen, mir wirklich ganz genau zu erklären, wie man die Alarmanlage ein- und ausschaltete – und den Code hatte ich ja nun dank Pepe in der Hosentasche. In das Büro reinzukommen war nicht das größte Problem. Ich schlenderte so lange durch die Gänge im Personalbereich, bis alles leer war. Dann schob ich mich rückwärts in Zeitlupe in das Zimmer.

Ich schaute mich erst mal um. Wie in allen Büroräumen des Museums gab es einen kleinen Schrank für Jacken oder Regenschirme. Einem Instinkt folgend öffnete ich ihn und stellte fest, dass er leer war. Außerdem war er ziemlich genau so groß wie ein schlanker zwölfjähriger

Junge. Ein Glücksschauer jagte durch meinen Körper, als ich das sah. Ein Glas Wasser nach einem dreitägigen Marsch durch die Wüste Gobi hätte mich nicht mehr erfreuen können. Ich fackelte nicht lange, kletterte rein, zog die Tür von innen zu, lehnte mich gegen die Rückwand des Schranks und fiel sofort in einen traumlosen Schlaf. Diese Schmerzmittel waren ein wahres Teufelszeug!

»Knietzsche! Hallo?? Mann, wo bist du??! Hallo Knietzsche, bitte kommen! Over!«

Ich dachte, ich träume, als ich das dumpfe Geschrei hörte, aber nach einer kurzen Pause ging es wieder los und klang noch genervter als beim ersten Mal: »Knietzsche, du Penner, wo steckst du? Hallo, bitte kommen und zwar pronto!«

Ich träumte nicht. Plötzlich war ich hellwach und versuchte mich zu orientieren. Die Stimme gehörte Darwina und kam undeutlich aus dem Ohrstecker in meiner Hosentasche. Ich hätte ihn schon längst im Ohr haben sollen. Ich kramte ihn hektisch aus meiner Tasche und stopfte ihn in mein rechtes Ohr. »Hallo, hier … äh … bin da, sorry …«, flüsterte ich.

Aber Darwina schien mich nicht zu hören und blökte weiter meinen Namen und Beschimpfungen im Wechsel. Bis mir endlich einfiel, dass ich beim Sprechen auf den Stecker drücken musste. Also noch mal. »Hallo, hier Knietzsche, ich bin auf Position.« Das klang gut.

»Mann, endlich! Was ist los bei dir? Du bist überfällig, mach die Alarmanlage aus!!!« Darwina hatte leicht reden, sie saß wahrscheinlich mit einer Tüte Chips gemütlich in ihrem Zimmer.

Ich drückte den Stecker und flüsterte: »Ja, ist was dazwischengekommen, ich mach's, sobald die Luft rein ist.« Mit dem Fuß schob ich leise die Schranktür einen Spalt auf und horchte. Kein Mucks war zu hören. Dafür war der ganze Raum in finsterste Dunkelheit gehüllt. Ich versuchte aus meinem Schlafplatz zu klettern, ohne mir den Hals zu brechen. Wenigstens ging es mir besser. Norberts Urlaubstabletten hatten fast den ganzen Schmerz gefressen. Allerdings fühlte ich mich immer noch so, als hätte mir jemand einen durchsichtigen Daunenschlafsack übergezogen. Selbst wenn ich voll auf die Fresse fallen würde, könnte der Schmerz nicht zu mir durchdringen. Das war ein zugleich beruhigender und beunruhigender Gedanke.

Ich war unverletzbar wie der Mann aus Stahl … Superknietzsche rettet die Welt … Meine Gedanken wollten sich schon wieder selbstständig machen, das passte gerade gar nicht. Ich tat, was ich tun musste: Ich ohrfeigte mich selbst. Jetzt war wirklich nicht die richtige Zeit für verrückte Tagträume. Ich musste mich unbedingt zusammenreißen und wieder einen klaren Kopf kriegen.

Ich schaltete mein Handy an und versuchte vorsichtig, mich mit dem schwachen Licht des Displays in dem

Raum zu orientieren, ohne dass es von außen so aussah, als wären Einbrecher im Museum. Man musste ja nicht auch noch auf sich aufmerksam machen, wenn man schon etwas Verbotenes machte. Meine Nerven waren nicht in allerbestem Zustand.

»Ich hab's gleich!«, krächzte ich Darwina zu. Und tatsächlich hatte ich endlich die Alarmanlage gefunden. Ich starrte auf die Schalter und Tasten vor mir. Verzweifelt kramte ich ein paar Sekunden in meinem Gedächtnis, aber nichts Brauchbares tauchte auf. Stattdessen überfiel mich ein panischer Schweißausbruch. Dann fiel mir wieder ein, dass Pepe mir den Zettel gegeben hatte. Ich kramte hektisch in meiner Hosentasche und fand zum Glück den Zettel mit dem Zahlencode. Zitternd beleuchtete ich ihn mit meinem Handy. Jetzt ging es los. Ich hielt den Atem an und tippte die Nummern ein. Bis auf meinen wummernden Herzschlag war es totenstill. Die Alarmanlage blinkte noch ein paarmal in voller Bereitschaft, dann fiel sie friedlich in ein außerplanmäßiges Feierabendschläfchen. Ich wäre am liebsten vor Erleichterung in Ohnmacht gefallen, aber das ging leider nicht. Ich war auch so schon viel zu spät dran. Ich schaute auf die Uhr und rannte los. Es war schon kurz nach neun. Norbert und Mildred warteten seit über einer halben Stunde auf der Damentoilette. Als ich die Tür zu den Toiletten öffnete, war kein Mucks zu hören. Ich ging langsam durch den Waschraum und überlegte, ob sie vielleicht schon mal ohne mich losgegangen waren. Ich warf mich auf den Boden, um unter den Türen durchzugucken. Wenn sie hier gewesen wären, hätte ich ihre Schuhe sehen müssen. Da war aber nichts. Ich konnte mir nicht vorstellen, dass sie nicht auf mich gewartet hatten. Also stand ich wieder auf und öffnete vorsichtig die erste der fünf Klozellen. Sie war leer. Dann die zweite. Auch leer. Irgendwie war es unheimlich, so ganz allein hier drin zu sein.

»Hallo?!« Meine Stimme krächzte und ich klang nach dem Tabletten-Nickerchen wie eine alte Frau. Keine Antwort.

Draußen war es dunkel und es war absolut nichts zu hören. Der letzten Tür gab ich nur noch einen schnellen Tritt, ich wollte endlich weiter und die anderen finden. Mit einem lauten Wumms flog die Tür auf und krachte gegen die Wand. Der Knall löste meine ganze Schlappheit schlagartig auf. Aber noch krasser war das, was ich sah. Auf der Kloschüssel hockten Mildred und Norbert. Aneinandergeklammert wie zwei Äffchen hielten sie sich mit der einen Hand fest und mit der anderen versuchten sie, sich gegenseitig davon abzuhalten zu schreien oder zu atmen, keine Ahnung. Die Tür prallte an der Wand ab und schlug mir wieder entgegen, aber ich gab ihr gleich noch mal einen Tritt und hätte am liebsten ein Foto gemacht, so schön sah das aus.

Doch leider lösten sich die beiden schon voneinander und Mildred schimpfte sofort los: »Hast du sie noch alle?

Wir wären hier fast draufgegangen vor Panik. Wir dachten, die haben dich erwischt und suchen nach uns. Was hast du denn so lange gemacht?« Sie stand inzwischen wieder auf ihren Beinen, aber offensichtlich taten sie ihr weh.

Norbert wirkte auch sehr verkrampft. »Voll die Beine eingeschlafen«, maulte er und trippelte von einem Fuß auf den anderen, um sie wieder aufzuwecken. »Wer war die gruselige alte Frau, die gerade hier war?«

Ich räusperte mich. »Hallo?« Das Krächzen war nicht mehr ganz so schlimm, aber es war klar, dass ich diese gruselige alte Frau war. Witzig fanden sie es nicht. Ich versuchte es mit einer Entschuldigung. »Tut mir leid, ist was dazwischengekommen …« Beide schauten mich an.

»Ist was passiert?« Mildreds Wut war blitzschnell in Panik umgeschlagen.

Ich versuchte sie zu beruhigen: »Nee, nur so 'n kleiner Drogen-Zwischenfall …«

»Was bitte?« Sie schaute erst mich und dann Norbert an und checkte sofort, dass Norbert wusste, wovon ich sprach.

»Erklär ich dir später«, murmelte Norbert schnell und schubste mich, damit ich mich in Bewegung setzte.

Ich konnte förmlich spüren, wie uns Mildred mit ihren Laseraugen von hinten zu durchlöchern versuchte. Dann ging sie auch los. »Ihr seid echt unglaublich. Dein Schnürsenkel ist übrigens offen und du siehst voll beschissen aus …« Das war eindeutig an mich gerichtet.

Aber es wirkte, als wollte sie gar nicht wirklich mit uns, sondern nur ein bisschen mit sich selbst reden. Anscheinend beruhigte sie das. »Hoffentlich ist Pepe noch auf seiner Position. Hat das mit der Alarmanlage geklappt? Funktioniert Darwinas Ohrstöpsel?«

Während ich mir den Turnschuh zuband, versuchte ich ihr zu antworten, aber ich konnte mich unmöglich an jede Einzelheit ihrer Wortüberschwemmung erinnern. Ich stand wieder auf, sagte einfach »Ja« und ging weiter.

Im Gehen konzentrierte ich mich auf die positiven Fakten: Die Alarmanlage war aus. Wir waren drin. Es war ein Wunder, dass uns niemand erwischt hatte. Wir waren inzwischen tatsächlich allein. Allein im Museum auf der Suche nach gestohlener Kunst. Ich setzte wie ein ferngesteuerter Roboter einen Fuß vor den anderen.

Als Nächstes mussten wir Pepe abholen. Ein Stockwerk tiefer lag am Ende des Flurs der Raum, in dem die Putzutensilien untergebracht waren. Ich schlich vorsichtig an die Tür, lauschte kurz, und als nichts zu hören war, klopfte ich. Keine Reaktion. Hatte er es vielleicht gar nicht geschafft, sich in der Kammer zu verstecken? Pepes Nerven waren nicht die allerbesten, vielleicht hatte er eine so auffällige Schweißspur hinterlassen, dass sie ihn abgefangen hatten. Ich klopfte noch mal und lauschte. Nach ein paar Sekunden hörte ich ein leises Kratzen. Etwas schien sich zu bewegen. Ich drückte mein Ohr an die Tür.

»Parole?« Pepes Stimme klang brüchig.

»Was denn für ’ne Parole? Wir haben keine Parole! Mach die Tür auf.«

»Parole, perdammt!« Er meinte es ernst.

»Äh … Keine Macht den Gummibärchen …«, blökte Norbert von hinten.

Keine Reaktion. Norbert drängelte sich nach vorne. »Pummipärchen, mach auf, wir sind's!«

Keine Reaktion.

Ich drückte mich wieder an Norbert vorbei. »Die Luft ist rein, Alarmanlage aus, du kannst echt rauskommen, mach schon …« Ich klopfte noch mal und tatsächlich drehte sich der Schlüssel im Schloss.

Als die Tür sich langsam einen Spalt öffnete, konnten wir Pepe in seiner ganzen Pracht sehen. Er sah aus, als würde er zu Halloween als Putzteufel gehen. Alles an ihm war mit Putzutensilien behangen. Auf seinem Kopf thronte ein fedriger Schrubber ohne Stil. Wäre das Schlimmste passiert und jemand hätte Verdacht geschöpft und in den Putzraum geschaut – Pepe wäre unsichtbar gewesen wie ein Chamäleon. Als er sah, wie Mildred, Norbert und ich ihn anstarrten, drückte er seine Brust raus und stemmte sich auf den Besen in seiner Hand wie ein alter Kriegsherr auf seinen Speer. »Perdammt schlau, hm?«

Wir mussten lachen. Mildred hielt Norbert und mir die Hand vor den Mund, weil unser Lachen durch die leeren Gänge hallte. Bis Pepe sich aus seinem Putz-Look befreit hatte, hatten wir uns wieder im Griff. Aufregung macht eindeutig hysterisch.

Wir waren alle zusammen. Bis auf Darwina, die in meinem Ohr saß. Ich drückte auf den Ohrstecker und meldete: »Wir haben Pepe.«

Sie sprudelte sofort los, als hätte sie schon stundenlang gewartet. »Was ist denn bei euch los? Du könntest dich ruhig ab und zu bei mir melden!«

»Hör mal«, protestierte ich. »Ich schleiche nachts durch ein Museum, da kann ich nicht nebenher noch ständig mit dir plaudern …«

Die anderen schauten mich an, als würde ich Selbstgespräche führen. Ich zeigte mit der linken Hand erklärend auf mein rechtes Ohr. »Darwina.« Die drei nickten.

»Alles klar, ist die Luft rein? Können wir loslegen? Hi, Darwina …« Mildred quatschte in mein Ohr, als wäre es ein öffentliches Mikro, das war seltsam. Aber weil sie eine Antwort sowieso nicht gehört hätte, tat ich einfach so, als würde ich übersetzen. »Ja, Darwina sagt auch Hallo und alles klar, wir können los.«

»Danke. Ich hätte es nicht schöner sagen können«, hörte ich Darwina.

Ich nahm den Finger vom Ohrstecker. Dieses Dauergequatsche von allen Seiten machte mich ganz irre.

»Was sollte denn das eben mit der Parole?«, fragte ich Pepe. Der schaute verständnislos Norbert an. Ich wusste sofort, was los war, noch bevor Norbert etwas sagte, weil es total verdächtig um seine Mundwinkel zuckte.

»Ich dachte, es wäre witzig, wenn wir 'ne Parole hätten … und nicht alle davon wissen …«, murmelte er leise.

»Nicht witzig.« Mildred rollte mit den Augen.

»Gar nicht witzig«, maulte Pepe hinterher.

Wir waren an der großen Treppe angekommen und ich blieb stehen. »He, Leute. Regt euch ab, es geht los.« Die Stimmung kippte schlagartig in eine neue Richtung.

Der Spaßteil war vorbei. »Wenn wir heute Nacht alles durchforsten wollen, müssen wir loslegen. Am besten teilen wir uns auf.«

Pepe schaute mich mit weit aufgerissenen Augen an. Er wollte nicht glauben, dass ich das gerade wirklich gesagt hatte. Norbert kaute auf seiner Unterlippe und Mildred biss die Zähne zusammen. Alle drei starrten mich an, als würden sie darauf warten, dass ich es mir doch noch anders überlegte.

»Aber, aber, aber pielleicht ist das überhaupt keine gute Idee, weil in Pilmen immer pürchterliche Perbrechen passieren, wenn die Helden sich trennen …« Pepe stand zwar unter Schock, aber dafür funktionierte er ganz gut. Ich wartete darauf, dass seine Augäpfel wie Murmeln aus seinem Kopf kullern würden.

Ich hatte meine Hand am Ohr und drückte, damit Darwina dabei sein konnte. Das ging uns schließlich alle etwas an.

»Da ist was dran«, pflichtete Norbert Pepe bei. Wir schauten alle drei Mildred an.

»Ja, toll ist das nicht, aber wir haben nicht so viel Zeit und vervierfachen nun mal unsere Erfolgschancen, wenn wir uns aufteilen.«

»Da hat sie recht«, meldete es sich in meinem Ohr. »Einwandfrei berechnet.« Ich war sofort genervt. Kein Mensch sollte einen anderen Menschen im Ohr haben müssen. Es war doch wirklich schon aufreibend genug, sich mit seinen eigenen Gedanken rumzuschlagen.

»Los, außer uns ist hier niemand. Und alles, was an den Wänden hängt, ist uralt oder tot.« Ich versuchte es mit Humor. Mir ging es gerade wieder ziemlich mies, die Wattebauschbetäubung ließ leider nach. Ich wollte das Ganze so schnell wie möglich hinter mich bringen. Mein Körper fühlte sich so an, als hätte ein Nilpferd auf mir übernachtet. Und wie in Wellen rollte dieses fette Nilpferd immer wieder über mich. Aua.

Ich versuchte mich zusammenzureißen. Alle schauten mich so erwartungsvoll an, als hätte ich den Master-Plan. Na gut. Ich schluckte und legte los: »Okay, das ist der Plan: Norbert, du gehst direkt in den zweiten Stock zu den Impressionisten und da treffen wir uns alle in einer Stunde. Mildred übernimmt die Sonderausstellung im Erdgeschoss und Pepe …«,

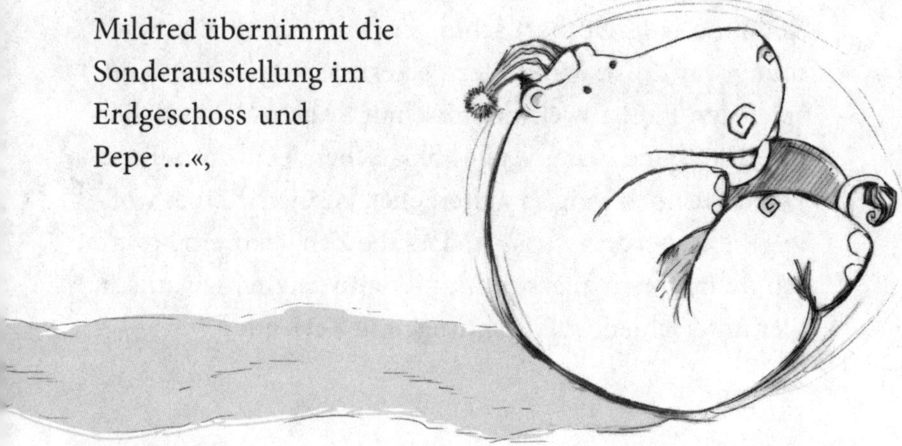

er sah mich so erschrocken an, als würde ich ihm eine Knarre an den Kopf halten, »… du durchsuchst im ersten Stock den Barock.« Alle nickten angespannt. »Ich übernehme das alte Ägypten. Uhrenvergleich.«

Das klang derartig cool, dass ich mir kaum das Grinsen verkneifen konnte. Norbert sah das und natürlich zuckte es auch bei ihm im Gesicht. Ich schaute schnell wieder weg, ein Kicheranfall würde jetzt überhaupt nicht gut kommen.

»Einundzwanziguhrsiebenundfünfzig – bei euch auch?«

»Jepp.«

»Ja.«

»Yes, Sir.«

»Bei mir auch«, hörte ich Darwina über Funk, »ich hab alle eure Handy-Signale mit gutem Ausschlag, so wie ich das sehe, dürfte keiner verloren gehen, viel Glück!«

»Darwina hat uns alle im Visier über GPS und wünscht uns viel Glück.« Ich nahm die Hand vom Ohr und hielt sie in die Luft. Norbert schlug ein wie immer. Die Stimmung war ernst. Mindestens so ernst wie vor dem Endspiel der Fußballweltmeisterschaft. Auch Mildred hob ihre Hand und ließ uns alle abklatschen. Und dann Pepe. Das hätte noch ewig so weitergehen können. Keiner wollte gehen, aber wir wussten, dass die Zeit gekommen war. Ich drehte mich zuerst um und dann setzten wir uns in vier unterschiedliche Richtungen in Bewegung.

Ich muss zugeben, dass meine Beine ganz schön wacklig waren. Außer dem Quietschen unserer Gummisohlen war nichts zu hören. Bald verschwand der Sound der anderen und ich quietschte nur noch für mich alleine. Jetzt war wirklich jeder auf sich selbst gestellt. Kalter Schweiß machte sich auf meinem Körper breit.

Ich lief zur Treppe zum Untergeschoss. Einer musste ja den Keller übernehmen. Ich blieb kurz stehen und schaute nach unten. Dann holte ich tief Luft und setzte zum ersten Schritt an. Mein Bein schwebte schon in der Luft auf dem Weg nach unten und genau in dem Moment packte mich etwas an der Schulter und riss mich zurück! Ich schrie wie ein kleines Mädchen in der Achterbahn.

Ich schlug mit zusammengekniffenen Augen um mich und wollte gerade den Spurt meines Lebens hinlegen. Um zu schauen, wo ich hinrennen könnte, öffnete ich die Augen einen kleinen Spalt – und sah direkt in das angstverzerrte Gesicht von Pepe. Er schrie auch. Wir sprangen beide irgendwie irre auf der Stelle, bis ich mich wieder einigermaßen beruhigt hatte. Ich schnauzte ihn so laut an, wie es flüsternd möglich war: »Hast du noch alle Tassen im Schrank? Willst du mich umbringen oder was?!«

Er sah fürchterlich unglücklich aus und wünschte sich garantiert weit weg. »I…ich hab pergessen, wo ich hin muss, das ist alles zu piel pür mich … perzeih mir.« Er heulte fast.

»Erster Stock, ganz hinten durch, Barock. Wir sind hier auf dem Weg ins Untergeschoss. Also eine Treppe hoch. Kapiert?«

Er schüttelte eifrig den Kopf, aber die Richtung war mal wieder falsch. Im Moment tendierte ich mehr zu der Annahme, dass er es nicht begriffen hatte, als zu der verwirrenden Tatsache, dass die Kopfbewegungen für Ja und Nein in Indien genau andersrum waren als bei uns. Ich wollte kein Risiko eingehen, holte schnell einen Kugelschreiber aus meinem Rucksack und schnappte mir seine Hand. Sie triefte vor Schweiß. Ich wischte mit meinem Ärmel darüber und kritzelte dann »1. Barock« und »2. Impressionisten« darauf.

»Pielen Dank, sorry, mein Perstand hasst Stress, ich geh dann mal …« Und weg war er.

Wenigstens war ich nicht mehr so aufgeregt. Ich ging wieder zur Treppe und stürzte mich mit dem Kugelschreiber bewaffnet in den Abgrund.

Das wenige Licht, das dank der Straßenlaternen draußen im Erdgeschoss noch vorhanden war, verabschiedete sich mit jedem Schritt ein bisschen mehr. Ich kramte beim Gehen meine Kopflampe aus dem Rucksack und schnallte sie um. Besser, ich hatte die Hände frei, falls ich die Treppe runtersegeln und mir die Beine brechen würde. Unten war es still und finster. Ich schwenkte mit dem Kopf den Raum ab, um mich zu orientieren. Alles sah aus wie immer. Ich überlegte kurz und entschied mich dafür, meine Runde im Rechtsverkehr zu beginnen. Überall standen Statuen, die aus dem Augenwinkel aussahen wie Menschen. Große, gefährliche Menschen. Obwohl ich wusste, dass ich allein war und außer mir niemand hier einen Herzschlag hatte, gruselte ich mich. Die unheimlichen Schatten, die durch mein Kopflicht überall im Raum auftauchten, machten es nicht besser. Wie ein Feuer hatte sich die Angst entzündet und breitete sich unaufhörlich in mir aus.

Mein Atem passte sich dem wilden Klopfen meines Herzens an und wurde immer hektischer. Außerdem dröhnte mein Kopf. Ohne eine Sekunde zu zögern hätte ich sofort noch eine Ladung von Norberts Pillen eingeworfen, wenn ich welche gehabt hätte. Ich versuchte mich zu beeilen, damit ich die Suche einfach schnell hinter mir hatte. Mit vollem Kopfeinsatz leuchtete ich die einzelnen Statuen ab, an denen ich vorbeikam. Ich tastete sogar die Bänke ab, die vereinzelt im Raum standen, um erschöpften Museumsbesuchern eine Pause zu gönnen. Ich stellte mir vor, wo ich ein Bild verstecken würde, wenn ich es geklaut hätte. Ganz sicher würde ich es unter so eine Bank kleben. Leider waren die Diebe nicht auf diese Spitzenidee gekommen.

Als ich in den nächsten Raum abbog, hatte ich das Gefühl, etwas zu hören. Die Stille machte mich komplett irre. Andererseits war es Pepe durchaus zuzutrauen, dass er mir schon wieder hinterhergelaufen war.

»Hallo??!«, flüsterte ich und beleuchtete mit einer Ganzkörperdrehung den Raum. Es war nichts zu sehen. Ich stand Königin Ahmes-Nefertari gegenüber, die auf mich herunterstarrte. Sie sah mir wirklich genau in die Augen. Es war unheimlich und gleichzeitig faszinierend, als würde sie mich hypnotisieren.

»Hey, was gibt's?!«

Ich zuckte zusammen und starrte die alte Ägypterin an. Aber sie hatte den Mund nicht bewegt. Es dauerte ein paar Sekunden, bis ich checkte, dass die Stimme nicht von ihr, sondern nur von Darwina in meinem Ohr kam. Ich wankte ein bisschen, der Schreck saß mir noch in den Gliedern. Ich fasste an meinen Ohrstöpsel und drückte den Knopf. »Mann, hast du mich erschreckt!«

»Wieso bewegst du dich nicht? Willst du demnächst als Statue in dem Laden anfangen?« Darwina fand das alles sehr viel witziger als ich.

»Ich dachte, ich hab was gehört … sind die anderen alle noch da, wo sie sein sollen?« Ich hatte wirklich ein ungutes Gefühl.

»Am meisten Sorgen machst du mir, wenn ich ehrlich bin. Dein Signal ist total schwach da unten, vorhin warst du sogar mal ganz weg. Das gefällt mir nicht.«

»Hmm …« Was sollte ich auch sonst dazu sagen. Wenigstens wollte Darwina mich nicht nur nerven, wenn sie mich fast zu Tode erschreckte, sie war einfach nur besorgt. »Ist nicht so schlimm, ich kenn mich ja aus. Guck lieber noch mal nach, ob bei den anderen wirklich alles o.k. ist.«

»Ich glaub, du hast Verfolgungswahn, aber ich check gern die GPS-Signale. Dauert ’nen Moment, ich meld mich wieder … pass auf dich auf!« Und schon war sie wieder weg.

Obwohl mich die Stimme im Ohr die ganze Zeit genervt hatte, hätte ich sie jetzt doch noch gern länger bei mir gehabt. Stattdessen war ich wieder mit den alten Statuen allein. Ich atmete tief durch und tauchte langsam immer tiefer in die Stille ein.

Ich durchquerte das alte Ägypten inzwischen mit einer neuen Fortbewegungstechnik. Damit ich alles sehen konnte, drehte ich mich immer wieder um mich selbst, aber mit Vorwärtstendenz. Es dauerte länger als normales

Gehen, aber so musste ich mir nicht die ganze Zeit den Kopf verrenken, um alles zu sehen.

Das unheimliche Gefühl, Geräusche zu hören, wurde immer stärker. Aber ich war mir sicher, dass ich mir das nur einbildete. Ich fing an, innerlich zu summen. Also so, dass draußen nichts zu hören war, sondern nur in meinem Kopf. Dadurch konnte ich alle anderen Geräusche ausblenden. Mit der Melodie des Einschlafliedes im Kopf, das mir meine Mutter früher immer vorgesungen hatte, lief ich wie ein Kreisel weiter, drehte mich um mich selbst, leuchtete und suchte.

Ab und zu erschrak ich wegen der auftauchenden Schatten. Ich überlegte gerade, ob ich wohl einen bleibenden Schaden von dieser Nacht davontragen würde, als sich ein Schatten bewegte. War das Pepe? Gab es hier irgendeine Lichtquelle, von der ich nichts wusste? Oder terrorisierte mich meine Fantasie? Ich versuchte mich zusammenzureißen und setzte beunruhigt einen Fuß vor den anderen. Weil meine Kopflampe nach oben gerutscht war, sah ich die Bank nicht, über die ich stolperte.

»Aua … verflucht!« Ich hatte mir volle Kanne das Schienbein angeschlagen und taumelte durch den Raum. Dabei fiel mir die Lampe vom Kopf und knallte auf den Boden. Die Batterien kullerten scheppernd über die Fliesen und ich wusste nicht, was schlimmer war: der Schmerz oder die Tatsache, dass ich in der totalen Finsternis stand. Ich rieb mir das Bein und versuchte meine Augen an die Dunkelheit zu gewöhnen. Ohne meine Kopfleuchte war ich in der finsterkrassen Finsternis verloren. Ich ließ mich auf die Knie fallen und wischte suchend mit den Händen über den Boden, als wäre ich ein lebender Putzlappen. Falls Pepe doch hinter mir hergelaufen war, würde ihn dieser Anblick sicher erfreuen.

Die Suchtechnik funktionierte besser, als ich dachte, bald fehlte nur noch eine Batterie. Und wie ich so über den Boden rutschte, erhellte sich plötzlich der Raum. Das Licht kam aus der nächsten Ausstellungshalle. Ich starrte wie hypnotisiert auf die offene Tür, die beide Räume verband. Irgendetwas dahinter war erleuchtet. Ich entdeckte im Licht die fehlende Batterie und stopfte sie mir hektisch in die Hosentasche.

Dann tauchten Schatten auf. Immer größer werdende Schatten. Ich war kurz davor durchzudrehen. Geräusche waren zu hören, und ich war mir diesmal sicher, dass ich sie mir nicht einbildete. Sie sägten an meinen Nerven: quietschende Schuhsohlen, die versuchten, nicht zu quietschen. Mein Herz klopfte und ich erhob mich langsam von den Knien. Ich horchte. Die Schatten wurden immer größer. Ich hielt die Luft an.

Und dann sah ich das, was die Schatten auf den Boden warf. Leider war es keine zum Leben erweckte Sphinx, damit hätte ich umgehen können. Es war viel schlimmer: Ole und Mike stampften wütend auf mich zu.

Ich wollte so gern in Ohnmacht fallen oder wegrennen. Aber ich war erstarrt. Angst macht so was mit einem. Eine total unbrauchbare Reaktion. Außer man wäre ein Hase vor einer Schlange, dann soll das ja angeblich helfen. Das Einzige, was sich noch bewegten konnte, waren meine bescheuerten Gedanken.

»He du, keine Bewegung!« Ole leuchtete mir mit seiner Taschenlampe direkt ins Gesicht. Ich dachte, was für ein Schwachkopf, natürlich würde jeder sofort wegrennen, wenn er so was hörte. Schade, dass ich nicht konnte.

»Heilige Granatendrecksscheiße, was macht der denn hier?« Mike hörte sich für meinen Geschmack ganz schön wahnsinnig an. Seine Stimme klang wie ein Röcheln. »Hrrraaaarrrr!« Er schrie wie ein irrer Wikinger.

Das war ganz schön gruselig. Ich sagte lieber nichts.

»Ein Zwerg! Was machen wir mit dem? Das war nicht geplant … grrrrroaaaarrrr!«

»Klappe, Mike, das is'n Kind. Keine Ahnung, was der hier nachts treibt.« Ole schaute mir bedrohlich direkt in die Augen. Meine waren vor Schreck geweitet, seine waren böse. Es war zwar keine Knarre zu sehen, aber jeder von denen hatte garantiert zehn Waffen. Messer in den Socken, am Gürtel und in sämtlichen Hemd- und Hosentaschen. Da war ich sicher. Obwohl ich mich immer noch in Schockstarre befand, ratterte es in meinem Kopf unaufhörlich. Man musste kein Raketenforscher sein, um zu kapieren, was hier los war. Ich war den echten Dieben direkt in die Arme gelaufen.

Mildred hatte recht, ihr Vater war unschuldig. Ole und Mike waren dafür schuldig und jetzt hatten sie mich. Den einzigen Zeugen. Oh Mann. Ich fing fürchterlich an zu schwitzen. Mein Körper reagierte völlig bescheuert auf Ausnahmesituationen. Ich versuchte einen Fluchtplan zu schmieden, aber in der nächsten Sekunde spürte ich schon die Hand von Mike an meinem Kragen. Wenn er gekonnt hätte, hätte er mich sicher hochgehoben wie einen Sack Wäsche. Aber ich war eine ordentliche Portion für einen Zwölfjährigen.

Also schleifte er mich ziemlich brutal hinter sich her. »Wohin damit?«, fragte er Ole. Der war offensichtlich der Chefganove.

»Wir fesseln ihn und stopfen ihn ins Klo. Bis die den finden, sind wir über alle Berge.«

»NEIN!« Ich schrie so laut ich konnte. »Hilf…«, und schon hatte ich eine riesige Pranke auf dem Mund. So ein blöder Arsch. Meine Lebensgeister waren endlich wieder aufgewacht und ich drehte mich wie ein Fisch im Netz. Weil er seine Hand auf meinem Mund hatte, hielt Arsch-Mike meinen Kragen nicht mehr so fest wie vorher und ich versuchte zu entwischen. Und tatsächlich, nach einer scharfen Linksdrehung hatte ich mich befreit.

»Hiiilfääääää!!!«, schrie ich so laut ich konnte und rannte um mein Leben. Leider war das nicht besonders schnell. Arsch-Mike hatte mich nach einem sehr kurzen Wettlauf wieder am Wickel. Er schubste mich auf den Boden und grinste gemein. »Dein Schnürsenkel ist offen, da stolpert man schnell mal drüber, musste aufpassen, harrr, harrr.« Nach dem super Witz zog er mich am Kragen wieder hoch und zerrte mich zu Gorilla-Ole, der sofort zugriff.

»Lasst mich in Ruhe, ich bin Schülerpraktikant!« Die beiden guckten erst mich und dann sich an und dann lachten sie fies. Ich muss zugeben, dass das nicht der beste Spruch war, um sie von meiner sofortigen Freilassung zu überzeugen. Der Griff an meinem Kragen wurde nur noch fester und leider war Gorilla-Ole viel stärker als Arsch-Mike. Jetzt packte er mich mit nur einem Arm wie ein Schraubstock, sodass meine Beine über dem Boden baumelten. Von der anderen Seite kam seine riesige Pranke, mit der er mir so fest den Mund zuhielt, dass meine Augen wie Tischtennisbälle aus den Höhlen traten.

»Du hältst jetzt mal ganz schnell dein vorlautes Maul«, flüsterte er mir total fies ins Ohr. In Filmen würde so einer »Die Schlange« heißen. Ich hätte mich nicht gewundert, wenn ich seine Zunge in meinem Ohr gespürt hätte. »Sonst bereust du das bitter, kapiert?!«

Ich nickte mit meinen Pupillen. Schließlich war ich in einem Schraubstock gefangen und absolut bewegungsunfähig. Gorilla-Ole verstand mich und nahm seine Hand von meinem Mund. Boah. Das war krass. So krass, dass ich mir nicht mal vor Panik in die Hose machte. Alles war irgendwie total unglaubwürdig. Übelstes Krimi-ab-18-krass. Absolut nichts-für-Kinder-krass. Das konnte also alles gar nicht wirklich passieren.

Ich biss mir auf die Lippe, um mich zu konzentrieren. Irgendwie musste ich versuchen, mich zu beruhigen. Gorilla-Ole schubste mich inzwischen durch den Raum und ich stolperte vor ihm her. Das Schubsen machte ihm ganz eindeutig Spaß, ich konnte mir genau vorstellen, was für ein Horror es gewesen sein musste, sich mit dem den Schulhof zu teilen. Übelst. Beim nächsten Schubser stolperte ich über meinen offenen Schnürsenkel und landete am Boden. Ich hatte mich befreit! Es war ein Versehen, aber das spielte keine Rolle.

Weil ich keine Hand an meinem Körper spürte, versuchte ich wegzukrabbeln wie einer von diesen Krebsen am Strand, aber natürlich hatte ich im Vergleich zu denen nicht den Hauch einer Chance. Innerhalb von Sekunden hatte ich wieder eine Pranke im Nacken. Mist.

»Der zappelt wie ein Fisch«, maulte Arsch-Mike, »soll ich ihm eine reinhauen?«

»Bist du bescheuert? Das ist ein scheiß Kind. Den wirst du ja wohl in den Griff kriegen. Pack ihn da rein.« Er zeigte auf eine abgeschlossene Tür und Mike zerrte mich hin. Er zog einen riesigen Schlüsselbund raus, öffnete die Tür und schubste mich dann unsanft rein. Es war ein Putzraum wie oben. Er drückte mich gegen ein Regal und knebelte mich mit einem alten Putzlumpen, der furchterregend stank. Das verstieß hundertprozentig gegen die Menschenrechte! Danach fesselte er meine Arme und Beine mit Klebeband. Ich schaute mich verzweifelt in dem kleinen Raum um. Vielleicht gab es irgendetwas Brauchbares, das mir helfen konnte. Aber da war nichts. Dann stieß Mike mich auch schon wieder nach draußen und zog mich an den Beinen hinter sich her.

Ich versuchte, beim Rutschen etwas zu erkennen, aber da waren nur der Boden, die Beine von dem Mistkerl und die Sockel der Statuen. Und dann schleifte er mich in einen Raum, der irgendwie kühler war als das übrige Museum. Ich bekam Panik. Das musste eine Grabkammer sein. Die legten mich zu irgendeinem vermoderten alten Pharao, das war ja wohl an Gruseligkeit nicht zu überbieten.

Mike legte mich in der hintersten Ecke ab und sagte beim Rausgehen: »Beim nächsten Mal steckste deine Nase nicht in Dinge, die dich nichts angehen, wa?!« Und dann lachte er so total fies, dass der Klang von den Wänden abprallte und mich von allen Seiten traf. Ich war getroffen, geschlagen, vernichtet. Er war weg und ich blieb allein in der Dunkelheit zurück. Mit meinem neuen Kumpel, dem toten Pharao.

Immerhin war ich nicht tot und noch nicht mal verletzt. Blöd war nur, dass ich überhaupt nichts sehen konnte. Ich starrte vor mich hin und wartete darauf, dass meine Augen sich an die Dunkelheit gewöhnten. Es funktionierte tatsächlich und zusätzlich gab es noch ein paar Ritzen in der Kammer, durch die wenigstens ein bisschen Licht einfiel.

Und dann hörte ich plötzlich eine gut gelaunte Stimme: »Hey Knietzsche, alle sind da, wo sie sein sollen, sogar Pepe bewegt sich in Slow Motion durch den Barock, sieht witzig aus …«

Darwina. Ich konnte es nicht fassen. Anscheinend hatte ich plötzlich wieder Empfang, nicht mal auf die Funklöcher konnte man sich noch verlassen. Jetzt hatte ich sie wieder im Ohr und während die Typen mich plattgemacht hatten, war sie weg gewesen und ich hatte sie vollkommen vergessen. Das war doch ein Witz.

»Mmmmmh, mmmmmmh …« Ich versuchte, ihr alles zu erzählen. Oder ihr zumindest zu verstehen zu geben, dass ich in der Klemme steckte. Mega Klemme. »Mmmmmh!!!« Ich musste irgendwie an diesen Knopf im Ohr kommen, um ihn zu drücken. Sie konnte mich nicht hören, und das machte mich gleichzeitig wütend und verrückt. Ich zerrte an meinen zusammengeklebten Händen, um sie zu befreien. Keine Chance.

»Hallo Knietzsche, bitte kommen.« Es rauschte ziemlich, die Leitung wurde extrem instabil. Außerdem klang Darwina total genervt, als wäre ich zu blöd, um zu antworten. Leider wurde mein dumpfes Gejammer nicht übertragen. Inzwischen hatte ich auch Flüche eingebaut.

Ich versuchte meinen Kopf so auf den Boden zu donnern, dass dabei der Knopf gedrückt wurde. Funktionierte aber leider nicht.

Schwach hörte ich noch mal Darwinas Stimme durch das Rauschen: »Hey, meld dich endlich mal. Du machst doch schon wieder Pause, ich kann dich über GPS nicht sehen da unten …« Darwinas Stimme wurde immer leiser, dann war die Verbindung ganz weg.

»Mmmmmmmmmh!« Ich drehte meinen Kopf hin und her und in alle Richtungen, um den stinkenden Knebel loszuwerden. Er klebte in meinem Gesicht, als würde er da hingehören, da war nichts zu machen.

Erschöpft blinzelte ich wieder in die Finsternis um mich herum. Allmählich konnte ich tatsächlich schwache Umrisse erkennen. Zwischen den Mauersteinen mussten Lücken sein, durch die ein winziges bisschen Licht hereinkam. Ich schaute mich um in der Hoffnung, irgendetwas Hilfreiches zu finden, mit dem ich mich befreien konnte. Ich musste die anderen warnen. Aber ich sah nur den Sarkophag neben mir und mich, eingewickelt wie eine traurige Raupe. Abgeschnitten vom Rest der Welt.

Während ich unglücklich und frustriert am Boden lag, tat ich das einzig Sinnvolle, was man in so einer Situation tun kann. Ich versuchte, per Gedankenübertragung Kontakt mit Norbert aufzunehmen. Er hat hinterher behauptet, dass er es voll gespürt hat, wie kleine

Stiche überall am ganzen Körper, aber das hab ich ihm nicht abgenommen. Er hatte nämlich selbst genug Stress an der Backe und ich glaube, wenn der Druck zu groß wird, dann sticht es einen eben. Andere kriegen vielleicht Kopfweh oder Magenschmerzen, aber das wäre nichts für Norbert. Er fühlte Stiche, und das aus gutem Grund.

Der Rest meiner Welt war nämlich pünktlich auf dem Weg zum Treffpunkt unterwegs, während Ole und Mike mich erwischt hatten.

Sie erzählten mir hinterher alles bis ins kleinste Detail: Norbert war der Erste, klar, er war ja schon bei den Impressionisten gewesen. Dann traf Pepe ein. Er war so froh, nicht mehr allein durch die Räume streifen zu müssen, dass er Norbert ansprang. Der klopfte ihm beruhigend auf den Rücken wie einem Baby, das rülpsen soll.

»Alles okay, Alter, schon gut. Hast du was entdeckt?«

»Nein. Nur die perdammten Tiepen der Angst. Ich habe ein echt mieses Gepühl. Wenn mein Pater herauspindet, dass ich den Schlüssel geklaut habe und hier bin, schickt er mich zu meiner Perwandtschapt nach Paranasi.« Aber er grinste schief. Jetzt, wo er nicht mehr allein durchs Museum geistern musste, fand er anscheinend Gefallen an dem Abenteuer. Zusammen ist eben alles immer nur noch halb so schlimm.

Schließlich kam Mildred um die Ecke. Auch sie wirkte erleichtert, als sie ihre Freunde sah. Trotzdem verlor sie keine Zeit. »Und? Habt ihr was?« Als beide die Köpfe schüttelten, merkte man ihr die Enttäuschung an. »Bei mir war auch nichts. Wo ist Knietzsche?« Sie schaute kurz auf ihre Uhr. »Komisch. Ich bin schon später dran, weil ich noch einen Erste-Hilfe-Kasten auseinandergenommen habe.«

»Vielleicht ist er an was dran, und das dauert halt. Wir warten einfach, der kommt schon gleich.« Norbert lief ein paar Runden im Kreis und dachte nach. Er kannte mich schon viel länger und besser als Mildred und Pepe. Im Grunde wusste er alles über mich. Zum Beispiel, dass ich nie zu spät kam. Pünktlichkeit war eine meiner typischen Eigenschaften. Keine mit besonders hohem Coolnessfaktor, aber es war nun mal so. Ich konnte es auch nicht leiden, wenn andere unpünktlich waren. Ich kam immer pünktlich, außer irgendetwas war passiert. Krankheit. Erdbeben Stufe sieben. Schildkröte tot. So in dieser Größenordnung. Ganz blöd. Norbert überlegte, ob es sein konnte, dass ich mitten zwischen den ägyptischen Statuen wieder eingeschlafen war. In Gedanken klebte er sich einen fetten gelben Zettel an die Stirn, auf dem »NICHT MIT MEDIKAMENTEN RUMMACHEN!« stand. Ohne es selbst zu merken, war er auf der Stelle stehen geblieben.

»Irgendwas stimmt nicht.«

Mildred und Pepe guckten ihn an. Es sah aus, als würde Norbert Selbstgespräche führen, er schaute sie noch nicht mal an. »Halbe Stunde über der Zeit, da ist was faul. Vielleicht ist er wieder eingeschlafen, wir müssen ihn suchen.«

»Oder was piel Schlimmeres ist passiert!« Pepe flüsterte mit der Stimme eines hundertjährigen Grabwächters. »Ich hatte gleich ein perdammt schlechtes Gepühl.«

Norberts Arme waren übersät mit Gänsehaut. Er schubste Pepe genervt in Richtung Treppen. »Los, wir gehen nach unten zu den alten Ägyptern. Und hör auf mit dem blöden Horrorfilm-Gequatsche.«

Zu dritt gingen sie wieder runter in Richtung Untergeschoss.

»Vielleicht hat er sich ja bei Darwina gemeldet. Aber hier ist kein Handy-Empfang«, sagte Mildred, als sie das Erdgeschoss erreicht hatten. »Ich geh kurz noch mal nach oben und versuche, Darwina zu erreichen. Für den Fall, dass wir ihn nicht finden können. Dann kann sie ihn über das GPS-Signal aufspüren und uns sagen, wo er ist.«

Norbert nickte. »Der kann überall pennen, das hatten wir ja schon.«

Mildred versuchte zu lächeln, aber ihr Gesicht bekam das nicht richtig hin. »Ich komm gleich nach«, murmelte sie noch und ohne eine Antwort abzuwarten, rannte sie davon.

Norbert und Pepe schlichen vorsichtig über die Treppe ins Untergeschoss. Norberts Taschenlampe war eine ziemlich traurige Funzel, aber sie erleuchtete den Weg immerhin so, dass keiner hinfiel. »Perdammt unheimlich hier«, flüsterte Pepe in Norberts Nacken.

Norbert zuckte trotzdem zusammen. »Hör auf damit! Ich sag's nicht noch mal!«

Obwohl es dunkel war, sah Pepe das gefährliche Blitzen in Norberts Augen. Killerblitzen. Er nickte und formte seinen Mund zu einem »Soooorryyyyy«. Ohne Ton.

Norbert verdrehte die Augen und ging weiter.

Dann waren sie im alten Ägypten. Die Statuen glotzten schweigend auf sie herab. Norbert und Pepe leuchteten den Raum ab. Pepe hatte eine Taschenlampen-App auf seinem Smartphone, gegen die Norberts Funzel alt aussah. Sogar an der gegenüberliegenden Wand tauchten riesige Schatten ägyptischer Könige, Oberbaumeister, Priester und Astronomen auf. Norbert und Pepe fühlten sich sehr klein.

»Du gehst links rum, ich geh rechts rum, alles ableuchten, falls er irgendwo liegt, klar?«, flüsterte Norbert.

»Aye, aye, Sir.« Pepe leuchtete sich den Weg und marschierte los. Solange er mit Norbert in einem Raum war, war alles okay.

Norbert leuchtete auf der anderen Seite jeden Quadratzentimeter ab. Er machte sich Sorgen. Ein paar Minuten vergingen, ohne dass irgendetwas zu hören war. Pepe machte immer mehr Krach, als hätte er vergessen, dass sie unerlaubt in ein Museum eingedrungen waren. Der Typ war zum Verrücktwerden. »Schschschschscht!«, zischte Norbert. Er leuchtete mit seiner Funzel in Pepes

Richtung. Und der hielt seine Superlampe Norbert voll ins Gesicht, sodass der fast sein Augenlicht verloren hätte.

»Was denn?«, fragte Pepe unschuldig.

Norbert schlug gegen seine Hand. »Nimm die Funzel aus meinem Gesicht und mach nicht so 'nen Krach!«

»Mecker mich nicht immer so pies an«, maulte Pepe. »Ich bin so still wie ein Bewohner pon einem dieser perdammten Grabmale hier!«

Norbert verdrehte gerade die Augen, als er auf einmal ruckartig stehen blieb. Pepe knallte gegen seinen Rücken und wäre fast hingefallen. »Hast du das gehört? Da ist irgendwas! Hör mal.«

Beide verwandelten sich augenblicklich in genau solche Statuen wie die, von denen sie umzingelt waren, nur eben aus Fleisch und mit riesigen Ohren. Sie lauschten. Und tatsächlich kamen aus einem der anderen Räume Geräusche. Pepe war sowieso nur einen halben Meter von Norbert entfernt, aber wie ein lautloser Pfeil flitzte er im Bruchteil einer Sekunde ganz nah an ihn ran. Sicherheitshalber versteckte er sich hinter ihm, obwohl nichts zu sehen war.

Norbert schüttelte sich und ging los. Ansonsten wäre Pepe vielleicht noch unter seine Jacke gekrochen. »Das ist bestimmt Knietzsche«, flüsterte er, »vielleicht hat er was gefunden. Komm!« Sie gingen auf Zehenspitzen in die Richtung, aus der die Geräusche kamen. Nach ein paar Schritten hielt Norbert etwas zurück. Pepe hatte sich an seinen Rucksack geklammert und zog daran.

»Uh je, ich hab ein wirklich mieses Gepühl. Pielleicht wachen diese Mumien nachts aup und killen Eindringlinge.« Er heulte fast. »Wir müssen die Lampen ausmachen und die Polizei rupen.« Sein Flüstern war kaum noch zu hören. Und seine Lampe war aus.

»Quatsch, Polizei!« Norberts Flüstern war etwas fester, aber er machte seine Funzel auch aus. »Hier liegen nur Knochen und Steinfiguren und die sind nachts genauso tot wie tagsüber, komm jetzt!« Er zog Pepe am Ärmel mit sich.

Als sie den Durchgang zum nächsten Raum erreicht hatten, linsten sie vorsichtig um die Ecke. Es war nichts zu sehen, aber die Geräusche wurden immer deutlicher. Pepe stand vorne, weil er kleiner war. Mit zusammengekniffenen Augen scannten sie den Raum ab. Und dann rutschte es in ihr Blickfeld: Zum ersten Mal in ihrem Leben waren sie live dabei, wie ein Verbrechen begangen wurde.

Ein großer Mann, der nur undeutlich zu erkennen war, leuchtete sich den Weg durch den Raum. Dicht hinter ihm lief ein zweiter Mann. Er hatte zwar keine Taschenlampe, aber dafür einen Aktenkoffer. Der erste ging zielstrebig auf ein ganz bestimmtes Gemälde zu. Aber er wollte es nicht betrachten, sondern drückte seinem Begleiter nur schnell die Taschenlampe in die Hand und hängte vorsichtig das Gemälde ab. Als er es in den Händen hielt, verharrte er einen Moment. Es war todesheftig still. Trotzdem schwenkte der zweite Mann mit der Taschenlampe durch den Raum, als hätte er etwas gehört. Pepe zuckte blitzschnell zurück. Norbert checkte die Gefahr nicht so schnell und wäre fast nach hinten umgefallen, aber Pepe packte ihn am Kragen und hielt ihn im Flug fest. Beide atmeten nicht und standen in dieser verkrampften Position still wie Eisstatuen.

»He, was machst du denn, ich seh nichts!«, hörten sie aus der Ferne, wie sich einer der Männer beschwerte. Der Lichtkegel verschwand aus ihrer Richtung.

Zwei Sekunden später traute sich Norbert, ganz langsam seinen Fuß zu bewegen. Er stützte sich damit ab, sodass Pepe nicht länger seinen ganzen Körper halten musste. Wie auch immer er das geschafft hatte, Pepe war schweißgebadet und löste langsam die Hand von Norberts Kragen. Seine Finger formten sich erst einmal gar nicht wieder zurück, es sah aus, als hätte er einen üblen Krampf.

»Mann, das war knapp«, hauchte Norbert Pepe ins Ohr, »wie hast du das hingekriegt, bist du Spiderman oder was?«

Pepe kniff nur seine Augen zusammen und formte seine Krampfhand so, dass er sich den Zeigefinger auf die Lippen legen konnte. Dann drehte er sich um und schob ganz langsam wieder den Kopf um die Ecke, um zu sehen, was die beiden Männer trieben. Norbert nickte und schob sich direkt hinterher.

Beide knieten am Boden. Einer der Männer hatte ein Messer in der Hand, trotz der Dunkelheit blitzte die lange Klinge auf. Die beiden Männer waren gerade dabei, etwas von der Rückseite des Gemäldes zu lösen. Während sich der eine Mann mit dem Messer an dem Gemälde zu schaffen machte, öffnete der andere den großen schwarzen Aktenkoffer. Man musste nur eins und eins zusammenzählen, um zu wissen, dass hier ein Gemälde eingepackt wurde. Es war unfassbar, der eine Mann hatte es gerade geschafft, von der Rückseite des Gemäldes ein anderes Bild abzulösen. Eigentlich ziemlich genial. Es war einfach nur festgeklebt gewesen und hatte unauffällig die ganze Zeit vor der Nase aller Leute gehangen.

Atemlos sahen Norbert und Pepe zu, wie die Männer das Bild sorgfältig einpackten, das Gemälde wieder an die Wand hängten, rasch ihre Sachen zusammensuchten und den Saal verließen.

Als das Geräusch ihrer Schritte nicht mehr zu hören war, rammte Norbert sein Kinn in den Kopf von Pepe und hauchte fast tonlos: »Wir sind jetzt keine Kinder mehr. Wir sind Zeugen.«

Pepe nickte und brachte damit Norberts Kinn zum Wackeln. »Das sind die Diebe! Mieses Perbrecherpack! Und genau da, wo Knietzsche war … das ist perdammt noch mal gar nicht gut.«

»Scheiße, ja. Vielleicht haben sie ihn erwischt und abgemurkst.«

Pepe zuckte zusammen. »Hör aup! Niemand tötet Kinder im Museum, nicht mal miese Perbrecher.«

Jetzt nickte Norbert. Da hatte Pepe recht, das war unmöglich. In der Geschichte der Menschheit war noch nie ein Kind in einem Museum zu Schaden gekommen. Noch nicht mal zu Tode gelangweilt, jedenfalls nicht, so weit er davon wusste. Das war ausgeschlossen. Also musste ich ja wohl irgendwo sein. Und sie mussten mich finden.

Norbert hatte einen Plan. »Wir müssen uns aufteilen! Einer muss wieder hoch und Mildred warnen … und Hilfe holen … das wird jetzt langsam ’ne Nummer zu heftig. Und einer muss Knietzsche suchen. Was willst du machen?«

Der Kopf unter ihm bewegte sich nicht. Pepe war vor Angst erstarrt. Er fand beide Möglichkeiten schlimm. Eigentlich wollte er sich überhaupt nicht wieder von Norbert trennen. Aber er hatte keine Wahl. Es war zum Perrücktwerden. Er dachte kurz nach und holte dann langsam seinen riesigen Schlüsselbund aus der Tasche. Die Entscheidung lag auf der Hand. Er konnte auch in den abgeschlossenen Räumen suchen und kannte sich da besser aus als Norbert. So hatten sie die besseren Chancen, mich zu finden.

»Alles klar.« Norbert hatte ihn auch ohne Worte verstanden. Er richtete sich auf, klopfte Pepe noch mal aufmunternd auf die Schulter, flüsterte: »Das packst du, das gerade eben war echt abgefahren – als wärst du ein verkleideter Gorilla oder so, echt cool«, und verschwand auf Zehenspitzen in die gleiche Richtung, aus der sie gekommen waren.

Ich hatte mich inzwischen aufgerappelt und lehnte aufrecht an der Wand der Grabkammer. Ich bewegte meine Hände und Füße, um das Klebeband zu lockern. Gleichzeitig verzog ich den Mund in alle möglichen Richtungen, um den ekelhaften Putzlumpenknebel loszuwerden. Mein Leben lang würde ich nie wieder so ein Ding anfassen, das schwor ich mir hoch und heilig. Außerdem dachte ich darüber nach, was passieren würde, wenn ich aufs Klo müsste. Warum stand so was nie in Abenteuerbüchern? Gefesselter Held muss pissen. Und dann? Keine Ahnung. Auf jeden Fall sollte man nicht darüber nachdenken, weil man dann erst recht muss.

Ohne mit dem Zerren und Kauen aufzuhören, schaute ich mich in der Kammer um. Meine Augen hatten sich inzwischen ganz gut an das kleine bisschen Dämmerlicht gewöhnt. Mitten in der Kammer stand der Sarkophag. Er sah aus wie ein ganz normaler Sarg, nur tausendmal fetter. In dem Sarkophag lag vermutlich der Pharao. Tutanchamun konnte es nicht sein, weil der in Kairo lag, das wusste ich. Das war wohl irgendein anderer Pharao, der mit einer ordentlichen Ladung Geschenke und Klimbim abgetreten war. Der Sarkophag war geschmückt und übersät mit Zeichnungen, als hätte der Tote seine Lebensgeschichte mitgenommen. Allerdings sah es so aus, als hätte ein wenig begabter Fünfjähriger die künstlerische Leitung gehabt. Ich reimte mir gerade zusammen, was der Pharao wohl genau mit seinen Kumpels und den Kamelen angestellt hatte. Sie sahen jung aus, das konnte man sogar an den Zeichnungen erkennen. Eine Gruppe von Kindern befand sich entweder in einem Spiel oder in einem Kampf. So ganz genau konnte ich das nicht deuten. Dann sah ich plötzlich etwas, das mich fast umgehauen hätte.

Ich kniff die Augen zusammen, weil ich befürchtete, dass mir die miese Situation, in der ich mich befand, in Kombination mit dem miesen Licht einen echt miesen Streich spielte. Aber alles war deutlich zu erkennen. Eine der gezeichneten Figuren trug ein Amulett um den Hals, das genauso aussah wie der verschlungene Ring auf meiner Taschenuhr!

Dann sah ich noch etwas, das aussah wie eine Sonnenuhr. Oben stand die Sonne, unten ein Stock, der einen Schatten warf. Kein besonders kompliziertes Bilderrätsel. Und drum herum waren Sterne gemalt. Zwölf Sterne. Mit Herzklopfen zählte ich die Kamele. Auch zwölf. Sogar zwölf Palmen waren da und ich musste gar nicht zählen um zu wissen, wie viele Kinder es waren. Und über allem thronte ein Sternbild, das aussah wie ein Gesicht. So ähnlich sah das Sternbild von meinem Gesicht aus, das ich in der Nacht zu meinem Geburtstag am Himmel gesehen hatte. Nur dieses Gesicht sah eben aus wie das des ägyptischen Jungen auf den Zeichnungen. Ich war zu verwirrt um genau auszurechnen, wie viele Tausend Jahre dieser Junge älter war als ich, aber ich war mir mit einem Schlag sicher, dass ihm so ziemlich das Gleiche passiert war, wie mir an meinem Geburtstag. Ihm war sein eigenes Gesicht als Sternenbild am Himmel erschienen. Das war unmöglich und gleichzeitig klar der Sternenhimmel in meiner Erinnerung. Der Tote in der Kiste hatte irgendwas mit mir zu tun. Und mit meiner Taschenuhr, obwohl es damals noch gar keine Uhren gegeben hatte.

Das war alles zu viel. Ich musste mich zwingen, damit ich das Atmen nicht vergaß. Selbst wenn der Junge keine Taschenuhr hatte, war die Sonnenuhr ein ganz eindeutiges Zeichen, dass auch er sich mit der Zeit beschäftigt hatte. Welche Rolle spielte die Zeit bei diesem verrückten Spiel? Der Ring oder Kreis steht für Unendlichkeit … dass er so unlogisch ineinander verschlungen war, musste irgendetwas bedeuten. Wahrheit … Mut … was würde als Nächstes kommen? Und immer wieder die Zwölf. Mann, war das ein schlechter Zeitpunkt für noch mehr Verwirrung!

Und dann hörte ich ein Geräusch. Ich horchte kurz und befürchtete das Schlimmste, aber es waren nicht die Stimmen von Ole und Mike, also schlug ich

Alarm, mit allem, was ich hatte: »Mmmmmmmh!! Mmmmmmmmmmh! Mmmh-mmmmmmh!!!«

Und weil ich direkt am Sarkophag hockte, fiel mir nichts Besseres ein, als mich nach vorne zu beugen und meine Stirn dagegenzuhauen. Holz auf Holz macht einen super Klang, dachte ich. Mein Kopf schmerzte, als würde er gleich zerspringen. Also warf ich mich herum und versuchte, mit den Beinen dagegenzutreten. Es dauerte eine Weile, bis ich checkte, dass das Ding aus Stein war. Deshalb war der Krach so bescheiden ausgefallen. Ich schlug meine Füße noch mal wütend dagegen und versuchte, mich zur Tür zu rollen. Immer weiter »Mmmmmmmmh!« schreiend. Kurz bevor ich mir meinen Verstand weggerollt hatte, spürte ich etwas auf meinem Rücken. Ich zuckte zusammen und versuchte mich aufzurichten. Panik ergriff mich. Jemand blendete mich jetzt. Ich kniff die Augen zusammen und rechnete mit dem Allerschlimmsten. Was ja wohl verständlich war nach dem ganzen Mist.

Dann öffnete ich vorsichtig erst mal ein Auge. Und sah ins Licht. Nein, ich war nicht tot. Sondern hatte den Lichtkegel von Pepes Handy mit der Taschenlampenfunktion mitten im Gesicht. Er zitterte so sehr, dass ich dachte, der Raum würde beben. Als ich endlich richtig begriff, was hier los war, hätte ich heulen können vor Freude. Wer hätte gedacht, dass mir das mal bei Pepes Anblick passieren würde. Aber ich hätte mir wirklich nichts Schöneres vorstellen können, als ihn zu sehen, und war einfach nur wahnsinnig froh, dass er da war.

»Mmmmmh!!!!« Ich warf meinen Kopf hin und her, damit er mir endlich den Knebel aus dem Mund zog.

»Wie bitte? Ich kann dich nicht perstehen …«

Meine Augen traten so weit aus meinem schmerzenden Kopf, dass nicht viel gefehlt hätte und sie hätten ihn angesprungen. »Mmmmmmmmmmmh!« Jetzt versuchte ich es mit Schielen, meine Augen zeigten direkt auf den Knebel, der zwischen meinen Zähnen steckte. Und endlich machte es »klick«.

»Mmmmh? Ach so … tut mir purchtbar leid, du hast mich abgelenkt.« Gefühlte tausend Stunden später knotete er endlich den Putzlumpen auf, der inzwischen schon so tief in meinem Mund steckte, dass er an meinen Mandeln entlangschrubbte.

»Phä! Blblbl, phäää!« Ich versuchte, die Fasern und den Dreck auszuspucken. Pepe schaute mir besorgt dabei zu. Ich hielt ihm spuckend meine gefesselten Arme unter die Nase und diesmal verstand er sofort. Mit einem der Schlüssel von seinem riesigen Schlüsselbund schabte er so lang an dem Klebeband entlang, bis es riss. Mit einem Ruck zog er es mir von der Haut.

»Aua! Wahnsinn, danke.« Ich rieb mir die Handgelenke. Die paar Unterarmhaare, die ich mal gehabt hatte, waren jetzt für immer verschwunden. Aber das war mein kleinstes Problem an diesem Tag.

»Wir machen uns perdammt große Sorgen, geht's dir gut?« Pepe entfernte nervös Klebestreifenreste von meiner Kleidung.

»Zwei gegen einen, voll unfair.« Ich war gleichzeitig sauer und unglaublich froh.

Pepe sprudelte gleich weiter. »Wir haben die Typen gesehen! Norbert sucht Mildred und will Hilpe holen. Das ist alles eine perdammt schlimme Katastrope. Komm, wir müssen los.«

Es war kaum zu fassen, Pepe drängelte mich, um sich freiwillig wieder in die Gefahr zu stürzen. Statt sich zu verstecken, wollte er Norbert und Mildred retten. In diesem Kerl steckte sehr viel mehr, als man auf den ersten Blick sehen konnte. Inzwischen zog er an meinem Arm, damit ich endlich aufstand. Ich rappelte mich hoch und stöhnte. Mir tat alles weh. »Die wollen die Bilder rausschaffen. Wir müssen die Polizei rufen.« Schlagartig fiel mir noch etwas ein. Ich fasste an mein rechtes Ohr. Der Stöpsel saß noch fest, als wäre nichts geschehen. Ich drückte den Knopf. »Darwina? Bist du in der Leitung? Hallo, ich bin's, Knietzsche.« Ich schwankte auf meinen wackligen Beinen und quatschte halb in mein Ohrmikro und halb mit Pepe. Gleichzeitig versuchte ich ihn davon abzuhalten, weiter an mir rumzufummeln. Die Reste vom Klebeband waren mir total egal. Mein Herz raste, ich schwitzte Eisklötze und schwindelig war mir auch noch.

Ich glaube, das nennt man Hysterie. Pepe stand mit seinem riesigen Schlüsselbund neben mir und legte seine Hand fest auf meine Schulter. »Du musst persuchen, dich zu beruhigen. Sonst werden wir beide perrückt, und das wäre pürchterlich.« Pepe klang irgendwie traurig. Als wäre ihm heute Nacht irgendwo im Museum die Kindheit geklaut worden. Mit so was kann ich gar nicht gut umgehen. Ich versuchte mich zusammenzureißen und dehnte meine Arme und Beine in alle Richtungen. Ich musste mich dringend wieder in den Griff kriegen.

»Alles klar, ich bin okay, danke erst mal.« Ich lächelte ihn aufmunternd an. »Wir stecken hier in einem Funkloch, ich hab null Empfang, Darwina kann ich auch nicht erreichen. Du hast recht, wir müssen los und die anderen suchen.«

Pepe nickte. Er hatte sein Superhandy mit der integrierten Taschenlampe wie eine Waffe im Anschlag und stand jetzt hinter mir. Bereit, in die Schlacht zu ziehen.

Ich zog ihn neben mich, weil ich mich auf ihn stützen musste. Meine Beine waren immer noch nicht ganz da.

Endlich grinste er wieder. Noch ein bisschen schief, aber immerhin. »Aye, aye, Sir. Ich pühre Sie in sichere Regionen.« Wir setzten uns schleichend in Bewegung.

Darwina war immer noch nicht in meinem Ohr aufgetaucht. Ich versuchte wieder und wieder, mit ihr Kontakt aufzunehmen. Leider wusste ich zu diesem Zeitpunkt nicht, dass ich den Ohrstecker aus Versehen ausgeschaltet hatte. Vielleicht, als ich mit dem Kopf gegen den Sarkophag gedonnert war. Einen winzigen Schalter bewegen, und das Ding wäre wieder voll funktionstüchtig gewesen. Aber hey, ich habe noch nie behauptet, ein Technikgenie zu sein.

Pepe und ich schlichen vorsichtig durch die Räume in Richtung Treppe. Er leuchtete mit der Handy-Taschenlampe durch sein Sweatshirt, sodass das Licht gedämpft war. Er war genialer, als ich vermutet hatte.

Im Erdgeschoss war alles mucksmäuschenstill. Im Sarg meines toten Kumpels hätte es nicht stiller sein können. Ich überlegte, ob wir auf uns aufmerksam machen sollten oder besser nicht. Hier waren mit uns insgesamt drei Gruppen unterwegs, zwei gute und eine schlechte. Wir suchten die gute und wollten uns von der schlechten nicht erwischen lassen. Das machte die Entscheidung schwer. »Hast du Empfang mit deinem Handy?«

»Nein. Punkloch.«

»Ich auch nicht. Dann müssen wir weiter nach oben. Da geht's bestimmt. Ich schick einfach Norbert 'ne SMS. Soll er dann sagen, wo sie sind, das ist sicherer.«

Pepe holte tief Luft und leuchtete durch sein Sweatshirt den Weg in Richtung Treppenhaus. Noch schlimmer, als von seinem Vater beim Schlüsselklauen erwischt zu werden, war für ihn offenbar die Vorstellung, Banditen in die Arme zu laufen. Er seufzte noch mal und ging los.

Im ersten Stock war auch alles still. Mein Handy zeigte einen wackligen Balken, aber selbst der verschwand immer wieder. Ich stupste Pepe an und zeigte nach oben. Er nickte und leuchtete uns den Weg in den zweiten Stock. Kaum waren wir dort angekommen, fiepte mein Handy so laut, dass wir fast rückwärts die Treppe wieder runtergesegelt wären. Ich hatte vergessen, das Ding auf lautlos zu stellen. Hintereinander poppten etwa zehn SMS rein.

»WO BIST DU??????!!!!!« von Norbert.

»Hallooooo?« von Mildred.

»Geh ran!!!!!« von Darwina.

Und das dann in verschiedenen Variationen. Als die eingegangen waren, hatten sie mir wohl gerade den Mund zugestopft. Ich scrollte die Nachrichten durch und blieb an der letzten hängen. »HILf«. Die war von Norbert. Anscheinend war er beim Schreiben unterbrochen worden.

Die siebzehn Anrufe in Abwesenheit von meinen Eltern ignorierte ich einfach, dafür war jetzt keine Zeit. Dass Norberts SMS ein »Hilfe« hatte werden sollen, war klar. Ich kriegte schon wieder einen Panikanfall. Was war bloß los? Irgendwann musste unser Katastrophenkonto doch ausgeschöpft sein. Aber leider zahlte das Leben weiter munter drauf ein. Wir hatten keine Chance und mussten weiter.

Pepe, der seinen Kopf neben meinen gedrängelt hatte, um alles auch lesen zu können, stöhnte auf. »Norbert wollte eigentlich Mildred warnen und die Polizei holen«, murmelte er verzweifelt.

»Hm. Wenn Norbert Empfang hatte, muss er hier oben gewesen sein.« Ich schaute mich um, so gut ich eben sehen konnte. Diese bescheuerte Dunkelheit ging mir langsam richtig auf die Nerven. »Hier hingen die Bilder, die Ole und Mike geklaut haben. Wenn sie die nicht alle zusammen versteckt haben, sondern einzeln, weil das sicherer war, dann ist eines vielleicht hier oben …«

»Oder es war hier persteckt und die haben Mildred und Norbert geschnappt und wer weiß, was die gerade mit denen machen … Polter oder noch was Pürchterlicheres …« Pepe hatte mich mit einem panischen Redeschwall unterbrochen.

»Schschschschsch!«, unterbrach ich ihn jetzt. »Reiß dich zusammen, die brauchen unsere Hilfe!«

Das zweite Stockwerk war genau wie die anderen gebaut, wie ein eckiges O. Wenn man immer in eine Richtung lief, kam man irgendwann wieder an der gleichen Stelle raus. Ich zeigte nach rechts und sah Pepe fragend an. Er nickte, weil er wusste, dass er keine andere Wahl hatte. Wir mussten uns trennen. Tapfer schlich er los. Und ich in die andere Richtung, mit ziemlich hoher Wahrscheinlichkeit einer Vollkatastrophe entgegen.

Ich checkte, ob mein Telefon ein Signal hatte. Es war wacklig, aber ich schrieb trotzdem eine SMS an meine Eltern. Vielleicht ging sie ja irgendwann durch. Bisher hatten sie mich immer aus jedem Mist wieder rausgeholt. Das war doch genau das, was Eltern ausmachte, oder? Egal, wer meine biologische Mutter war und mein echter Vater, ich hätte sie niemals gegen die zwei Menschen eingetauscht, die mich damals gefunden und aufgenommen hatten. Laufen, reden, Fahrrad fahren, schwimmen, mich nicht in Schwierigkeiten bringen – oder sagen wir mal so: mich reinbringen und wieder rausholen –, all das hatte ich von ihnen gelernt.

Auch wenn sie sich aus aktueller Sicht bei Letzterem ein bisschen mehr hätten anstrengen können, waren sie insgesamt betrachtet die besten Eltern, die man sich wünschen konnte. Das wollte ich ihnen unbedingt sagen. Aber dafür mussten wir erst mal wieder aus diesem fürchterlichen Schlamassel rauskommen.

Langsam schlich ich durch die Ausstellungen. Als ich den zweiten Raum durchquert hatte und vorsichtig den dritten betrat, sah ich in der Ferne das Schrecklichste, was man sich vorstellen kann. Mein bester Kumpel lag reglos auf dem Boden! Mir zog ein Schmerz durch den ganzen Körper bei der Vorstellung, dass er tot sein könnte, und ohne auf irgendwelche Geräusche zu achten, rannte ich so schnell ich konnte los und warf ich mich voll auf ihn drauf.

Ich drückte seinen Hals, um zu checken, ob ich seinen Puls noch fühlen konnte. So wie man das eben aus Filmen kennt. Dann verpasste ich ihm ein paar Ohrfeigen und zog an seinen Backen. »Norbert, hey, komm, wach auf!!« Er rührte sich nicht. Ich rollte mich von ihm runter und drückte mit beiden Händen immer wieder auf seinen Bauch. Dann schnappte ich mir mit der einen Hand seine Nase, mit der anderen zog ich seinen Mund auf. Ich holte tief Luft und pustete sie in seinem Mund wieder aus. Auch das kannte ich aus dem Fernsehen, allerdings hatte ich keine Ahnung, ob ich es richtig machte.

Im Wechsel mit der Bauchmassage zog ich das mehrere Minuten durch. Gerade als ich mich wieder über ihn beugen wollte und schon wieder in einer Hand seine Nase hatte und mein Mund schon geöffnet war und ich mich gerade wieder für den perfekten Luftaustausch auf ihn werfen wollte, da geschah das Wunder.

»Trau dich und du bist tot!« Norbert röchelte mich an und hatte die Augen halb geöffnet. Ich konnte es kaum fassen. Er wischte sich mit der Hand über den Mund und spuckte angewidert unsichtbaren Dreck aus. »Igitt!!! Spinnst du?«

»Ich dachte, du bist tot und ich muss dich wiederbeleben! Ich hab dich gerettet.« Ich half ihm, sich aufzurichten, obwohl er echt undankbar war.

»Quatsch! Die haben mir einen vergifteten Lappen vor die Nase gehalten und dann war ich weg.« Er schaute sich verwirrt um. »Wo ist Mildred? Ich habe sie überall gesucht und nicht gefunden, habt ihr sie gesehen? Ich bin den Drecksäcken voll in die Arme gelaufen. Zwei gegen einen.«

Er war empört. Darüber, dass ihn zwei Erwachsene plattgemacht hatten, obwohl er doch No-Won-Do-Meister war. Und weil sein bester Freund ihn geknutscht hatte. Aber wenigstens ohne Zunge. Er wischte sich noch mal mit der Hand über den Mund und schaute mich erwartungsvoll an.

Ich hätte ihm gern ein paar Takte über Dankbarkeit erzählt, aber dafür war jetzt wirklich keine Zeit. »Wir haben Mildred nicht gesehen, hoffentlich haben sie sie nicht auch erwischt!« Wir schwiegen beide. Keiner wollte sich das Schlimmste vorstellen, aber natürlich taten wir es trotzdem.

In der Ferne tauchte ein Lichtkegel auf. Weil er so grell war und so vorsichtig näher kam, war ich mir sicher, dass es Pepe sein musste. Das war das erste Mal in dieser Nacht, dass er sich näherte, ohne irgendjemandem Horrorschrecksekunden zu verpassen. Als er uns am Boden sitzen sah, rannte er auf uns zu.

»Was ist passiert?« Er war ganz atemlos, als er neben uns angekommen war. »Was ist los mit dir?« Er sah Norbert besorgt an.

»Nix. Die haben mich erwischt und betäubt, alles halb so schlimm.« Dann wischte er sich noch mal den Mund ab und schaute mich angewidert an.

»Los steh auf!« Ich boxte Norbert und stand selbst auf. »Wir müssen weiter. Hast du irgendwas entdeckt, Pepe?«

»Nein, da war nichts und niemand. Keine Perbrecher, und das macht mich sehr zuprieden.«

Norbert saß immer noch am Boden.

»Also, hier sind sie nicht mehr, wir haben alles abgegrast. Los jetzt, wir müssen weiter!« Ich streckte Norbert meine Hand entgegen, um ihn hochzuziehen, und er zögerte echt eine Sekunde. Das war also der Dank, wenn man wie ein Irrer versuchte, jemandem das Leben zu retten. Beim nächsten Mal würde ich mir das vorher genau überlegen.

Dann grinste er mich dreckig an und schlug ein.

Während ich gefesselt in der Grabkammer lag und Pepe und Norbert im Untergeschoss die Kunstdiebe beobachteten, hatten die Mädchen das Spiel übernommen.

Nachdem sie sich von Norbert und Pepe getrennt hatte, war Mildred so lange im Zickzack durch die Museumsgänge gerannt, bis ihr Handy Empfang hatte. Das Gemeine war, dass das ganze Gebäude an einem seltsamen Wackelempfang litt. Immer wieder flackerte mal ein Balken auf, aber sobald sie hoch erfreut stehen blieb, um endlich zu telefonieren, war er wie durch Zauberei wieder verschwunden und sie rannte frustriert weiter.

Mildreds Jagd nach Empfang fand erst ein Ende, als sie auf die Idee kam, die Feuerwehrtreppe zu erklimmen und so weit es ging nach oben zu klettern. Knapp unter den Dachziegeln klappte es endlich. Mildred hatte es geschafft und konnte Darwina anrufen. Sie erzählte ihr, dass ich zum vereinbarten Zeitpunkt nicht wieder aufgetaucht war und dass sie ein verdammt komisches Gefühl hatte. Irgendwas stimmte ganz und gar nicht.

Darwina checkte sofort unsere GPS-Signale. Da wir inzwischen alle im Untergeschoss steckten, wo sie uns nicht orten konnte, teilte sie Mildred mit, dass sie auf sich allein gestellt war.

Die beiden ahnten, dass wir den wahren Kunstdieben in die Quere gekommen sein mussten. Das war die einfachste Erklärung, warum die drei Jungs verschwunden waren. Sie beratschlagten lange, was sie nun tun sollten. Und schließlich schmiedeten sie einen Plan.

Da die Kunstwerke im zweiten Stockwerk verschwunden waren, hofften Darwina und Mildred, dass die Diebe oben waren und irgendwann wieder runterkommen würden, um zum Ausgang zu gelangen. Mildred ging deswegen in den ersten Stock und spannte am obersten Absatz der Treppe nach unten ein dünnes Seil. Sie hatte die gesamte Campingausrüstung ihres Vaters in ihren Rucksack gestopft. Bis auf das Zelt. Sie hatte natürlich keine Ahnung, dass inzwischen erst Norbert und etwas später Pepe und ich in den zweiten Stock gegangen waren.

Darwina bereitete in der Zwischenzeit eine Audio-Datei vor, die sie bearbeitet hatte, und schickte sie an Mildreds Handy. Danach alarmierte sie die Polizei. Mehr konnte sie nicht tun.

Mildred hatte sich versteckt, nachdem sie das Seil gespannt hatte, und wartete. Es dauerte nur ein paar Minuten, bis sie zwei Gestalten näher kommen sah. Als sie in der Dunkelheit an ihr vorbeigingen, konnte sie diesen Ole erkennen und noch einen Typen. Ole hatte einen großen flachen Koffer unter dem Arm. Die beiden liefen ziemlich angespannt nebeneinanderher.

Mildred hielt die Luft an. Nebeneinander war perfekt, weil sie ein paar Sekunden später die erste Treppenstufe nehmen wollten und beide fast im selben Moment über die Schnur stolperten. Ole segelte zuerst hinunter. Er konnte nicht mal mit den Armen schlackern, um zu bremsen, weil er den sperrigen Koffer fest umklammert hielt. Der andere stolperte hinterher. Genau in dem Augenblick, als sie beide unten am Treppenabsatz lagen und fluchten, hörten sie eine tiefe Stimme bedrohlich aus der Dunkelheit hallen: »Hände hoch! Sie sind umstellt! Legen Sie sich mit dem Gesicht nach unten flach auf den Boden und rühren Sie sich nicht, sonst machen wir von den Schusswaffen Gebrauch!«

Bei dem Wort »Schusswaffen« kamen Norbert, Pepe und ich um die Ecke geflitzt. Ich fragte mich, woher so schnell die Polizei gekommen war, als ich Mildred am Treppenabsatz stehen sah. Ganz allein. Sie hielt ihr Handy in die Luft und drückte gerade auf Stopp. Mit der anderen Hand hielt sie sich ein Büschel ihrer Haare so ins Gesicht, dass man sie im Notfall für einen Polizisten mit

Schnurbart hätte halten können. Zumindest wenn man blind gewesen wäre.

Dieser Teil des Plans war sicher nicht ganz durchdacht. Dafür war Darwinas Polizei-Aufnahme ein voller Erfolg. Mildred sah uns kommen und grinste. Wir standen zu viert nebeneinander auf der obersten Stufe und blickten auf zwei harte Männer hinunter, die verängstigt auf dem Bauch lagen und brav ihre Hände auf die Hinterköpfe gelegt hatten.

»Bitte, tun Sie uns nichts, wir ergeben uns«, fiepte Arsch-Mike.

»Halt's Maul!«, knurrte Gorilla-Ole, aber trotzdem lag er auch ganz artig da und gehorchte einem Mädchen, das zwei Köpfe kleiner war als er.

Mildred kramte die Rolle mit der Schnur und ein Taschenmesser aus ihrem Rucksack. »Verschnürt die beiden zu schönen Paketen, bis Hilfe kommt«, flüsterte sie uns zu.

Norbert und ich schnappten uns die Sachen und rannten stampfend die Treppe runter, damit wir uns nach mehr Körpergewicht anhörten. Pepe rannte mit seinem Leucht-Handy hinter uns her. Und so verschnürten wir die zwei Kunstdiebe mit tausendfachen Knoten und hofften, dass sie sich nicht umdrehten und sahen, dass wir alles andere als die Polizei waren.

Es dauerte zum Glück nicht lange und wir hörten tatsächlich Sirenen. Die Polizei rückte an, angeführt von einer

Kommissarin, dicht gefolgt von meinen Eltern. Der Museumsdirektor war auch alarmiert worden und hatte das Haupttor geöffnet, sodass sie das Museum ohne viel Krach stürmen konnten. Sie wussten nicht genau, was sie erwartete, am wahrscheinlichsten war ein erneuter Kunstraub. Oder nur der dumme Streich von ein paar Kindern.

Als sie uns dann sahen, waren sie erst einmal platt. Nur die Kommissarin überblickte die Lage sofort und kommandierte alle total souverän herum. Dann kam sie zu uns und fragte, ob es uns gut ginge. Als wir nickten, wollte sie wissen, wie wir das angestellt hätten.

Zuerst riefen wir alle vier total wirr und aufgeregt durcheinander, bis die Kommissarin uns unterbrach und darum bat, dass nur einer von uns der Reihe nach erzählte. Danach übernahm Mildred wie gewohnt das Ruder und lieferte einen kurzen, aber beeindruckend vollständigen und geordneten Bericht über alles, was wir in den letzten Wochen herausgefunden und an diesem Abend im Museum erlebt hatten.

Die Kommissarin nickte beeindruckt. Sie sagte, wir hätten hervorragende Arbeit geleistet. Und als ein Kollege ihr zurief, dass alle drei gestohlenen Kunstwerke wieder da wären, fragte sie uns, ob wir wüssten, wie hoch die Belohnung sei.

Es stellte sich heraus, dass 30 000 Euro Prämie auf die Erfassung der Diebe ausgesetzt war. Oder vielmehr auf die Wiederbeschaffung der Gemälde.

Während wir uns sprachlos anstarrten, wandte die Kommissarin sich ab und begann eifrig zu telefonieren.

Genau da kam Darwina angerannt. Sie hatte es irgendwie geschafft, ihre Mutter zu überreden, sie herzufahren. Sie rannte uns entgegen und warf sich Mildred in die Arme, danach umarmte sie erst Norbert, dann Pepe und am Schluss mich. Wir hatten das Abenteuer gut überstanden und dampften vor Glück und Erleichterung. Ich hatte wirklich das Gefühl, dass man es sehen konnte.

»Wir sind stinkreich!«, hörte ich Norbert Darwina zuflüstern, aber da sah ich, wie meine Eltern angelaufen kamen, und ich sprang mit ungefähr der gleichen Wucht in die Arme meines Vaters wie vorher auf Norberts Brust, um ihn wiederzubeleben. Liebeswucht. Falls es dieses Wort noch nicht gibt, habe ich es hiermit erfunden.

Meine Mutter warf sich obendrauf und umarmte uns beide. Für ein paar Sekunden tauchten wir einfach ab. Wie gut das tat, kann man sich nur vorstellen, wenn man schon mal dachte, dass man jemanden, den man sehr liebt, nie wieder sehen würde.

Es dauerte nicht lange und alle Eltern waren da. Pepes Vater war kein bisschen wütend, als er erfuhr, dass sein Sohn ihm den Schlüsselbund geklaut hatte. So wie ich das aus der Entfernung sah, war er sogar sehr stolz auf seinen Sohn. Seine Mutter stand lächelnd bei ihnen und sie hörten ihm beide zu, wie er ohne Punkt und Komma alles erzählte.

Norberts Mutter ergoss ein Wechselbad aus Schimpfen, Umarmungen und Kopfschütteln über ihn. Sein Vater war leider auf Geschäftsreise, er war viel weniger streng, aber dafür konnte er ihm später noch mal alles in allen Einzelheiten erzählen.

Mildred stand allein da, aber sie sah glücklich aus und hatte ihren Vater schon am Telefon. Die Superkommissarin hatte sich gleich nach unserem Bericht darum gekümmert, dass er sofort aus der Untersuchungshaft entlassen und hergebracht wurde. Und sie hatte veranlasst, dass er auf dem Weg noch Mildreds kleine Schwester Lilly zu Hause abholen konnte.

Als er mit Mildred telefonierte, saß er schon mit Lilly in einem Polizeiwagen und war auf dem Weg zum Museum. Inzwischen war allen klar, dass er unschuldig war. Und die Kommissarin hatte schon angekündigt, seine Frau morgen auf dem Revier befragen zu wollen. Mildred hatte ihr erzählt, dass wir E-Mails von Gorilla-Ole auf ihrem Computer gefunden hatten. Ich war mir ziemlich sicher, dass Mildreds Stiefmutter danach gleich im Gefängnis bleiben konnte. Und dass Mildred sie damit für immer los war. Die war weg vom Fenster, das stand fest.

Komisch fand ich schon, warum sie nicht von Anfang an unter Verdacht gestanden hatte, sondern nur

Mildreds Vater. Aber sie hatte mit ihren zwei Komplizen eben alles generalstabsmäßig geplant. Ihrem Mann ein paar eindeutige Beweisstücke unterzujubeln, war für die Ehefrau super einfach. Meistens sind ja die einfachsten Pläne die besten.

Erst später erfuhren wir, dass es zum Glück diese eine Kommissarin gegeben hatte, die durchaus ihre Zweifel an der ganzen Geschichte hatte. Sie hieß Jette Sperling und fand die Beweislast gegen Mildreds Vater ohne die Gemälde zu glatt und einfach. Von Anfang an zweifelte sie an der Glaubwürdigkeit von Nancy Hofmann. Stattdessen hatte sie das Gefühl, dass Thomas Hofmann die Wahrheit sagte und man ihm nur etwas anhängen wollte. Leider konnte sie das nicht beweisen und deshalb musste ihre Vermutung inoffiziell bleiben.

Aber auf ihre Veranlassung hin wurde immerhin der Wachmann vor Mildreds Haus abgestellt. Er sollte sicherstellen, dass den Kindern nichts passierte, und Nancy Hofmann beobachten, falls sie einen Fehler machen oder abhauen würde.

Aber ohne uns hätte Frau Sperling den Fall nicht knacken können. Das versicherte sie uns, als sie sich bedankte, und weil sie wirklich richtig cool war, hatte sie auch kein Problem damit, das überall herumzuerzählen.

Die Presse war inzwischen auch angerückt. Alles war voll mit Polizisten, Reportern und Schaulustigen. Jette

Sperling schirmte uns und unsere Familien ab, aber sie sorgte dafür, dass wir in die Zeitung kamen. Voll fett als Titelstory mit Foto. Natürlich sahen wir ziemlich schlimm aus, aber das machte nichts. Wir waren Helden, da war das Aussehen nicht so wichtig.

12. FEBRUAR 2013

In der Nachbarschaft läuteten die Kirchenglocken, es war Mitternacht. Wir standen alle fünf zusammen vor dem Museum. Das Blitzlichtgewitter der Fotografen und das Leuchten der Sirenen waren schwächer geworden, der ganze Rummel hatte sich etwas gelegt. Stattdessen erwachte in meiner Hose das Leben ohne Rücksicht auf unsere Erschöpfung.

»Es geht wieder los.« Ich kramte die Taschenuhr aus meiner Hosentasche und Norbert fing an, leise zu singen. »Happy birthday to you, happy birthday to you …« Pepe,

Darwina und ich sangen mit und es klang gleichzeitig schön und schief.

Wir rückten zusammen und bildeten einen Kreis. Wir legten die Arme umeinander wie Rugbyspieler vor dem Anpfiff. Unsere Eltern ließen uns die Zeit. Inzwischen hatten sie die ganze Geschichte erfahren und unterhielten sich in sicherer Entfernung von uns miteinander.

»… happy birthday, liebe Mildred, happy birthday to you …«

»Danke, ihr Freaks! Krasser kann man wohl kaum in seinen Geburtstag reinfeiern.« Sie schaute uns an, einen nach dem anderen, und sah ganz schön ernst aus. Norbert zog aus seiner Hosentasche ein ziemlich ramponiertes Geschenk und reichte es ihr. Mildred guckte ihn ungläubig an. Wir hatten gerade die nervenaufreibendsten Stunden unseres Lebens hinter uns, und dieser Typ hatte an ein Geschenk für sie gedacht. Sie nahm es und wickelte es aus dem Rest Zeitungspapier, in den es eingepackt war. Es war ein Wutsack. So ein Ding, das sie kneten, knautschen und quälen konnte, wenn sie miese Laune hatte. Mildred musste lächeln. Sie hatte Tränen in den Augen.

Dann sagte sie zu uns allen: »Das, was ihr da für mich gemacht habt, ist unglaublich. Ich weiß gar nicht, wie ich das jemals wiedergutmachen soll … danke reicht da nicht …« Eine besonders dicke Träne kullerte ihr die Wange runter. Gute Tränen flutschten wohl besonders schön.

»Doch, danke reicht. So was machen Freunde eben.« Ich schaute sie fest an. So fest es eben ging mit einer durchdrehenden Taschenuhr in der Hand und einem mehr als besorgniserregenden Gesundheitszustand. »Ich glaube, du kriegst gleich noch ein Geschenk«, sagte ich.

Fünf Augenpaare starrten auf das Zifferblatt, über dem die Zeiger kreisten. Darwina und Pepe blieb die Spucke weg. Wenn man es zum ersten Mal sah, glaubte man noch, man würde den Boden unter den Füßen verlieren und in eine absurde Traumwelt hineingesaugt werden.

»Kommt dichter zusammen«, zischte Mildred, »das braucht außer uns keiner mitzukriegen.« Die Spannung war kaum auszuhalten. Dann passierte es wieder. Zum dritten Mal lösten sich die römischen Ziffern auf. Sie bewegten sich aus ihrer Position heraus und flogen über das Zifferblatt. Sie veränderten dabei ihre Größe und tanzten ausgelassen im Kreis, bevor sie nach und nach verschwanden. Um das Schauspiel gut erkennen zu können, war es zu dunkel. Pepe kramte hektisch in seiner Jackentasche nach seinem Handy. Er aktivierte zum tausendsten Mal in dieser Nacht die Taschenlampen-App. Damit beleuchtete er die Taschenuhr und die letzten Ziffern waren in Licht getaucht deutlich zu erkennen. Als sie verschwunden waren, tauchten zunächst einzelne Buchstaben auf. Ein C, gefolgt von einem E. Damit konnte man noch nicht viel anfangen. Dann passierte auf dem Zifferblatt das, was man sonst von der Tanzfläche bei einer Party

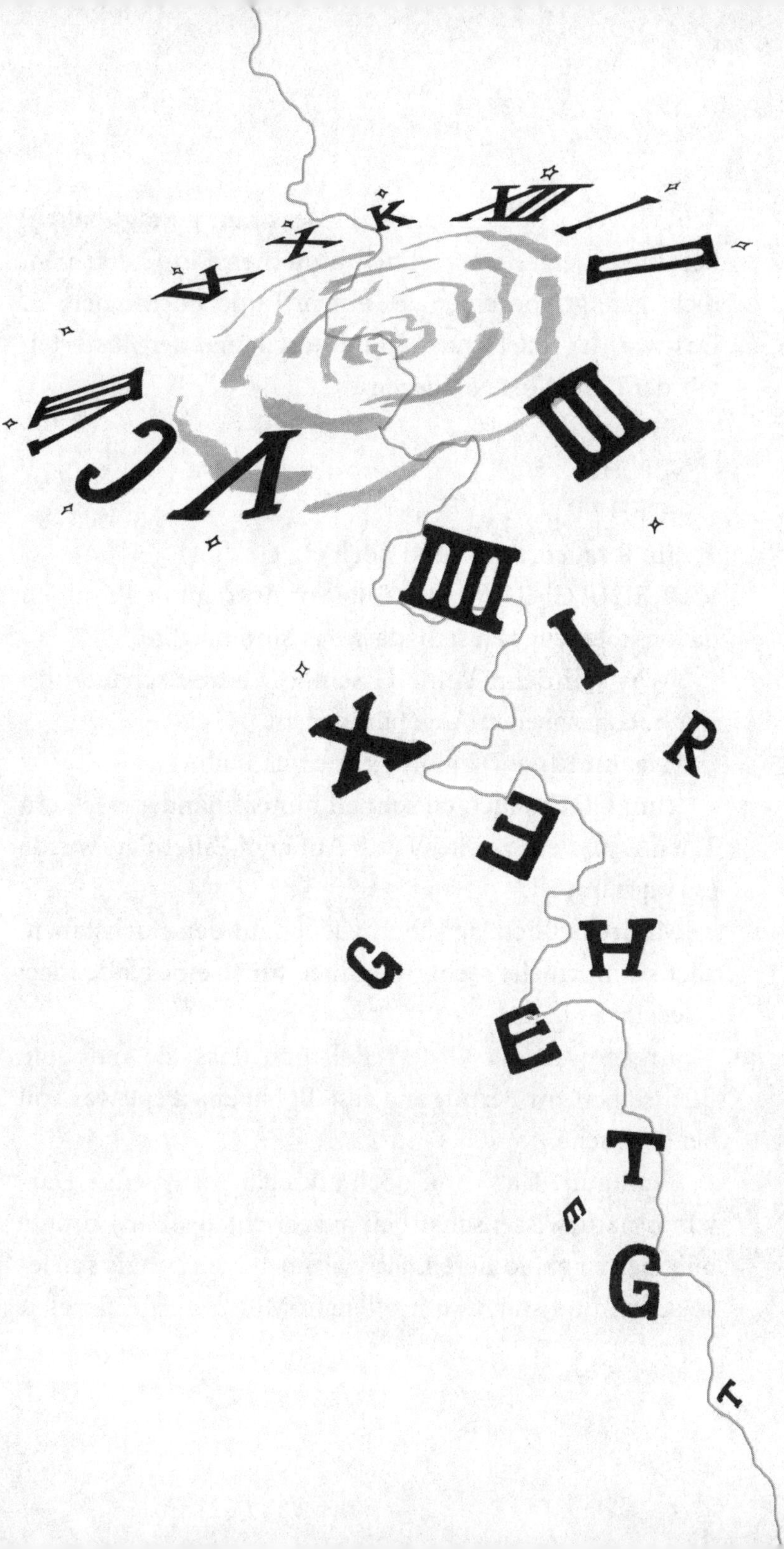

kennt. Wenn sich erst einmal zwei drauf gewagt haben, kommen die anderen schnell hinterher. Ein G erschien, dicht gefolgt von einem H, einem I und noch einem E. Das war der Startschuss. Wild durcheinander flüsterten wir der Uhr Worte entgegen.

»HE…«

»EICHE …«

»GEHE …«

Ein R tauchte auf. Und noch ein G.

»REIHE G!« Norbert brüllte vor Aufregung. Er schien davon überzeugt zu sein, dass das Sinn machte.

»Was soll denn Reihe G sein?« Mildred schaute ihn mit hochgezogenen Augenbrauen an.

»Na, im Kino. Da gibt's immer 'ne Reihe G.«

Zum Glück tauchten schnell hintereinander noch ein T, ein E und ein zweites I auf. Auf dem Zifferblatt wurde es langsam voll.

Mildreds Blick lag schon wieder auf den Buchstaben, aber sie murmelte recht freundlich für so eine blöde Idee: »Nee, ist zu lang.«

»Irgendwas mit Gitter? Poll gut, dass die nur gute Buchstaben zur Perpügung gestellt haben.« Pepe war voll bei der Sache.

»Voll gut?! Das kann doch alles gar nicht sein!« Darwinas naturwissenschaftlich ausgerichtetes Hirn drohte offenbar zu explodieren. Sie war noch bleicher als sowieso schon und starrte mit offenem Mund vom Zifferblatt der Uhr zu mir. Als würde sie darauf warten, dass ich anfing zu kichern und »Verarscht!« schrie oder so. Den Gefallen konnte ich ihr nicht tun. Um uns rum ging das Rätselraten weiter und ich konzentrierte mich wieder auf die fliegenden Buchstaben. Gerade gesellten sich ein K und ein T dazu.

Mildred hatte ihre Hand unter meine gelegt, damit das Zittern aufhörte. Vielleicht dachte sie auch, dass sich die Buchstaben ohne Wackeln von alleine sortieren würden. Keine Chance, es herrschte ein turbulentes Buchstabendurcheinander.

»TICKER, irgendwas mit KRIEG? Das kann ja wohl nicht sein, oder?« Norbert versuchte noch mal sein Glück und hörte sich an, als würde er ein Selbstgespräch führen. Mildred schüttelte den Kopf. Aber anscheinend hatte Norbert sie auf eine Idee gebracht.

»Das Gegenteil vielleicht, irgendwas mit RECHT? Es muss ja irgendwie zu den anderen passen.«

Alle Buchstaben waren im Rennen. Sie wirbelten durcheinander, als wollten sie sich möglichst gut tarnen. Die Hand, in der ich die Uhr hielt, war inzwischen pitschnass.

»Ein Wort mit dreizehn Buchstaben, das kann doch nicht so schwer sein. Hätte ich das geahnt, hätte ich meinen Rechner eingesteckt … RECHNER?« Darwina war plötzlich wieder voll dabei. Wenn es ihr auch offensichtlich widerstrebte, sich mit etwas so Unwissenschaftlichem zu beschäftigen, so ging es doch um ein Rätsel. Und für sie war es Ehrensache, sich an dessen Lösung zu beteiligen.

»Nee, kein N.« Mildreds Kopf war inzwischen so nah an der Uhr, dass Nobert ihren Kopf mit seinem wegdrücken musste, damit Pepe weiter das Zifferblatt beleuchten konnte.

»TIERGEHEGE?« Ich fragte mich wirklich, wo Norbert immer diese absurden Ideen hervorkramte.

»Ein E pehlt!« Pepe starrte die Uhr so ernst an, als könnte er sie durch Strenge davon überzeugen, die Antwort auszuspucken. »Permutlich ist es ganz einfach, es muss aup jeden Pall etwas mit Mildred zu tun haben.«

Pepe hatte recht. Ich konnte mich nicht bewegen, weil unsere fünf Köpfe aneinanderklebten. Es lag in der Luft. Wahrheit, Mut … Stärke? Sturheit? Wir suchten jetzt schon seit drei Monaten wie die Bekloppten nach Antworten. War das Leben einfach nur eine endlose Suche? Wonach suchte Mildred?

Und dann sah ich es. Obwohl es aussah wie Buchstabensuppe auf dem Weg in einen Abfluss, setzte es sich in meinem Kopf auf die einzig richtige Art zusammen:

»GERECHTIGKEIT.«

Als ob sie nur darauf gewartet hatten, dass es endlich jemand aussprach, legten sich die Buchstaben im gleichen Moment in ihre vorbestimmte Position. Ganz friedlich und nur für einen Augenblick. Dann lösten sie sich wieder auf und verschwanden, als wären sie niemals da gewesen. Stattdessen nahmen die römischen Ziffern wieder ihren angestammten Platz ein.

»Perdammt noch mal, was war das denn?« Pepe zitterte mitsamt seinem leuchtenden Telefon. Er bestrahlte weiter die Uhr, als würde er darauf warten, dass noch etwas passierte.

»Dafür muss es eine wissenschaftliche Erklärung geben!« Darwina sprach mehr mit sich selbst als mit uns.

Nur Norbert, Mildred und ich wunderten uns nicht. Wir kannten das ja schon.

»Mann, da hätten wir echt schneller draufkommen können«, stöhnte Norbert, »du hast Himmel und Hölle in Bewegung gesetzt, um für Gerechtigkeit zu sorgen.«

Mildred sagte nichts. Das war ungewöhnlich.

»Wahrheit, Mut, Gerechtigkeit. Wenn man das schon mal gefunden hat, dann kann einem eigentlich nicht mehr viel passieren, oder?!« Ich schaute in die Runde. Es war eine schöne Mischung aus Lächeln und Nicken, die ich da sah. Norbert sah mich an und grinste. Ich wusste, was er dachte. Wir waren lange genug ein unschlagbares Zweier-Team gewesen. Diese Zeit lag hinter uns, jetzt waren wir mehr als nur zwei, und das war ganz schön cool.

»Wir haben einen Monat Zeit, um diesem Hokuspokus auf den Grund zu gehen, bevor es wieder losgeht.« Darwina kam nicht darüber weg, dass sie keine Erklärung dafür finden konnte, was gerade passiert war. »Kann ich die Uhr untersuchen?«

Ich überlegte kurz. »Klar, warum nicht? Eigentlich kann ich mir keine Hände vorstellen, in denen sie besser aufgehoben wäre, als deine.« Ich warf ihr die Taschenuhr zu und bemerkte erst jetzt, wie das Rufen unserer Eltern immer lauter wurde. Wir lösten uns voneinander und gingen langsam zu ihnen zurück.

Auf dem Weg drängelte sich Pepe zwischen mich und Norbert. Beim Gehen sagte er ganz beiläufig: »Mami, Mami, alle sagen, ich hab so riesige Porderzähne. – Sei still, Kind, du zerkratzt den Pußboden.«

Norbert blieb ruckartig stehen. Ich musste grinsen. Wo kam das denn her? Pepe musste den Witz schon parat gehabt haben, bevor wir losgezogen waren. Ich drehte mich zu Norbert um. Sein Gesicht war starr.

Auch Pepe blieb stehen. Als er Norberts versteinerte Miene sah, glitt ihm das siegessichere Grinsen aus dem Gesicht.

»Du machst echt Witze über meine Zähne?« Norbert hatte die Hände in die Seite gestemmt und beugte sich etwas nach vorne. »Du? Im Ernst?« Dann konnte er nicht mehr und lachte volle Pulle los. Ich musste auch lachen und Pepe kicherte erleichtert mit.

Norbert schnappte ihn sich im Weitergehen. Er legte ihm einen Arm um die Schultern, zog seinen Kopf an sich und gab ihm eine liebevolle Kopfnuss. »Hach, Pummibärchen, du bist schon echt ein Knaller. Gut, dass wir dich aus ’nem Putzeimer geangelt haben.«

Wir waren zurück aus einer anderen Welt, deren Tür wir gerade mal einen kleinen Spalt geöffnet hatten. Wir kannten sie noch nicht, aber irgendwo darin wurden wir anscheinend erwartet. Doch das musste warten. Erst einmal war es höchste Zeit, nach Hause zu gehen.

14. FEBRUAR 2013

Norbert war gerade in mein Zimmer geklettert. Er hatte freundlicherweise keine Hausaufgaben dabei. Ich hatte zwei Tage fast ununterbrochen geschlafen. Das Fieber war noch mal in beängstigende Höhen geklettert, nachdem das Adrenalin meinen Körper verlassen hatte.

Die Ärztin, die zu uns nach Hause gekommen war, hatte meine Mutter angemotzt, weil sie mich in diesem Zustand auf die Straße gelassen hatte. Das Leben ist oft ungerecht.

Ich hatte röchelnd versucht sie zu verteidigen, aber irgendeine riesige Hand hatte mir den Kopf zurück ins

Kissen gedrückt. Na ja, zumindest sollte man immer versuchen, für Gerechtigkeit zu kämpfen. So wie Mildred es getan hatte.

»Ich soll dich von den anderen grüßen«, sagte Norbert.

»Danke.«

»Geht's besser?«

»Ja, reicht auch.« Ich hatte schon wieder Schweißperlen auf der Stirn. Vier Worte fühlten sich an wie ein dreistündiges Referat vor der ganzen Schule.

Norbert warf mir etwas auf die Bettdecke. Ich griff danach und obwohl sie in ein Halstuch gewickelt war, wusste ich sofort, dass es die Taschenuhr war.

»Hat mir Darwina für dich gegeben. Ich soll dir sagen, dass du das Halstuch behalten darfst, wenn du dir jeden Tag zweimal fett Hals, Nase und Brust mit Tigerbalsam einschmierst. Soll ein asiatisches Hausmittel gegen alles sein und brennen wie die Hölle. Wenn du zu schwach bist, will sie das Tuch trotzdem nicht mehr zurück, weil es jetzt, wo es in deinem Zimmer war, kontaminiert ist. Trotzdem schöne Grüße.« Er überlegte kurz. »Ja, ich glaube, das war alles.« Norbert grinste dreckig.

Ich musste lächeln und breitete den Inhalt des Tuches auf meinem Bett aus. Die Taschenuhr und eine Dose mit einem böse dreinblickenden Tiger kullerten auf meine Bettdecke. Ich schraubte das Döschen auf und hielt es mir an die Nase. Sofort schossen mir Tränen in die Augen. Wahrscheinlich konnte das Zeug nicht nur Krankheitserreger wegätzen. Ich war mir nicht sicher, ob es vor meinen Augen haltmachen würde. Ich schob die Dose sicherheitshalber unter meine Decke.

»Und? Hat sie was rausgefunden?«

Norbert zuckte mit den Schultern. »Ich hab natürlich gefragt, aber sie wollte mir nichts sagen. Also nicht ohne dich.«

Ich nickte. Alles andere hätte mich auch verwundert, so gut kannte ich Darwina inzwischen schon.

»Hm.« Wenn Norbert »hm« sagte, war irgendwas im Busch.

»Hm, was?«

»Na ja, ganz schön krass alles und …« Er zögerte.

»Was und?«

»Na ja, es ist ja wohl noch nicht vorbei …«

»Ja.« Ich sah ihn an. Immer wieder gab es Momente in unserem Leben, in denen ich das Gefühl hatte, dass wir unsere Gedanken synchronisieren konnten. Team-Geister war mein Fachwort dafür. Das war so ein Moment. Ich holte tief Luft. »Sieht wirklich so aus, als wäre es noch nicht vorbei. Also, das mit der Uhr, meine ich … die will was von uns …«

Norbert wartete. Er wusste, dass noch was kommen würde.

»Und ich hab was gesehen. Im Museum. Das klingt jetzt total verrückt …«

»Du willst mir erzählen, dass irgendwas noch verrückter klingen soll als der irre Matsch, in dem wir schon knietief drinstecken?« Norbert grinste mich schief an. Das sollte mich aufmuntern und es funktionierte sogar.

»Stimmt, noch verrückter kann es wahrscheinlich wirklich nicht werden …«

»Spuck's aus!«

Ich griff nach der Taschenuhr. Sie sah so harmlos aus. Einfach nur altersschwach. In die Zeit gekommen. Und genau das war der springende Punkt. Zeit. Der Ring im Herzen des Zifferblattes war der beste Hinweis, den wir hatten. Ich spürte Norberts besorgten Blick auf mir ruhen. Dann erzählte ich ihm von den Bildern, die ich nachts im Museum auf dem ägyptischen Sarkophag gesehen hatte.

Norbert kaute konzentriert auf seiner Lippe und ließ mich reden.

»Dieser ägyptische Junge auf dem Sarkophag muss der Pharao in seinen jüngeren Jahren gewesen sein. Er hatte eine Kette um den Hals und der Anhänger sah ganz genauso aus wie der Ring auf der Taschenuhr. Es gab eine Sonnenuhr, zwölf Kinder, zwölf Sterne, zwölf Kamele und so weiter. Das kann doch kein Zufall sein.« Norbert nickte nur und ich machte weiter. »Ich hab nachgeschaut, so ein Zeichen heißt ›unmöglicher Ring‹. Und ich glaube, das soll uns sagen, dass es etwas gibt, das es eigentlich nicht geben kann. Etwas Unmögliches ist möglich. Und das hat mit der Zeit zu tun.«

Wir schwiegen beide. Das war eine Theorie, die man erst mal sacken lassen musste. Als ich nicht weitersprach, fragte Norbert: »Glaubst du etwa, dass dem Jungen auf dem Sarkophag und seinen Freunden so was Ähnliches passiert ist wie uns? Obwohl er vor Tausenden von Jahren gelebt hat?«

Ich zuckte mit den Schultern. »Was, wenn die Uhr uns sagen will, dass etwas Unmögliches möglich ist und dass es mit der Zeit zu tun hat und mit Sternen … dann könnte es doch sein, dass wir miteinander verbunden sind und vielleicht das gleiche seltsame Zeug erleben. Nur eben zeitversetzt.«

Norberts Augen waren so weit aufgerissen, dass sie fast sein ganzes Gesicht bedeckten. »Oh Mann, vielleicht hat der tote Ägypter-Junge ja auch die Sterne gesehen. Nur mit seinem Bild statt deinem.«

»Ja, genau das glaube ich.« Inzwischen saß ich aufrecht in meinem Bett und fühlte mich gar nicht mehr krank. »Und ich glaube, dass es womöglich noch mehr von uns gibt, denen das Gleiche passiert oder passiert ist. Vielleicht sogar noch zehn andere, dann wären wir insgesamt zwölf. Wie die Sterne und Kamele auf dem Bild, du weißt schon.«

Norbert und ich sahen uns an. »Das würde tatsächlich bedeuten, dass Unmögliches möglich ist«, sagte Norbert dann leise.

Durch das Fenster über meinem Bett schauten wir eine Weile in den Himmel. Es tat gut, einfach so mit Norbert dazusitzen und zu schweigen. Plötzlich hatte ich keinen Zweifel mehr daran, dass wir das Rätsel der Taschenuhr lösen würden. Die Zeit würde uns die Antworten auf unsere Fragen schon bringen.

Aber für den Moment war ich völlig zufrieden. Wir hatten Mildred geholfen, wir hatten den Kunstraub aufgeklärt und waren auf unserem Weg Wahrheit, Mut und Gerechtigkeit begegnet. Und wir hatten neue Freunde gefunden. Ich lehnte mich zurück und musste grinsen. Alles fühlte sich richtig an.

ANJA VON KAMPEN ist Film- und Fernsehproduzentin in Berlin, Regisseurin, Weltreisende, Erfinderin und Autorin. Am liebsten arbeitet sie für Kinder, weil in ihren Köpfen noch alles möglich ist. Mit Knietzsche erlebt sie beim Schreiben Abenteuer, für die im Alltag manchmal zu wenig Platz ist.

Lena Hach (Text)
Kerstin Meyer (Illustration)

Kinderbuch
248 Seiten
€ (D) 12,90
ISBN 978-3-95854-055-2
ab 10 Jahren

Auch als E-Book

Paul ist angehender Detektiv. Sein neuestes Observationssubjekt ist seine Nachbarin Tessa. Doch die ist nicht nur das schönste, sondern auch das geheimnisvollste Mädchen des Universums. Warum nimmt sie den ellenlangen Umweg zur Schule? Wieso ist ihr Zimmer so penibel aufgeräumt? Und warum kann sie nicht mit Paul und seinen Freunden Federball spielen? Tessa setzt alles daran, ihr Geheimnis zu bewahren. Wird Paul dem Rätsel auf die Spur kommen?

»Eine spannende Detektiv- und Liebesgeschichte, witzig illustriert und authentisch erzählt.«
Mitteldeutsche Zeitung

Alexandra Helmig (Text)
Anemone Kloos (Illustration)

Kinderbuch
220 Seiten
€ (D) 14,90
ISBN 978-3-944572-10-9
ab 9 Jahren

Auch als E-Book

Lua ist vaterseelenallein, seit das Herz ihres Papas aufgehört hat zu schlagen. Eines Tages findet Lua auf dem Spielplatz eine Murmel im Sand und ist überzeugt, dass sie von ihrem Papa vom Himmel geworfen wurde.
Die Murmel führt Lua in ein geheimnisvolles Zirkusdorf: Seit der Magier Mo nicht mehr zaubern kann, verlieren die Artisten mehr und mehr ihre Fähigkeiten. Ob Lua ihren neuen Freunden und dem einsamen Mo helfen kann?

»Unaufdringlich und berührend zugleich«
Süddeutsche Zeitung

Sonderauflage für den Börsenverein
des Deutschen Buchhandels e.V.

MIXTVISION DRUCKT IN DEUTSCHLAND

Illustrationen: Kilian Schütz
Umschlaggestaltung: Kilian Schütz und Julia Herrmann
Lektorat: Linda Sturm
Layout und Satz: Lena Ellermann
Druck und Bindung: GGP Media GmbH, Pößneck

FSC www.fsc.org MIX Papier aus verantwortungsvollen Quellen FSC® C014496

ISBN: 978-3-95854-066-8
Auch als E-Book erhältlich